U0592264

教育部人文社会科学研究规划基金项目
"中国现代大学与新文学传统"(10YJA751073)资助

中国现代大学与
新文学传统

汪成法 著

Modern Chinese Universities and
the Tradition of New Literature

南京大学出版社

摘　要

在中国新文学史上,大学师生的文学创作(此书称"校园文学")占有非常重要的地位。在一定程度上,可以说现代大学校园文学既是中国新文学的一个组成部分,也成为中国新文学的一个重要传统。

中国现代大学校园文学的起点也就是中国新文学的起点,以北京大学的校园文学为起点的五四新文学在发展初期就逐步形成和确立了中国新文学的传统。在其后的发展历程中,校园文学以其所持守的文学观念、具体创作实绩以及大学校园的文学环境这三个方面,通过具体的批评、创作和文学活动,在建构和发展新文学传统中起到非常重要的作用。

首先,校园文学批评坚持严肃的非功利主义的文学态度,建构了中国新文学的传统,为新文学确立了正确的发展方向,也对新文学的健康发展起到保障作用。校园文学批评一直对新文学的发展起到了一种制衡作用:二十世纪二十年代,当文坛上的复古思想还占统治地位的时候反对复古;二十世纪三十年代以后,当社会上的激进思潮越来越严重的时候,又对激进主义的文学思潮起到了很大的规约作用。同时,校园文学批评也始终对文学的商业化和游戏倾向进行了必要的批评。就其对新文学发展所起到的作用而言,校园文学批评在二十世纪二十年代承担的是立法者的角色,二十世纪三十年代则是护法者。

其次,校园文学创作着意于融合古今中西,用白话汉语铸炼西式文体,以现代意识审视古老中国,对新文学发展有着重要的示范意义。校园写作是一种具有全面的开放意识和创新精神的文学写作,大学校园文学也正是在融合中西古今优秀文学传统的明确意识指导下,确立了中国新文学的创作传统。这具体表现在代表性作家所创作的各种类型的文学作品之中,中国新文学的典范之作,既是对西方文学体式的直接引进或者借鉴,也有意识地继承了中国古典文学的优良传统。

第三,校园文学活动的存在和发展,影响到大学的课程体系和整体的文化氛围,这同时又为新文学的存在与发展营建了良好的外部环境。课堂教学之外,在校园内外自由开放的文学环境里,师生之间与新文学有关的活动更是直接影响了参与者的创作发展,并最终确立了校园文学写作的精神品格。而校园文化氛围既经形成,也就为这种类型的写作培养了相应的读者群,并随着学生走向社会而影响于时代的文学风尚。

但文学发展又受到社会大环境的影响和制约,随着中国社会在二十世纪的巨变,校园文学的发展也时有波折,新文学传统的继承与发扬自然也一再受到不同程度的干扰。但随着时代的变迁,近年来又出现重振校园文学以向新文学传统回归的努力,这必将影响到新世纪文学的历史走向。

通过对中国现代大学校园文学的起源变迁及其与新文学传统之间的离合亲疏的历史观察,可以对校园文学在确立和传承新文学传统方面的贡献有一个较为全面系统的总结,以期最终能使人们在认识历史的基础上立足现实,把握未来。

目　录

新文学研究视阈中的中国现代大学

一

在中国新文学史上，大学师生的文学写作占有非常重要的地位。五四新文学首先诞生于北京大学，最早的一批新文学作者及其读者多为大学的师生，因此五四新文学在某种意义上就是一种校园文学。在此之前，尽管现代意义上的大学已经在中国出现，但中国文学创作和接受的主体都不在大学，是在蔡元培主持下革新了的北京大学给新文学在大学校园的兴起提供了条件。"五四"之后，文学整体生态发生变化，但大学师生的文学写作一直是新文学的重要组成部分。新文学的这一兴起和发展背景，对形成其思想与审美的基本取向以及具体的表达方式都有很大的影响，也直接影响了新文学的传播方式。在一定程度上，可以说现代大学师生的文学写作既是中国新文学的一个重要组成部分，也成为中国新文学的一个重要传统，"五四"之后中国新文学发展的是非得失可以从其与这一传统的关系变迁之间得以呈现。

这里所说的"新文学"，就是一般称为"现代文学"的在五四文学革命中产生的以现代文学意识为指导思想、以现代文体形式为表达方式的白话文学。借用罗家伦的说法，就是"以近代人的语言，来表达近代人的意思"①的文学，或者用钱理群先生的说法，是"用现代文学语言和文学形式，表达现代中国人的思想、感情、心理的文学"②。之所以称"新文学"而不用较为通行的"现代文学"，是因为越来越多的使用"现代文学"这一概念的学者都在强调：除了含有文学性质的意义，"现代"同时还更是一个时间概念，白话新文学之外，在五四时代被新文学提倡者批判否定的现代通俗文学和现代文言文学也是"现代文学"的重要组成部分。而本书所论与中国现代大学关系密切的新文学，即大学师生的文学创作，或者简称为大学校园文学、学院派文学③，仅指受西方文学影响而兴起的白话文学。大学校园文学是中国新文学的一个重要组成部分，具体来说就是以现代大学的师生为基本创作主体和主要接受对象的新文学。④

正是按照通行的对"现代"的界定，本书所言之"中国现代大学"，也既是时间上的又是性质上的，尽管事实上二者并不可分：中国现代大学，是指中国自十九世纪末期开始设立的以西方现代大学理念为指导思想、以西方现代大学制度为建校原则的大学。现代大学的设立，当然也是中国社会由传统向现代转型进程的一个

---

① 罗家伦《元气淋漓的傅孟真》，《傅斯年印象》，王为松编，上海：学林出版社1997年12月第1版，第4—5页。

② 《中国现代文学三十年（修订本）》，钱理群、温儒敏、吴福辉著，北京：北京大学出版社1998年7月第1版，《前言》第1页。

③ "大学师生的文学写作"与"大学校园文学"以及"学院派文学"当然并不是完全对等的概念，但三者内涵与外延重合度很高，为了叙述的方便，此处不做严格的界定区分。

④ 校园文学的发表和出版地当然可以是在大学校园之外，但事实上其主要读者还是大学师生，以及一部分中学生和他们毕业于大学的老师。至于校园文学的作者队伍，当然是以在校的大学师生为主，但在论述中偶尔也会涉及那些已经毕业离校的校园文学作者，以及并非大学师生但与大学校园关系极为密切的认同了校园文学审美取向的作者。

组成部分,是中国教育,尤其是高等教育现代化的标志性起点。现代大学彻底改变了中国高等教育的传统,以至于在现代中国甚至像无锡国学专门学校这样的以传授中国传统学问为主的私立大学,也不可避免地在生存和发展模式上与传统的书院距离较远而与现代大学距离较近。

中国现代大学校园文学的兴起,大大晚于现代大学的设立。在五四文学革命之前,现代大学的师生虽也有从事文学创作者,但其写作与现代的大学体制、大学教育以及大学精神并无必然的联系。比如陈平原先生提到北京大学教授姚永朴在新文化运动之前所著《文学研究法》时就曾指出:"与(林纾著)《春觉斋论文》相似,此书的主要着眼点,不是'文学研究',而是'写作指导'。……作者发凡起例,模仿的是古老的《文心雕龙》,而不是刚刚传入的文学史,故不以文学历史的发展为叙述线索,而是集中讨论文学(以'古文'为中心)创作的各种要素。"①这是在大学中教授"古文"写作(姚、林均属后期桐城派作家),是直接影响于学生文学写作的教学,但所继承的是中国传统的文学教育,与"现代"精神距离甚远。文学革命的兴起改变了文学与大学之间的关系,新文学与大学形成一种相互促进、相互依存的密切关联。一方面是现代大学为新文学提供了良好的生存与发展空间,大学校园的文化环境在一定程度上生成和建构了新文学的精神风貌与传播方式,新文学正是以大学校园文学为起点,在发展中逐渐形成和确立了自己的文学传统:在坚持文学审美独立性的前提下,以西方现代启蒙意识(包

---

① 陈平原《新教育与新文学》,《中国大学十讲》,陈平原著,上海:复旦大学出版社 2002 年 10 月第 1 版,第 125 页。

括内容上的思想现代性启蒙和形式上的审美现代性启蒙)为主导精神,创作融合古今中西优秀文学传统的现代汉语文学。而另一方面,新文学也极大地影响了大学校园的精神氛围,在促进大学现代化的同时,也使得大学校园更加具有诗意和人文气息,使得大学中文系以至整个文科的学术研究更具有灵性,更能对创作产生良好的影响。可以说,大学与文学之间的良性互动,是中国新文学的一个优良传统,也是中国现代大学的一个优良传统。

二

中国现代大学及其校园文学与新文学之间的这种密切关系,当然很早就引起新文学研究者的关注。如果说早期言及这一关系者还仅是比较分散的零零星星的论述,那么,二十世纪九十年代以来的一些研究中国新文学的学者,则明确地意识到现代大学对于中国新文学的兴起、发展和接受、传播所具有的举足轻重的作用,从而以"重写文学史"为契机,跨越多个学科,研究了文学史与教育史、校园文化之间的复杂关系,出版、发表了一系列相关的研究著作。

这其中,以钱理群先生主编的"二十世纪中国文学与大学文化"丛书取得的成果最为丰硕,丛书中黄延复著《水木清华——二三十年代清华校园文化》、高恒文著《东南大学与"学衡派"》、姚丹著《西南联大历史情境中的文学活动》、王培元著《抗战时期的延安鲁艺》等著作,相当系统地考察了当时当地的文化思潮、文人社团、文学创作等与处于具体历史情境之中的校园文化品格之间的复杂关系,指出现代大学作为师生们的生存环境,直接影响了他们的审美趣味与思维方式,落实到文学,产生了"学院写作"这一特殊的文学创作现象,并随着校园作家走向社会及其作品的出版发表而影响整个时代的文学风气。此外,张玲霞女士曾经对清华大学的校园文学有过较为深入具体的研究,她选编的《清华文学寻踪1911—1949》比较全面地向人们展示了民国时期清华校园文学的代表性作品(包括小说、戏剧和散文随笔),随后出版的《清华校园文学论稿》更是结合对校园文学活动和具体作家作品的分析介绍,在一定程度上还原和重现了当时清华校园的文学风貌;李光荣先生则对抗战时期国立西南联合大学校园内外的文学有比较系统的研究,先后编著出版了《西南联大文学作品选》《季节燃起的花朵——西南联大文学社团研究》(与宣淑君合著)、《民国文学观念——西南联大文学例论》等著作,对西南联大时期的文学创作实绩与精神价值均有深入的解读。

在这个领域的研究中取得较大成就的,还有陈平原先生。他以一个新文学研究者的身份,先是从对北京大学校史的研究做起,出版了《老北大的故事》等著作,然后又逐步扩展到对整个现代大学教育的研究,研究成果有《中国大学十讲》《大学何为》等。其中《新教育与新文学——从京师大学堂到北京大学》《大学校园里的"文学"》诸文,考察了新文学与新教育的关系,指出新学制支持了作为一种知识体系的文学史教育与研究,而新型文学史的写作,在相当长的时间内,首先是以大学课堂讲义的形态存在并进而直接影响到学生的文学观念的;没有北京大学这一新文化重镇,新文学在短期内取得如此巨大的影响,是不可想象的。在个人研究之外,陈平原先生还指导了季剑青的博士论文《大学视野中的新文学——1930年代北平的大学教育与文学生产》(北京大学,2007),论文以北京大学与清华大学的档案为基本素材,指出大学作为知识生产的场所,通过学术研究和课程设置,生产着有关新文学的各种知识、观念和历史叙述;而作为由教师和学生组成的"文化共同体",大学又为新文学再生产创造了诸如文学社团、刊物、师生关系、人际网络等制度性的条件,论文还深入具体地分析了大学校园文化对校园文学创作的积极影响以及校园文学存在的局限与不足。在此之前,罗岗先生的博士论文《现代"文学"在中国的确立——以文学教育为线索的考察》(华东师范大学,2000年)也从中国现代文学作为文学写作类型和文学教育内容两个方面考察了新文学与大学教育之间的关系。另外,李宗刚先生的博士论文《新式教育与五四文学的发生》(山东师范大学,2005年)梳理了清末民初的教育现代化进程在课程设置、师生构成以及文学语境等几方面对五四新文学的影响。

与陈平原先生相似,沈卫威先生从研究学衡派入手,逐步扩大到对东南大学(以及中央大学)校史的研究,出版有《"学衡派"谱系——历史与叙事》《大学之大》《民国大学的文脉》等著作,从一个侧面涉及中国现代大学与新文学之间的关系,包括以反面例证说明特殊的校风学风怎样限制了特定校园内新文学创作的发展。由他所指导的张传敏的博士论文《中国现代文学学科之滥觞——以民国时期清华大学(包括西南联大)的新文学课程为核心的考察》(南京大学,2006年)从新文学进入大学课程这一角度分析了中国现代文学学科的发生发展过程,从一个侧面梳理了中国现代大学与新文学之间的相互关系。

此外,杨蓉蓉的专著《学府内外——二十世纪二三十年代上海现代大学与中国新文学关系研究》以上海地区的大学及其校园文学为研究对象,梳理了课程设置、校园写作与大学品格之间的互相影响、互相促进的关系；王翠艳的博士论文《女子高等教育与中国现代女性文学的发生——以北京女子高等师范为个案》（北京师范大学，2005年）从一个特殊的学校入手分析了新教育与新作家群的形成之间的关系；刘香的博士论文《边缘的自由——1930—1937：国立青岛/山东大学"教授作家"研究》（山东大学，2005年）以青岛一地的一个典型大学为研究对象，较为全面地介绍了教师身份的作家的创作情况。

因为民国时期北京（平）地区是中国现代大学分布最为集中的地区，还有一些学者在研究京派文学的过程中，自然注意到京派文学的存在与发展和现代大学之间的密切关系。如许道明著《京派文学的世界》、高恒文著《京派文人：学院派风采》、杨义著《京派海派综论》等著作，就从京派成员的构成及其文学活动入手，深入具体地描述了当时北京地区现代大学校园文化对形成京派文学总体风格特征的决定性作用。其他一些研究京派文学之理论批评、风格影响的著作，也注意到校园文学环境在其中的影响作用。另外，杨洪承先生的《文学社群文化形态论》在对不同"文学社群"的"文化形态"进行宏观分析时，也在一定程度上间接涉及其与校园文学之间的关系。其他像对《新青年》作者群、《语丝》作者群和文学研究会、新月派、浅草—沉钟社等文学社团的研究，以及对周作人、沈从文、林徽因、冯至、曹禺、何其芳等具体作家的研究，也都或多或少地涉及他们与现代大学之间的关系。

但是，在已有的研究中，至今还没有将中国现代大学与中国新文学之间的关系整体地、深入系统地观察与分析的成果。而那些专注于校园文学的研究著述，又仅偏重于对大学师生日常生活或者文学活动的现象描述，未能将对大学校园文学写作的研究上升到理论的高度;另外一些相关的研究,或者致力于对一些具体大学课程的描述分析,或者局限于对某一社团和作家群的研究,其间的规律性还没有得到总结,现代大学校园的文学社团、校园作家的文学活动也尚未梳理清楚。如何使现代大学与新文学之关系的研究不同于一般的校史、文学流派史、社团史,乃至作家作品研究,或者成为多者简单的叠加,是一个尚待解决的问题。

从系统的整体的层面看,对于现代大学教育与新文学之间关系的研究,本应涉及高等教育学、文学社会学、接受美学、现代传播理论、交往理论等一系列相关理论问题,但目前的研究一般还只限于文学学科内部的梳理与分析,跨学科的系统的综合的研究尚不多见;另一方面,兴起于现代大学的中国新文学既是中西文化交汇的产物,那么,新文学与中国现代大学之间的关系,较之同一时期或此前此后的世界上其他国家的大学校园文学有哪些可比性,也是一个值得深入探讨的问题。而且,论者一般会注意到校园文化影响到了新文学创作,对于学院写作又如何塑造了大学的文化品格以及人们对大学的文化想象,除了钱理群《〈二十世纪中国文学与大学文化〉丛书序》①、王彬彬《中国现代大学与现代文学的相互哺育》②以宏观的视野较为系统地分析了新文学(中国现代文学)与中国现代大学之间的良性互动关系之外,大多数研究还都注意不够。而对中国现代大学怎样具体影响了新文学的品质,建构了新文学传统,新文学又怎样反作用于大学校园文化,以及校园文学在中国新文学总体格局以及中国现代大学发展中的地位与作用等诸

---

① 钱理群《〈二十世纪中国文学与大学文化〉丛书序》,《返观与重构——文学史的研究与写作》,钱理群著,上海:上海教育出版社 2000 年 3 月第 1 版。

② 王彬彬《中国现代大学与现代文学的相互哺育》,《社会科学》(上海)2009 年第 4 期。

多问题,尚缺少深入系统的分析研究。

更进一步,以大学为主要载体的现代高等教育固然与新文学关系密切,但五四新文化运动之后,尤其是 1920 年国民政府明定白话文为中小学基本语文工具之后,新文学作品大范围进入中小学语文教育之中,这必然会影响到一代受教育者的文化和文学选择。现代初等教育与新文学的关系也是一个更为值得深入研究的课题。然而,由于初等教育甚至中等教育的文学影响一般并不立竿见影,由于对当时中小学文学教育具体情况的回忆和记录相对不足,对这一问题的研究显然难度相当之大,故而除了《中国文学通史》第九卷第三十一章"现代教育与现代文学"①对此进行了简略的梳理之外,至今似乎还基本没有展开真正的研究。

当然,对这许多问题的全面研究更将是一个难度非常大的任务,不可能在短期内全部解决。鉴于作为中国新文学起点的现代大学校园文学建构了新文学的文学传统,在后来的历史发展中大学师生的文学写作也是决定新文学走向的重要因素,本书仅选择中国现代大学及其校园文学与新文学传统之间的关系这一个方面加以进一步的研究,以期能在认识和总结现代大学与新文学之关系方面有所推进。

三

一般而言,研究一种在特定环境、特定人群中形成和发展的文学现象,应该从其文学观念、创作实绩以及对文学环境的营建三个方面来展开分析:文学观念体现于理论批评,创作实绩体现于具体

---

① 《中国文学通史》,张炯、邓绍基、郎樱主编,南京:江苏文艺出版社 2013 年 2 月第 1 版。

作品,文学环境由相关人群(包括创作者、接受者与传播者)的具体活动组成。概括地说,说明一种文学现象,就是要指出什么人在什么样的社会环境中以什么样的文学观念为指导创作了什么样的作品。

研究中国现代大学与新文学传统之间的关系,当然也应该从大学师生所持守的文学观念、具体创作实绩以及大学校园的文学环境这三个方面来加以分析。具体来说,就是要从具体的文学批评、文学创作和文学活动来观察、分析以大学师生为创作和接受主体的校园文学在建构和发展新文学传统中的地位和作用。

首先,校园文学批评坚持严肃的非功利主义的文学态度,建构了中国新文学的传统,为新文学确立了正确的发展方向,也对新文学的健康发展起到保障作用。

兴起于北京大学的新文学,第一个十年的文学中心在北京,北京地区的大学校园文化直接影响了中国新文学的生成、发展与传播方式,建构了新文学的基本品质。到了新文学的第二个十年,文学格局发生变化,文学中心南移,兴起于上海的革命文学以其政治功利主义的文学观主导了当时的文学思潮;同时,随着新兴工商业文明和现代出版业的发达,文学的商业化倾向也逐渐蔓延到新文学,而这一时期主流的校园文学写作还一直坚持五四时代的文学观念,并且为了坚持新文学的优良传统,不得不对文学上的政治功利主义与商业化倾向进行批评。他们的批评工作,在一定意义上就是维护新文学传统的"护法"运动。甚至可以这样说,大学校园文学批评一直对新文学的发展起到了一种制衡作用:二十世纪二十年代,当文学上守旧的复古思想还占统治地位的时候反对复古;二十世纪三十年代以后,当社会上的激进思潮越来越严重的时候,又对激进主义的文学思潮起到了很大的规约作用。同时,校园文学批评也始终对文学的商业化和游戏倾向进行了必要的批评。或者可以这样说,就其对新文学发展所起到的作用而言,校园文学批评在二十世纪二十年代承担的是立法者的角色,二十世纪三十年代则是护法者。

校园文学批评的这种制衡作用的实现,表面上看是因为南(以上海为中心)北(以北京[平]为中心)两地社会、政治、文化氛围不同,但这一地域特征的形成,和北方主要大学的存在以及北方文坛的大部分作者处身于大学校园之中有着非常密切的关系,二者之间也存在着一种相辅相成的关系。校园文学批评之所以在新文学发展历程中起到这样的作用,首先是因为其参与者大多具有很好的中学与西学背景,能够在中西比较的基础上清醒地认识到文学发展的应然方向,他们之中影响较大者又大多在大学任教,正好通过课堂内外的活动传播新文学理念。同时,大学校园不同于商业化都市的整体氛围以及校园文学创作者属于业余写作的身份也有助于这种文学观念的生存与发展。这一点,在五四时代对"爱美剧"①的倡导中显得最为突出。事实上,大学本身就有着传承人类精神文明优良传统的基本任务,对新文学传统的坚持与发扬正是校园文学批评者义不容辞的责任,所以他们才会在坚守个人严肃文学观的同时还要对不良的文学倾向展开批评。而正是因为当时的北方主要是北京(平)汇集了中国最为重要的几所大学,以及这些大学良好的不同于南京、上海等地大学的文学传统,使当时的北方文坛显得特色鲜明。而左翼文学思潮以及商业化写作之所以能

---

① "爱美"是英文 amateur 的音译,本意即"业余的"。

在上海风靡一时,除了上海特殊的社会政治环境之外,没有特别能与之抗衡的校园文化团体的存在也是一个不可忽略的因素。

其次,校园文学创作着意于融合古今中西,用白话汉语铸炼西式文体,以现代意识审视古老中国,对新文学发展有着重要的示范意义。

中国新文学首先是形式上"西化"的文学,新文学的第一代创造者都是既有中国旧学修养又接受了西方现代教育的人物,校园写作是一种具有全面的开放意识和创新精神的文学写作,大学校园文学也正是在融合中西古今优秀文学传统的明确意识指导下,确立了中国新文学的创作传统。

这具体表现在代表性作家所创作的各种类型的文学作品之中,首先可以以新诗为例。新诗是一个全新的文体创造,甚至可以说就是对西方自由诗的全面模仿和借鉴。而模仿和借鉴都是为了创作一种真正的现代中国新诗,于是,在新诗刚刚确立其在新文学格局中的文体地位之后,新诗人就开始了对这一文体的重新打量和认真改造:在新诗自由化之后,新诗人一方面参考中国旧体诗,一方面借鉴外国格律诗,有了"纯诗"和"格律诗"的倡导与写作,这与提倡者身在校园,有一种确立文学规范的责任意识有关,也与他们明确认识到这是文学发展的本质需求有关。其后,随着对西方现代诗的认识逐步加深,新诗人又开始了中国现代诗的创作。在现代诗的倡导与写作中,是曾经有过留学经历、直接与西方现代诗人有过直接交往的李金发、梁宗岱、冯至、戴望舒等人,以及与大学校园关系密切的废名、卞之琳、穆旦、郑敏等人所取得的成绩最为突出,这当然和他们与现代西方文学、哲学联系紧密有关,而他们在现代诗写作中所展示出来的对中国古典诗歌艺术的继承,更是校园诗人与那些校外诗人最为明显的不同之处。这一特色的形成，正是因为大学教育给新诗人提供了全面认识学习人类优秀文化、文学传统的可能。这种融合中西古今文学传统的创作选择，在校园作家的散文、小说和戏剧创作中都有突出的表现，周作人、沈从文、何其芳、曹禺等人的作品，作为中国新文学的典范之作，既是对西方文学体式的直接引进或者借鉴，也有意识地继承了中国古典文学的优良传统。这是新文学在体式上走向成熟的表征，在内容上也是对在现代转型中的古老中国的真实刻画。新文学之所以在文学精神方面能做到融合中西古今文学传统，也和校园文学的特殊取向有着密不可分的关系。

第三，大学师生文学活动的存在和发展，影响到大学的课程体系和整体的文化氛围，这同时又为新文学的存在与发展营建了良好的外部环境。

在新文学成为课堂教学对象之前，那些同时从事新文学创作的大学教师，对古典文学与文化、外国文学与文化的研究为其新文学创作提供了学习和借鉴的机会，而新文学创作的经历也为他们的学术研究带来了另外一种不同于固守专业者的新的视角，创作与研究之间处于一种良性互动的状态，并同时通过课堂教学或课外活动影响示范于他们的学生。这一点，在作为新文学作家而从事古典文学教学研究的鲁迅、闻一多、朱自清、俞平伯等人那里，以及作为新文学作家而主要从事外国文学教学研究的周作人、梁宗岱、冯至以至钱锺书等人那里，表现得最为突出。

另一方面，也有一些教师直接在教学活动中向学生传授有关新文学的知识，比如朱自清在清华大学开设"中国新文学研究"课程，杨振声在燕京大学讲"新文学"课程，周作人到辅仁大学讲演

"中国新文学的源流"，废名在北京大学中文系开设新文艺写作以及关于新诗发展史的课程，创作起步于北京的沈从文、苏雪林又曾经在其他大学开设关于新文学的课程。这一方面的材料虽不是很多，但是，这一事实在当时和后来的影响却应该加以特别的重视：从留学归来的大学教授从事新文学写作，到没有外国大学学位、学历的新文学作家成为大学教授，再到新文学成为大学中文系必修的课程之一，这首先是促成了新文学的经典化，确立了新文学在中国文学格局中的合法性，同时，也逐渐改变了中国大学文学教学的课程结构，是新文学对大学的反向影响在制度层面上的具体表征。而那些虽参与新文学创作而并未在课堂讲授新文学的教师，尽管在大学教学和研究中的专业是中国古典文学或者外国文学，但新文学创作的经验自然也影响到他们研究的观念和角度，从而在阅读和鉴赏古典文学、外国文学时具有一种特别的眼光，开启了用新方法研究旧学问的路向，对大学文科教学、研究风气的转移有着不可轻视的影响。

课堂教学之外，校园内外、师生之间与新文学有关的活动更是直接影响了参与者的创作发展。在师生共同参与文学活动的过程中，教师的身教与言教对学生的影响是明显的，这些文学活动中所呈现出来的自由开放而又有较为明确价值取向的文化氛围，更是确立了校园文学写作的精神品格。在这种自由开放的文学环境里，古今中外的文学传统得到了一视同仁的对待，并最终影响了创作的健康发展。而校园文化氛围既经形成，也就为这种类型的写作培养了相应的读者群，并随着学生的走向社会而影响于时代的文学风尚。这最后一点，实在是校园文学建构和发扬新文学传统之最重要的层面。当然，校园文学对时代、社会的影响不是轰轰烈烈、立竿见影的,而是一种文学品格、文学精神之潜移默化的培育与传承,这一影响且随着时代、社会整体氛围的变迁而表现出不同的时段特征,而这也成为观察中国现代大学与新文学传统之关系的一个非常有历史意味的角度。

四

基于以上对中国现代大学与新文学传统之间关系的认识,本书拟从以下三个方面展开对这一问题的研究。

第一部分,从大学校园文学也就是新文学的起点谈起,说明以北京大学的校园文学为起点的五四新文学是如何在发展初期形成和确立了中国新文学的传统。

第二部分是研究的重点,从文学批评、文学创作和文学活动三个方面分别论述现代大学校园文学在建构、丰富和坚守新文学传统中的具体作用与表现。

第三部分是研究主题的延续,从历史变迁的角度观察新文学在发展中对作为新文学传统的大学校园文学传统的继承与疏离,进而展望新世纪文学的历史走向。

通过以上三个方面的分析,希望能对中国现代大学与新文学传统之间的关系有一个较为全面的总结,以期能使人们在认识历史的基础上立足现实,把握未来。

第一章

中国现代大学的确立与新文学运动的兴起

第一节　北京大学革新与中国现代大学的确立

一

中国新文学诞生于北京大学，北京大学的校园文学就是中国新文学的发生起点。论及中国现代大学与中国新文学传统之间的关系，首先应从北京大学说起。

北京大学是近代中国第一所国立的综合性大学，其前身是清政府于 1898 年设立的京师大学堂。当时，大学堂的设立是戊戌变法的新政之一，是在改良派废科举设学堂、采西学以补中学的教育革新的要求下产生的，也是变法失败后唯一没有被废除的新政成果。可以这样说，北京大学自其前身京师大学堂的创办起，就确立了以"维新"为其职志的主导方向，正如鲁迅在 1925 年纪念北大二十七周年时所说："北大是常为新的，改进的运动的先锋，要使中国向着好的,往上的道路走。"①北京大学的这一"维新"倾向,可以说是后来"新"文学、"新"文化运动首先发生于北大的潜在精神因素。

但是,在京师大学堂刚刚成立的数年,国家依然处于延续千年的传统帝制时代,而随着作为传统教育体系中最高学府的国子监的取消,以及科举制度的逐步废除,大学堂成为中国唯一的官方最高学府和官方教育行政机构(在 1905 年学部成立前),也就成为读书人唯一可以因之栖身并晋身的所在,于是各方最优秀之士子多有投身京师大学堂者,从职能、学统等方面均显示出京师大学堂与国子监之间的传承,于是京师大学堂事实上成为中国传统太学的正统继承者。② 因此,正如论者所言,"从教育制度以及教学内容和方法来看,京师大学堂实质上处于由封建的太学、国子学(国子监)向近代大学转变和过渡的阶段"③。当时的京师大学堂,身兼中国最高学府与国家教育部的双重职能,确实还不能算是严格意义上的现代大学。

中华民国成立后,京师大学堂于 1912 年 5 月 3 日改名为国立北京大学校,时任总监督的严复成为大学校首任校长。这时候,民国政府已经设立正式的教育部,按照教育部当年公布的"壬子学

① 鲁迅《华盖集·我观北大》,《鲁迅全集》第三卷,北京:人民文学出版社 2005 年 11 月第 1 版,第 168 页。

② 直到 1948 年,时任北大校长的胡适在《北京大学五十周年》一文中还说:"我曾说过,北京大学是历代的'太学'的正式继承者。"(《胡适文集·11》,欧阳哲生编,北京:北京大学出版社 1998 年 11 月第 1 版,第 811 页。)而冯友兰在其写于二十世纪八十年代初期的回忆录中还提到这样一个说法:"在十年动乱以前,北京大学校长陆平提出了一个办北京大学的方针:继承太学,学习苏联,参考英美。"(《三松堂自序》,冯友兰著,北京:生活·读书·新知三联书店 1989 年 4 月第 2 版,第 317 页。)二十世纪八十年代出版的北大校史开篇也说:"追溯北京大学的历史渊源,应该从太学、国子学说起。"(《北京大学校史 1898—1949(增订本)》,萧超然等著,北京:北京大学出版社 1988 年 4 月第 1 版,第 1 页。)可见"太学"意识在北大之根深蒂固,源远流长。

③ 《北京大学校史 1898—1949(增订本)》,萧超然等编著,北京:北京大学出版社 1988 年 4 月第 1 版,第 26 页。

制"，大学废止了1903年之"癸卯学制"中的"读经讲经科"，大学本科分为文、理、法、商、医、农、工七科。由蔡元培担任首任总长（部长）的教育部，在1912年10月24日颁布的《大学令》中，第一条即明确宣布："大学以教授高深学术，养成硕学鸿才，应国家需要为宗旨。"①《大学令》同时也明确取消了经学科，改通儒院为大学院，更本科毕业生名为学士，设校长和各科学长以代替此前的总监督和各科监督。这样，北京大学才真正从体制上实现了自传统"太学"向现代"大学"的转变。

不过，由于当时以袁世凯为中心的北洋政府守旧复古倾向严重，整个中国社会也刚刚开始从传统向现代转化的进程，北大的现代化改革进行得并不顺利。尽管北京大学在制度上已经确立了现代大学的课程体系，并彻底切断了与传统科举制度的联系，但复古守旧势力还是占据了学校的主导位置。而且，因为政治局势的动荡，北京大学也时时处于动荡之中，从1912年到1913年的两年之间，北大连续更换了劳乃宣（1911年11月—1912年2月）、严复（1912年2月—10月）、章士钊（1912年10月1日—17日）、马良（1912年10月18日—12月）、何燏时（1912年12月—1913年11月）、胡仁源（1913年11月—1916年12月）六位校长。② 而在大学内部，从京师大学堂时代开始，"先后主持总教习的吴汝纶、张筱

---

① 《大学令》，《蔡元培全集》第二卷，杭州：浙江教育出版社1998年8月第1版，第212页。按，据《蔡元培全集》注释，《大学令》虽为政府公告，但部分条文系蔡元培自己动手写的。又，1912年10月24日《大学令》正式颁布时，蔡元培已经辞去教育总长职务，时任总长为接替他的范源濂。

② 详见《北京大学纪事：1898—1997》，王学珍等编，北京：北京大学出版社1998年4月第1版。按，劳乃宣属于京师大学堂时期的校长，清廷宣布退位后即辞校长职。又，马良为章士钊任内的代理校长，1912年12月27日二人同时获准辞职，故而章士钊的任期也可以说是一直到12月27日。

浦;译书局总办的严复,副总办的林纾;民初任文科教务长的姚永概、汪凤藻、马其昶、陈衍、宋育仁在当时文坛都是桐城古文派的中坚分子"①。而这一批桐城派作家,都是重振桐城派文脉的晚清重臣曾国藩的直接继承者,他们的思想意识及文学观念自然还不出传统中国文学"文以载道"②"阐道翼教"③的矩矱,由他们主持的北大文科,自然也是以保守传统为主。

当然,在胡仁源长校期间,曾经逐步聘请了一批章太炎门下弟子,如黄侃、马裕藻、沈兼士、朱希祖、钱玄同等,他们发扬张大了章太炎推重六朝的文学观念,减弱了桐城派在北大的影响。④ 但一方面这些人所讲授的主要是中国传统国学尤其是小学的课程,另一方面章太炎及此时在北大教书的章门弟子在文化理念、文学观念

---

① 《五四新文化的源流》,陈万雄著,北京:生活·读书·新知三联书店1997年1月第1版,第26页。

② 一般认为,"文以载道"的说法最早出现于北宋周敦颐的《通书·文辞》:"文,所以载道也。"《周敦颐集》,[北宋]周敦颐著,谭松林、尹红整理,长沙:岳麓书社2002年12月第1版,第46页。

③ 方宗诚《桐城文录·义例》:"望溪先生(方苞)之文,以义法为宗,非阐道翼教,有关人伦风化者,不苟作。"见《桐城派文论选》,贾文昭编著,北京:中华书局2008年7月第1版,第352页。

④ 李振声《作为新文学思想资源的章太炎》,《书屋》2001年第1期。

上坚持的是一种甚至比桐城派更为保守的复古立场①，并没有什么可以与桐城派抗衡的文学新思想、新理论。所以，此时的北京大学及其文科教育，在大学理念、主导思想上较之清末并没有在现代化的道路上有太大的进步。

二

真正的变化发生在蔡元培长校之后。

1916 年 9 月 1 日，时在欧洲留学的蔡元培接到北洋政府教育总长范源濂促其回国担任北京大学校长的电报。11 月，蔡元培离欧归国，12 月到达北京。12 月 26 日，时任中华民国总统的黎元洪

① 据朱元曙《章门"五王"》(初刊 2006 年 9 月 5 日《文汇报》)一文，"到 1918 年，太炎先生已有十位弟子在北大任教，他们是：朱希祖、马幼渔、陈大齐、康宝忠、黄侃、钱玄同、周作人、朱宗莱、沈兼士、刘文典。另外，还有向来被视为太炎弟子的沈尹默，以及 1920 年开始在北大兼课的太炎弟子鲁迅"。十二人中，属于新文学阵营的仅周氏兄弟、沈氏兄弟及钱玄同五人；而所谓"章门'五王'"，即章门弟子中最能继承太炎学术的黄侃(天王)、汪东(东王)、朱希祖(西王)、钱玄同(南王)、吴承仕(北王)五人，也只有钱玄同一人曾属意新文学，但他基本没有新文学创作，其他几人则均以传统文史之学为研究对象，创作及述学均舍白话而用文言，其中黄侃且是新文学公开的反对者。李振声在《作为新文学思想资源的章太炎》(《书屋》2001 年第 1 期)中却另有一说："近年来，研究者已越来越意识到，北大之所以最先成为新文化运动和新文学的发祥地和策源地，实与蔡元培入长北大，力倡'循思想自由原则，取兼容并包主义'直接相关。而蔡氏'兼容并包'主义的思想内核，实与太炎先生尊重差异性存在的齐物思想原则同格。其时北大文史教授中，章氏弟子正占上风，蔡元培的办学方针推行得相当顺利，基本未见梗阻，显然得力于具体操持学术研究和教学的教授层面的秉承师教，即与章氏齐物思想早已成为他们守持的思想学术底线直接相关。""北大章氏学派的渐成声势，既为蔡元培成功执掌北大奠定了具体学术研究教学层面的坚实基础，同时又为章氏另一批弟子如周氏二兄弟及后来成为《新青年》主导人物的陈独秀、胡适的进入北大铺设了通道。而颇有意味的是，章门弟子中构成新文学主要阵容的一系，与谨守家法师承研治旧学的一系，两者旨趣相去甚远却终未积不相能、口出恶言，现在看去，恐怕不能不与章氏门人共同秉持的师教，即所谓物畅其性、各安所安的齐物思想底线有相当的关系。"此说甚辩，然揆之当时，章门弟子之间虽然多有同门相亲之事迹，固亦颇有"积不相能"以至互相攻讦的实际表现(如朱元曙文所记)，"终未积不相能、口出恶言"之说实不确，故"秉承师教"的"齐物思想"似仅能看作极为邈远的"思想学术底线"。"蔡元培的办学方针推行得相当顺利"更为直接的原因，可能还是蔡元培与章门弟子之间的"革命"情谊，包括与一部分人之间始于清末的民族革命情谊，与另一部分人之间直面当下的思想革命情谊。

签发任命状,任命蔡元培为北京大学校长。1917年1月4日,蔡元培正式就任北京大学校长。

就职之后,蔡元培开始了他整顿改造北京大学的工作。

1917年1月9日,蔡元培发表就职演说,针对学生提出了"抱定宗旨"("为求学而来")、"砥砺德行"、"敬爱师友"的三项希望,针对校事提出了"改良讲义"和"添购书籍"的两项计划,并发出了"大学者,研究高深学问者也"的宣言。① 这既是在1912年《大学令》基础上再次对大学性质的具体定位,也是大学进行现代化改革的方向说明。

稍后,在其刚刚就职不到半个月的1917年1月18日,蔡元培又在给友人吴稚晖的信中申明了自己整顿北大的指导思想:

> 大约大学所以不满人意者,一在学课之凌杂,二在风纪之败坏。救第一弊,在延聘纯粹之学问家,一面教授,一面与学生共同研究,以改造大学为纯粹研究学问之机关。救第二弊,在延聘学生之模范人物,以整饬学风。②

这里所说解决问题的两个方面其实就是一个延聘教员——"纯粹之学问家"或"模范人物"——的问题,所以蔡元培整顿北大的工作首先就是从延聘教员做起。

蔡元培整顿北大的这一指导思想,应该是基于他海外留学数

---

① 蔡元培《就职北京大学校长之演说》,《蔡元培全集》第三卷,杭州:浙江教育出版社1998年8月第1版,第8—10页。

② 蔡元培《复吴稚晖函》(1917年1月18日),《蔡元培全集》第十卷,杭州:浙江教育出版社1998年8月第1版,第285页。

年间观察分析欧美大学教育与学习西方现代教育理论之后的深刻总结。十多年后的 1931 年 12 月 3 日，属于蔡元培晚辈的梅贻琦在出任清华大学校长时发表的就职演说中，有一段非常著名的宣言："办学校，特别是办大学，应有两种目的，一是研究学术，二是造就人材。""我们要向高深研究的方向去做，必须有两个必备的条件，其一是设备，其二是教授。""一个大学之所以为大学，全在于有没有好教授。孟子说：'所谓故国者，非谓有乔木之谓也，有世臣之谓也。'我现在可以仿照说：'所谓大学者，非谓有大楼之谓也，有大师之谓也。'我们的智识，固有赖于教授的教导指点，就是我们的精神修养，亦全赖有教授的 inspiration。"①这和蔡元培当年整顿北大的指导思想简直如出一辙，强调的也正是延聘教员的重要性。

关于教师的重要性，梅贻琦在其后的长校岁月中且曾一再强调："凡一校之精神所在，不仅仅在建筑设备方面之增加，而实在教授之得人。"②"本校之扩为大学，始自民国十四年，至今不过十年耳。过去五年，正为大学成长充实应经之重要阶段。此五年中吾人所努力奔赴之第一事，盖为师资之充实。吾人常言：大学良窳，几全系于师资与设备之充实与否；而师资为尤要。是以吾人之图本校之发展，之图提高本校之学术地位也，亦以充实师资为第一义。……总之，师资为大学之第一要素，吾人知之甚切，故亦图之

① 《梅校长到校视事召集全体学生训话》，原刊 1931 年 12 月 4 日《国立清华大学校刊》第341 号，转引自《清华大学史料选编》第二卷（上），清华大学校史研究室编，北京：清华大学出版社 1991 年 3 月第 1 版，第 219 页。按，所引孟子语出《孟子·梁惠王下·第七章》："孟子见齐宣王曰：'所谓故国者，非谓有乔木之谓也，有世臣之谓也。'"见《孟子正义》，[清]焦循撰，沈文倬点校，北京：中华书局 1987 年 10 月第 1 版，第 142 页。

② 原刊 1932 年 9 月 16 日《国立清华大学校刊》第 432 号，转引自《水木清华——二三十年代清华校园文化》，黄延复著，桂林：广西师范大学出版社 2001 年 5 月第 1 版，第 65 页。

至哑也。"①言之者再，可见梅贻琦对此"第一事""第一要素"确实极为重视。

梅贻琦的那句名言，据说可能又取资于美国的一位教育家。台湾"商务印书馆"出版的刘真著《教育问题平议》一书中，有一篇是专门谈大学教育的，其中有云："欧洲和美国早期的大学，多着重于如何遴聘优良教授主持学术研究工作。美国教育史上一位最著名的大学校长吉尔曼(Daniel Coit Gilman)，在其开始筹设霍布根斯大学(The Johns Hopkins University)之初(1872年)，特别先往欧洲考察各国的大学教育制度。同时也想利用考察的机会，在欧洲选聘一些著名的学者到美国讲学。他认为要办'好的大学'，必须有'好的教授'。大学的基础在'人'，不在'建筑'。他有一句三个字的名言是：'Man, not buildings.'亦即'大学所需要的是大师而非大厦'之意。"②

其实，在梅贻琦、蔡元培之前，1912年10月出任北京大学代理校长的马良(相伯)，在其就职演说中也曾经发表过近似的观点：大学"非校舍之大之谓，非学生年龄之大之谓，亦非教员薪水之大之谓，系道德高尚，学问渊深之谓也"。马良早年在教会学校读书，后又游历欧美、日本，长期关注现代教育，是震旦大学、复旦公学(复旦大学)的创办人，这大学"非校舍之大之谓"，可以说是梅贻琦高论的先声。不过，他这一要求的侧重点是在学生方面，所以接下来有"诸君在此校肄业，需尊重道德，专心学业，庶不辜负大学生三

---

① 梅贻琦《致全体校友书》，原刊1936年4月《清华校友通讯》第3卷第1—5期，转引自《大学精神》，杨东平主编，上海：文汇出版社2003年8月第1版，第238—239页。

② 转引自谢泳《梅贻琦的高明之处》一文，《教育科学论坛》2000年第9期。

字"等说法。①

无独有偶，比马良更早，1901 年（光绪二十七年），时任清廷管学大臣的张百熙在举荐吴汝纶为京师大学堂总教习的奏折中，也曾经发表过类似的议论："窃维大学堂之设，所以造就人才，而人才之出，尤以总教习得人为第一要义，必得德望具备品学兼优之人，方足以膺此选。臣博采舆论，参以旧闻，惟前直隶冀州知州吴汝纶，学问纯粹，时事洞明，淹贯古今，详悉中外，足当大学堂总教习之任。"②总教习是全校具体教务的负责人③，虽非后来所说的专任教师，但从张百熙对吴汝纶的称赞强调"学问纯粹""详悉中外"也可以看出这毫无疑问还是对师表人才的重视。事实上，早在 1898 年（光绪二十四年）的《总理衙门奏拟京师大学堂章程》中已经提出"必择中国通人，学贯中西，能见其大者为总教习，然后可以崇体制而收实效"④，而时任管学大臣孙家鼐在举荐许景澄为大学堂首任总教习的奏折中也强调其人"学赅中外，通达政体，居心立品，又为众所翕望"⑤，可见这早已是当年创建大学堂时的社会共识。

但不管梅贻琦等人是否有鉴于吉尔曼之说而立论——中国现代大学原本是学习借鉴西方现代大学而建立的——这几种说法本

① 转引自《北京大学纪事：1898—1997》，王学珍等编，北京：北京大学出版社 1998 年 4 月第 1 版，第 30 页。

② 《张百熙奏举吴汝纶为大学堂总教习折》，转引自《北京大学史料·第一卷：1898—1911》，北京大学校史研究室编，北京：北京大学出版社 1993 年 4 月第 1 版，第 305 页。

③ 《钦定京师大学堂章程（光绪二十八年十一月）》第六章："设总教习一员，主持一切教育事宜。"转引自《北京大学史料·第一卷：1898—1911》，北京大学校史研究室编，北京：北京大学出版社 1993 年 4 月第 1 版，第 96 页。

④ 《总理衙门奏拟京师大学堂章程》第五章，转引自《北京大学史料·第一卷：1898—1911》，北京大学校史研究室编，北京：北京大学出版社 1993 年 4 月第 1 版，第 84 页。

⑤ 《孙家鼐为大学堂总教习事请旨遵行疏》，转引自《北京大学史料·第一卷：1898—1911》，北京大学校史研究室编，北京：北京大学出版社 1993 年 4 月第 1 版，第 305 页。

身已经可以说明，关于"大学之大"，实在是"东海西海，心理攸同"的，"Man, not buildings"，实在只是一个朴素不过的真理，是关于现代教育的共识，也就是建设现代大学的题中应有之意。事实证明这样的办学思路也是非常有效的，张百熙、马良短期执掌北大虽然未见明显成效，蔡元培执掌北大和梅贻琦执掌清华则是两个非常成功的例证。

三

蔡元培延聘教员的具体工作是从文科开始入手的。1916 年 12 月 26 日，也就是在被正式任命为北大校长的当天，蔡元培即到旅馆拜访时来北京为《新青年》杂志募款的陈独秀，并邀请陈担任北大文科学长。1917 年 1 月 11 日，蔡元培以学校名义致函北京政府教育部，要求批准陈独秀为北大文科学长；13 日，教育部复函北大，批准陈独秀为文科学长，15 日，陈独秀到任。其后，一大批后来成为新文化运动风云人物的教授相继走上北大讲坛：1917 年 4 月，周作人来到北大；1917 年 9 月，胡适、刘半农来到北大；1918 年，李大钊（图书馆主任）、宋春舫来校；1920 年 8 月，鲁迅到北大上课。加上前此已在北大任教的沈尹默、钱玄同，于是整个北大文科的教员面貌焕然一新：所谓五四新文化运动、新文学运动的核心人物，这时候齐集北大，为新文化运动和新文学运动的展开汇聚了基本的核心力量，做好了人员与思想的准备。

1929 年 11 月 20 日，蔡元培在为《国立北京大学卅一周年纪念刊》作序时，言及北大在五四时代之光荣认为："有一部分的人，好引过去的历史北大的光荣，尤以五四一役为口头禅；不知北大过去中差强人意之举，半由于人才之集中，半亦由于地位之特别。盖当时首都仅有此惟一之国立大学,故于不知不觉中当艰难之冲,而隐隐然取得领袖之资格。"①"地位之特别"固是特殊年代历史发展的结果,"人才之集中"与"地位之特别"关系密切,更与大学主持者即蔡元培的办学思想举措关系密切。

对蔡元培当年主导的北大改革,当代学者陈平原先生在《新教育与新文学》中曾有过这样的分析:"在二十世纪的中国,'新教育'与'新文学'往往结伴而行。最成功的例证,当属五四新文化运动。蔡元培、陈独秀、胡适之等人提倡新文化的巨大成功,很大程度得益于其强大的学术背景——北京大学。不只是因北大作为其时惟一的国立大学,有可能'登高一呼,应者云集';更因其代表的现代教育体制,本身便与'德先生'、'赛先生'同属西方文化体系。"②这种更强调从精神层面上看待历史的态度,当然因为研究者比当年的亲历者已经多了一层历史的眼光。和陈平原先生相似,钱理群先生在论及北大改革与新文化运动的关系时也曾就蔡元培的一系列改革措施做出这样的总结分析:"1917年初蔡元培就任校长以后对北京大学所进行的一系列的教育改革,与新文化运动的发动,几乎是同步的,改造后的北京大学自然成了新文化运动的中心。蔡

---

① 蔡元培《〈国立北京大学卅一周年纪念刊〉序》,《蔡元培全集》第六卷,杭州:浙江教育出版社1998年8月第1版,第437页。关于北大当时的特殊地位,蔡元培1921年7月在旧金山对华侨演讲中已经有过分析:"国立大学只有四个。其中天津之北洋大学,只有法、工两科。山西大学虽有四科,惟因交通不便,学生亦仅数百人。东南大学新办预科,其幼稚可以想见。……中国之私立大学,亦寥若晨星,北京则有中国、民国,上海则有大同、复旦,且经费亦感困难。此外则有厦门大学,由陈嘉庚先生独捐四百万,办预科。……力量较大者,惟一北京大学,有三千余学生,一百六十余教授,单独担任全国教育。"(蔡元培《在旧金山华侨欢迎会的演说词》,《蔡元培全集》第四卷,杭州:浙江教育出版社1998年8月第1版,第359页。)这确是北大"取得领袖之资格"的重要外部因素。

② 陈平原《新教育与新文学》,《中国大学十讲》,陈平原著,上海:复旦大学出版社2002年10月第1版,第102页。

元培对北大的改造，是中国大学向'教育现代化'的道路跨出的决定性的一步；而新文化运动则直接导致了中国现代文学的诞生。"①所谓"同步"，强调的是北大改革与新文化运动的相互影响作用，其实倒不妨更加直接地说，蔡元培在北大进行的一系列教育改革，本身就是新文化运动的一个组成部分，因为蔡元培的本意就是要促成北京大学以至中国教育的现代化，甚至不妨说是在借新文化运动的力量来进行北京大学的现代化改革。至于蔡元培首先从文科的现代化改革开始着手，以及因为要倡导新文化而开启的新文学运动，只是北京大学现代化进程中的一个组成部分而已，尽管后来这一附庸蔚然成为大国，反过来成为促成大学现代化的决定性力量。

从蔡元培及其同时代人的言论中也可以看出，北大的改革既是一次目标明确、定位准确的改革，也是一次成效显著的改革。

蔡元培在晚年所作《自写年谱》中忆及当年改革北大的工作时说：

> 教学上的整顿，自文科始。旧派教员中为沈尹默、沈兼士、钱玄同诸君，本已启革新的端绪。自陈独秀君来任学长，胡适之、刘半农、周豫才、周岂明诸君来任教员，而文学革命、思想自由的风气，遂大流行。②

① 钱理群《〈二十世纪中国大学与大学文化〉丛书序》，《西南联大历史情境中的文学活动》，姚丹著，桂林：广西师范大学出版社 2000 年 5 月第 1 版，"序"第 5 页。

② 蔡元培《自写年谱》，《蔡元培全集》第十七卷，杭州：浙江教育出版社 1998 年 8 月第 1 版，第 477 页。按，周豫才，即鲁迅，来北大执教是在陈独秀离开北大之后，蔡元培这里的表述不是很准确。

强调的正是当年北大改革与文学革命之间的历史关联。

当年正在北大哲学系求学的杨晦（1917 级，后于 1950 至 1966 年间担任北京大学中文系主任），晚年在回忆往事时是这样评说蔡元培的改革成绩的：

> 蔡元培是主张兼容并包的，请的各方面的人物都有，但是，其中主要的还是一些当时认为有进步思想的学者，这就不但在北大形成了一种学术空气，名符[副]其实地成为当时的最高学府，而且把一些进步的思想家、学者集中在一个大学里，成为一种文化上的新的力量，这个影响是很大的。……自 1917 年起，改革得最大的是文科各系，像哲学系、历史系和中国文学系……这三系新聘请来的进步教授也最多。①

当年与杨晦同时在北大求学的中文系学生杨亮功（1917 级），晚年在台湾回忆往事时也发表了与杨晦一致的看法，但他更强调了中国文学系的作用：

> 一个大学学术思想之转变，因而推动了全国学术思想之转变，这并非是意外之事。但是北大学术思想转变的中心是在文科，而文科的中国文学系又是新旧文学冲突之焦点。②

---

　　① 杨晦《五四运动与北京大学》，《北大旧事》，陈平原、夏晓红编，北京：生活·读书·新知三联书店 1998 年 1 月第 1 版，第 50 页。按，1919 年之前北大文（理）科各"系"的实际名称是"门"。

　　② 杨亮功《早期三十年的教学生活》，《早期三十年的教学生活·五四》，杨亮功著，合肥：黄山书社 2008 年 1 月第 1 版，第 18 页。

当代学者陈平原先生在研究北大校史时,也特别强调了文科尤其是中国文学系(文学院)在成就北大之现代化方面的重要作用,并分析了其所以如此的原因:

> 就对时代思潮及社会风尚的影响而言,文科无异更直接,也更有效——假如当初蔡校长首先经营理科,北大不可能在两三年内焕然一新。[①]

> 有好几个因素,使得北大文学院的教授们尽领风骚。首先,北大之影响中国现代化进程,主要在思想文化,而不是具体的科学成就;其次,人文学者的成果容易为大众所了解,即便在科学技术如日中天的当下,要讲知名度,依然文胜于理。再次,文学院学生擅长舞文弄墨,文章中多有关于任课教授的描述,使得其更加声名远扬。最后一点并非无关紧要:能够得到公众关注并且广泛传播的,不可能是学术史,而只能是"老北大的故事"。[②]

正是文科尤其是中国文学系(国文门)的整顿彻底改变了北京大学的学风和校格,使北京大学真正实现了从传统太学向现代大学的转变。而促成这一转变的直接的契机,正是陈独秀被蔡元培聘为文科学长和他主编的以提倡新文学、新文化为己任的《新青年》杂

---

① 陈平原《"兼容并包"的大学理念》,《中国大学十讲》,陈平原著,上海:复旦大学出版社2002年10月第1版,第48页。
② 陈平原《"轶事"之不同于"正史"》,《老北大的故事》,陈平原著,南京:江苏文艺出版社1998年3月第1版,第29页。

志进入北大。

第二节 "一校一刊"与中国新文学运动的兴起

一

　　香港学人陈万雄在其专著《五四新文化的源流》中,仔细分析了《新青年》各卷作者队伍的具体构成(包括主要作者的籍贯、生平)之后,对其发展历程有一个非常全面的总结:"《青年杂志》的初办是以陈独秀为首的皖籍知识分子为主的同仁杂志,且互相间有共事革命的背景";"以迄于第二卷结束,该志'圈子杂志'的色彩依旧浓厚,因该卷作者与主编陈独秀大都是熟稔和有一定交谊的朋友"。陈独秀出任北京大学文科学长、《新青年》编辑部随往北大之后,"比对前二卷的作者,第三、第四卷新加入《新青年》撰稿的作者最值得注意的是,除鲁迅及个别人外,几尽是北京大学的教员和学生,在第四卷尤其明显。这表明陈独秀进入了北京大学主持文科后,《新青年》迅即成为了北大革新力量的言论阵地;反过来,《新青年》杂志倡导的新文化运动,得当时全国最高学府一辈教授的加盟,声势更盛。一刊一校为中心的新文化运动倡导力量因而形成"。"陈独秀之往掌北大文科,促使了北大原有革新力量成为《新青年》作者,这一刊一校革新力量的结合,倡导新文化运动才形成了一个集团性的力量。""这新文化运动的中心力量,实在是20世纪形成的具有强烈文化思想意识的革命知识分子的代表,是20世纪初最先进的一股革新力量。"①正是这一革新力量决定了新文化运动和新文学运动的发展方向,并最终影响了二十世纪中国的现代化进程。

《新青年》初名《青年杂志》,1915年9月15日在上海创刊,至次年2月15日止共出6期,是为第一卷;第二卷更名《新青年》,1916年9月1日出刊第一期,到1917年1月本卷第五期出版时,陈独秀开始担任北京大学文科学长;1917年3月1日,《新青年》第三卷第一期出刊。

有意味的是,1916年12月26日,蔡元培正式被任命为北大校长的当天,也就是蔡元培拜访陈独秀并邀请他担任北大文科学长的这一天,蔡元培还应信教自由会之邀在中央公园做了一个演讲,在稍后出版的第二卷第五号的《新青年》上,以《蔡孑民先生在信教自由会之演说》为题发表了"记者"记录的演讲词②。按照当时的表达习惯,"记者"应即《新青年》杂志的编辑者陈独秀。第二卷第五号是《新青年》进入北大之前编成的最后一期,其上发表的蔡元培邀请陈独秀入北大当天的演讲词,可以说是影响了整个新文化运动的"一校一刊"革新力量之结合的标志性事件。

按照与蔡元培的约定,《新青年》编辑部也随陈独秀进入北大。

1917年1月1日,《新青年》第二卷第五号出版,在这一期上发表了当时尚在美国留学的胡适的《文学改良刍议》,文章提出文学改良所应着手的八个方面,并声言:"白话文学之为中国文学之正

① 《五四新文化的源流》,陈万雄著,北京:生活·读书·新知三联书店1997年1月第1版,第6页、第11页、第17页、第43页、第44页。
② 此文以《在信教自由会之演说》为题收《蔡元培全集》第二卷,杭州:浙江教育出版社1998年8月第1版,第493—496页。

宗,又为将来文学必用之利器,可断言也。"①

　　1917年2月1日,《新青年》第二卷第六号出版,这应该是《新青年》进入北大后编辑出版的第一期,在这一期上,陈独秀发表了响应胡适《文学改良刍议》的《文学革命论》,宣布"余甘冒全国学究之敌,高张'文学革命军'大旗,以为吾友之声援"②。文学革命的号角于是正式吹响。

　　1918年1月,《新青年》第四卷第一号开始改用白话文,并发表了以胡适的《鸽子》及沈尹默的《月夜》等为代表的新诗③,这是中国新诗的第一次公开发表,也是白话新文学的第一次公开发表。

　　1918年4月,《新青年》第四卷第四号发表胡适的《建设的文学革命论》,系统地论述了关于新文学的理论主张,并正式提出了"国语的文学、文学的国语"的口号。

　　1918年5月,《新青年》第四卷第五号发表鲁迅的《狂人日记》,这是中国新文学史上第一篇真正的白话小说。其后,"《孔乙己》(1919年4月《新青年》第六卷第四号)、《药》(1919年5月《新青年》第六卷第五号)等,陆续的出现了,算是显示了'文学革命'的实绩,又因那时的认为'表现的深切和格式的特别',颇激动了一部分青

---

　　①　《胡适文集·2》,欧阳哲生编,北京:北京大学出版社1998年11月第1版,第14页。按,《新青年》杂志的实际出版日期可能和杂志上标明的出版日期不一致,但名义上毕竟应以杂志所标日期为准,因此依旧可以认定第二卷第五号就是《新青年》进入北大之前编成的最后一期。

　　②　《胡适文集·2》,欧阳哲生编,北京:北京大学出版社1998年11月第1版,第16页。按,陈独秀此文系作为胡适《文学改良刍议》的附录收入《胡适文集》者。

　　③　这一组诗共九首:胡适《鸽子》、沈尹默《鸽子》、沈尹默《人力车夫》、胡适《人力车夫》、刘半农《相隔一层纸》、沈尹默《月夜》、刘半农《题女儿小惠周岁日造像》、胡适《一念》、胡适《景不徙》。

年读者的心"①。新文学至此才算是真正有了迥异于旧文学且足以傲视旧文学的作品，白话文学的文学地位因而得以确立。

在同一期的《新青年》第四卷第五号上，还发表有胡适的《论短篇小说》，第一次对短篇小说这一文体进行了理论界说："短篇小说是用最经济的文学手段，描写事实中最精彩的一段，或一方面，而能使人充分满意的文章。"②

1918年12月，《新青年》第五卷第六号发表周作人的《人的文学》，在文学工具的革新之外，从理论上确立了新文学人道主义的思想主脉。

1919年2月，《新青年》第六卷第二号发表周作人的新诗《小河》，当时就被誉为"新诗中的第一首杰作"③，其后又被看作"新诗乃正式成立"④的标志。

1919年3月，《新青年》第六卷第三号发表胡适的独幕话剧《终身大事》，是为中国现代戏剧史上第一个白话剧。

……

至此，可以说文学革命运动通过《新青年》杂志在理论与创作

---

① 鲁迅《且介亭杂文二集·〈中国新文学大系〉小说二集序》，《鲁迅全集》第六卷，北京：人民文学出版社2005年11月第1版，第246页。

② 《胡适文集·2》，欧阳哲生编，北京：北京大学出版社1998年11月第1版，第104页。按：此文原为胡适1918年3月15日在北京大学的演讲，傅斯年的记录稿发表1918年3月22日至27日的《北京大学日刊》，《新青年》上发表的是胡适的改定稿。

③ 胡适《谈新诗——八年来一件大事》，《胡适文集·2》"胡适文存"，欧阳哲生编，北京：北京大学出版社1998年11月第1版，第134页。按：此文发表于1919年10月10日出版的《星期评论》"双十节纪念专号"，胡适在文章后面所署的写作时间是"民国八年，十月"。

④ 这是朱自清在编选《中国新文学大系·诗集》后所写的《选诗杂记》中引述的话，原话为1922年8月出版的"北社"版《新诗年选》"编者"在《一九一九年诗坛纪略》中所说："周作人随刘复作散文诗之后而作《小河》，新诗乃正式成立。"《朱自清散文》（中），延敬理、徐行选编，北京：中国广播电视出版社1994年8月第1版，第389页。

上已经全面展开，新文学的文学地位至此已得到确立，新文化运动也走向高潮。

二

就在《新青年》杂志的影响越来越大的时候，一批受《新青年》影响的北大学生，组织成立了"新潮社"——

民国七年，孟真和我还有好几位同学抱着一股热忱，要为文学革命而奋斗。于是继《新青年》而起组织新潮社，编印《新潮》月刊，这是在这个时代中公开主张文学革命的第二个刊物。我们不但主张，而且实行彻底地以近代人的语言，来表达近代人的意思，所以全部用语体文而不登载文言文。我们主张文学主要的任务，是人生的表现与批评，应当着重从这个方面去使文学美化和深切化，所以我们力持要发扬人的文学，而反对非人的与反人性的文学。……我们主张的轮廓，大致与《新青年》主张的范围，相差无几。其实我们天天与《新青年》主持者相接触，自然彼此之间都有思想的交流和互相的影响。不过，从当时的一般人看来，仿佛《新潮》的来势更猛一点，引起青年们的同情更多一点。……到了民国八年上半年，文学革命运动的巨浪发生，更把他澎湃至全国每一个角落，这股伟大的思潮，在许多方面很像是十八世纪后期由德国开始，以后弥漫到全欧的"启明运动"。①

　　这是原新潮社负责人罗家伦的一段满怀深情和热情的对《新潮》的回忆，也是对《新潮》杂志和新潮社历史功绩的一个公正的总结。

　　新潮社于1918年秋组织成立，主要成员有傅斯年、罗家伦、杨振声、俞平伯、康白情、顾颉刚、郭绍虞、汪敬熙、欧阳予倩等。1919年1月，《新潮》月刊出版。和《新青年》一样，《新潮》也是综合性杂志，既有论文，也有创作，两个刊物相辅而行、相得益彰，为新文学的站稳脚跟和发展壮大，做出了重要贡献。鲁迅在十多年后谈及《新潮》上的小说作品时认为："自然，技术是幼稚的，往往留存着旧小说上的写法和语调；而且平铺直叙，一泻无余；或者过于巧合，在一刹时中，在一个人上，会聚集了一切难堪的不幸。然而又有一种共同前进的趋向，是这时的作者们，没有一个以为小说是脱俗的文学，除了为艺术之外，一无所为的。他们每作一篇，都是'有所为'而发，是在用改革社会的器械——虽然也没有设定终极的目标。"②虽然《新潮》上并没有发表什么特别重要的文学作品，但这毕竟开启了新文学关怀社会人生的主导倾向。新潮社是新文化运动中正

---

　　① 转引自《五四运动回忆录（续）》，中国社会科学院近代史研究所编，北京：中国社会科学出版社1979年11月第1版，第185页。按，"启明运动"即启蒙运动。1950年12月20日，新潮社的另外一员主将傅斯年（孟真）在台湾大学校长任上猝逝，罗家伦在同年12月31日出版的台北《中央日报》上，发表《元气淋漓的傅孟真》一文以示哀悼，其中就有这一段对《新潮》的回忆。（罗家伦此文全文收《傅斯年印象》[王为松编，上海：学林出版社1997年12月第1版]，编者有文字改动。）
　　② 鲁迅《且介亭杂文二集·〈中国新文学大系〉小说二集序》，《鲁迅全集》第六卷，北京：人民文学出版社2005年11月第1版，第247页。

式成立的第一个社团①，这个社团，以北京大学国文系的学生为主，在发展中又有北大哲学系学生朱自清、北大旁听生孙伏园以及在苏州中学教书的叶绍钧（顾颉刚、俞平伯同乡友人）等人参加。1920年3月，新潮社举行第三次职员改选，北大教授周作人被选为主任编辑，于是新潮社又成为一个由北大师生共同参与的社团。1922年3月，《新潮》杂志出版第三卷第二期之后停刊；1925年3月，原新潮社成员李小峰创建北新书局，新潮社的出版发行事业也告终止，但北新之名本来就来自"北京大学新潮社"②，这个后来以出版新文学书籍著称的"以服务于新文化事业为宗旨"③的出版社正是对新潮社事业的继承发展。

随着《新青年》和《新潮》杂志的出版发行，"文学革命"在社会上的影响自然越来越大。这首先是影响到北京大学之外的当时北京的其他一些高校。1919年11月，交通部所属的北京铁路管理学校的郑振铎，北京俄文专修馆的瞿秋白、耿济之，北京汇文大学④的瞿世英等人，受北京基督教青年协会下属的北京社会实进会委托，创办《新社会》旬刊。稍后，又有瞿世英同学许地山、中国大学学生

---

① 《新青年》自1918年1月的第四卷第一号起所有稿件"悉由编辑部同人公司担任，不另购稿"，成为事实上的同人杂志，但并无正式成立社团的标志。参《飞扬跋扈为谁雄——作为文学社团的新青年社研究》，庄森著，上海：东方出版中心2006年6月第1版，第102—105页。

② 鲁迅在1925年2月17日致李霁野信中有云："《语丝》是他们新潮社里的几个人编辑的。"（《鲁迅全集》第十一卷，北京：人民文学出版社2005年11月第1版，第458页。）《语丝》周刊1924年11月17日创刊，北新书局1925年3月15日正式创办，但1924年5月出版的《呐喊》第三版已经以"北新书局"的名义出版了，《语丝》和北新书局均可视为新潮社的继承者。而以《语丝》周刊为中心的这个非正式文学社团，其主要成员鲁迅、周作人、钱玄同、江绍原、孙伏园、顾颉刚、林语堂等均为与大学关系密切者，他们也是北新书局的主要支持者，于是北新书局也就成为当时与新文学关系最为密切的出版社了。

③ 《北新书局与中国现代文学》，陈树萍著，上海：上海三联书店2008年12月第1版，第3页。

④ 1919年底，北京汇文大学与华北协和女子大学、通州协和大学合并为燕京大学。

王统照与北京大学学生郭梦良、徐其湘加入编辑部。和《新青年》《新潮》一样，《新社会》也是一个综合性杂志，主要发表关于社会问题的纪实或论说，也有少量的文学作品。"《新社会》有着非常明确的启蒙立场，体现了五四一代文人的启蒙思想以及对现实结果复杂的感受。"[①]1920 年 5 月，《新社会》办到第 19 号时，被北京当局查禁。郑振铎、瞿秋白等人又于 8 月间创办了《人道月刊》，但仅出版一期便因经费无着而停刊。

《人道月刊》的停刊，直接促成了新文学史上第一个文学社团文学研究会的成立——

> 作为新文化运动的知识分子，郑振铎等人迫切需要一个可以战斗并作用于社会的阵地，这个阵地就是他们手中的杂志。而北洋军阀剥夺了他们手中的《新社会》，并继而剥夺了《人道月刊》，逼使他们在失去旧的战斗阵地的同时，迫切地寻找和建立新的阵地，这也就直接导致了文学研究会的产生。[②]

于是——

> 一九二〇年十一月间，有本会的几个发起人，相信文学的重要，想发起出版一个文学杂志，以灌输文学常识，介绍世界文学，整顿中国旧文学，并发表个人的创作。征求了好些人的

---

① 《知识分子的岗位与追求——文学研究会研究》，石曙萍著，上海：东方出版中心 2006 年 6 月第 1 版，第 4 页。

② 《知识分子的岗位与追求——文学研究会研究》，石曙萍著，上海：东方出版中心 2006 年 6 月第 1 版，第 9 页。

同意。但因经济的关系,不能自己出版杂志。因想同上海各书局接洽,由我们编辑,归他们出版。当时商务印书馆的经理张菊生君和编辑主任高梦旦君适在京,我们遂同他们商议了一两次,要他们替我们出版这个杂志。他们以文学杂志与《小说月报》性质有些相似,只答应可以把《小说月报》改组,而没有允担任文学杂志的出版。我们自然不能赞成。当时就有几个人提议,不如先办一个文学会,由这个会出版这个杂志,一来可以基础更加稳固,二来同各书局也容易接洽。大家都非常赞成。于是本会遂有发起的动机。[①]

1920年11月23日,在北京东城万宝盖胡同耿济之家,召开了文学研究会的筹备会议,出席者有郑振铎、耿济之、许地山、瞿世英及郭绍虞、蒋百里、周作人七人,会议确定了"文学研究会"的名称,并推举周作人起草"文学研究会宣言"[②]。此后,经过11月29日、12月4日、12月30日几次筹备会议,确定了会章、宣言,讨论了入会者名单。1921年1月4日,"文学研究会"在北京中央公园来今雨轩正式宣告成立。当时公布的十二位发起人是:周作人、朱希祖、耿济之、郑振铎、瞿世英、王统照、沈雁冰、蒋百里、叶绍钧、郭绍虞、孙伏园、许地山。这十二人中,蒋百里是当时军政界名人[③],周作人、朱希祖是北大教授,叶绍钧是苏州地方上的小学教师,沈雁冰是上海

---

① 《文学研究会会务报告(第一次)》,刊1921年2月10日《小说月报》第十二卷第二号。
② 宣言11月28日草成(据周作人日记),曾刊1920年12月13日北京《晨报》、1920年12月19日上海《民国日报·觉悟》、1921年1月1日《新青年》第八卷第一号、1921年1月10日《小说月报》第十二卷第一号。
③ 蒋百里虽身在军界,但爱好文艺,1920年自欧洲考察回国后的一段时间主要从事文化活动,曾编纂《欧洲文艺复兴史》,另译有挪威作家班生的小说《鸷巢》,刊《小说月报》第十二卷第七号(1921年7月)。

商务印书馆编辑，曾经是北京大学预科的学生，其余七人均为在校学生。十二人中，不在北京的为沈雁冰、叶绍钧二人①，来自《新社会》的是耿济之、郑振铎、瞿世英、许地山、王统照五人，来自新潮社的是周作人、叶绍钧、郭绍虞、孙伏园四人。由此可知，文学研究会实际上是以《新社会》和新潮社这两个团体为基础组合而成的一个以在校大学生为主体的文学社团。而除蒋百里之外，其余诸人都是和大学关系非常密切者。其后加入文学研究会的成员，大部分也是在校学生，其中包括与《新社会》关系密切的瞿秋白、郭梦良、黄庐隐、高君箴，以及属于新潮社的俞平伯、朱自清等人。

改组后的《小说月报》，由沈雁冰主编，成为新文学史上第一个纯文学刊物。其后，又创办《文学旬刊》作为文学研究会的机关刊物。

文学研究会的成立，给当时关注新文学的学生界树立了一个典范，于是一大批新文学社团相继成立——

1921年6月，创造社在日本东京成立，主要成员有郭沫若、郁达夫、成仿吾、张资平等，出版有《创造》季刊等刊物；

1921年11月，清华文学社在北京清华学校成立，主要成员有闻一多、梁实秋、顾毓秀等，出版刊物为《清华周刊》的"文艺增刊"；

1922年，浅草社在上海成立，成员有林如稷、陈炜谟、陈翔鹤、冯至等，1925年改组为沉钟社，出版有《浅草》季刊、《沉钟》周刊等；

1923年，弥洒社在上海成立，成员有胡山源、钱江春等，出版有

---

① 郭绍虞《五四运动述感》："文学研究会的发起与筹备都是郑振铎一人之力……至于此后的发展，则又以沈雁冰之力为多。""文学研究会的筹备在一九二〇年，到一九二一年一月才宣告成立，可是我在此时已在济南第一师范任教，而下半年就到福州协和大学去了。"（见《五四运动回忆录(续)》，中国社会科学院近代史研究所编，北京：中国社会科学出版社1979年11月第1版，第561页。）但一般仍旧因其参与了早期筹备工作而将他视为在京大学生。

《弥洒》月刊；

1923 年，绿波社在天津成立，成员有赵景深、于赓虞、焦菊隐、孙席珍等，出版有《绿波》旬刊等；

1925 年，莽原社在北京成立，成员有鲁迅、高长虹、韦素园等，出版有《莽原》周刊等；

1925 年，未名社在北京成立，成员有鲁迅、韦素园、李霁野、台静农等，出版有《未名》半月刊等；

……

这些文学社团，除创造社以留学日本的学生为主体之外，其余均以当时中国各地在校师生为主体。也就是说，新文学初期的文学社团，是以当时的校园文学作者为主体的，其成员主要就是当时各级各类学校的师生。

新文学社团的相继成立，以及一系列新文学刊物的相继出版，一方面是充实了新文学创作的作者队伍与发表园地，一方面也扩大了新文学的社会影响。而随着一批批学生社员的毕业离校，走向社会，他们当中的一部分依然继续其文学创作，一部分成为文学事业的组织指导者或教育者①，又将校园文学的创作影响再度扩及整个社会。比如赵景深就这样回忆到他在南开中学读书时的情况："当时正在五四运动以后不久，同学们很快的接受了新思潮。我们的国文教师是洪北平先生，他选胡适、陈独秀、蔡元培、梁启超诸家的白话文给我们读，课外又讲'新文学与旧文学'给我们听。

---

① 1929 年 8 月，南京国民政府教育部颁布中小学课程《暂行标准》，其制定者中有新文学作家胡适、刘大白等；1932 年，开明书店出版《开明小学国语课本》，共十二册四百来篇课文，全部出自著名新文学作家叶圣陶(叶绍钧)的创作或者改写，这套课本一直使用到 1949 年中华人民共和国成立之时，影响了一个时代的学子；1938 年教育部委托朱自清等撰拟大学中国文学系科目草案。这都使得新文学的社会影响有了制度上的支持。

我从他那里第一次知道了浪漫主义和自然主义，也从他那里第一次知道了托尔斯泰、莫泊桑之类。"①于是新文学运动初步实现了改变整个中国文学格局及其走向的目的，新文学最终确立了其"中国文学之正宗"的地位。

三

中国新文学发生于"五四"的前夜，是从对旧文学的批判开始登上历史舞台并经五四新文化运动而得以扩大影响的。"五四"之后，新文学虽然依旧还有各种各样的反对派，但是，他们实际上都已经不能再给新文学以什么真正的威胁了。新文学的发展壮大与旧文学的日趋式微已经是当时不争的事实。

1922 年 3 月，胡适在《五十年来中国之文学》中谈及当时刚刚出现的《学衡》杂志（也就是"学衡派"）时就非常乐观地说："《学衡》的议论，大概是反对文学革命的尾声了。我可以大胆说，文学革命已过了讨论的时期，反对党已破产了。从此以后，完全是新文学的创造时期。"②稍后，周作人在 1923 年 1 月 6 日所写的《读〈草堂〉》一文中谈到在成都出版的新文学杂志《草堂》时也说："近来见到成都出版的《草堂》，更使我对于新文学前途增加一层希望。向来从事于文学运动的人，虽然各地方都有，但是大抵住在上海或北京，各种文艺的定期刊也在两处发行。"他在文章中还发表了这样的意见："中国的新文学，我相信现在已经过了辩论时代，正在创造时代

---

① 赵景深《南开中学的一年》，《海上集》，赵景深著，上海：北新书局 1946 年 10 月初版，第 43 页。

② 胡适《五十年来中国之文学》，《胡适文集·3》"胡适文存二集"，欧阳哲生编，北京：北京大学出版社 1998 年 11 月第 1 版，第 262 页。

了。理论上无论说的怎样圆满,在事实上如不能证明,便没有成立的希望。四五年前新旧文学上,曾经起过一个很大的争斗,结果是旧文学的势力,渐渐衰颓下去了,但是这并非《新青年》上的嘲骂,或是五四运动的威吓,能够使他站不住的,其实只因新文学不但有理论,还拿得出事实来,即使还是幼稚浅薄,却有古文所决做不到的长处,所以占了优势。"①而《草堂》的出版说明新文学的影响已经从中心城市到达了相对比较偏僻的内地城市。十多年后,郑振铎在《中国新文学大系·文学论争集》的《导言》中言及"学衡派"时,更是以历史总结的语气说:"新文学运动已成了燎原之势,决非他们的书生的微力所能撼动其万一的了。"②这和胡适当年的说法几乎完全一样,也许就是受了胡适的影响才这样立论的,但也完全可能是基于他个人的观感。

因为事实也正是如此。"《学衡》的议论"固无以撼动新文学的既成之势,《学衡》之后,尚有章士钊挟其教育和司法总长之势创办《甲寅》杂志以反对新文学,但也同样不可能有什么成绩,终究以失败收场。鲁迅在《华盖集·答 KS 君》中评价《甲寅周刊》:"倘说这是复古运动的代表,那可是只见得复古派的可怜,不过以此当作讣闻,公布文言文的气绝罢了。"③虽出语尖刻,却正与实际相符。

到了二十世纪二十年代后期,连当年"学衡派"的主将吴宓,也已经能够非常平静地与新文学作家交往了。1928 年 7 月 30 日,在南游轮船中的吴宓因为林宰平的介绍认识了新文学作家沈从文,

---

① 周作人《读〈草堂〉》,刊 1923 年 1 月 12 日《晨报副镌》。

② 郑振铎《中国新文学大系·文学论争集·导言》,《中国新文学大系·文学论争集》,郑振铎编选,上海:上海良友图书印刷有限公司 1935 年 10 月初版,《导言》第 18 页。

③ 鲁迅《华盖集·答 KS 君》,《鲁迅全集》第三卷,北京:人民文学出版社 2005 年 11 月第 1 版,第 120 页。

"又与沈从文谈至十一时始寝。沈即作《阿丽思漫游中国记》之少年也。年二十六岁。湖南凤凰县人"①。其实早在 1925 年 2 月，刚刚在 5 日抵达北京赴清华学校任职的吴宓就于 7 日参加了"新月社"的灯会并见到了胡适、徐志摩。也许是因为和新月社人员有了交往，吴宓紧接着就在 4 月份为刚刚出版的新文学中篇小说《玉君》(杨振声著，北京现代社 1925 年 2 月初版)写了一篇评论，以《评杨振声〈玉君〉》为题编入《学衡》杂志第 39 期。这是《学衡》发表的第一篇正面评论新文学作家作品的文章，也是吴宓第一次正面评论新文学作品，尽管他直到 1925 年 12 月 20 日还与人商量着要"选辑攻诋新文学之论文，刊为一集"并决定自己"筹款"印行。② 其后，吴宓不仅在他主编的《大公报·文学副刊》第 15 期(1928 年 4 月 16 日出刊)上著文评论刚刚出版的《新月创刊号》(尽管颇有批评意见)，还不断在此副刊上刊发称赞新文学作品的评论文章，并且邀请属于新文学阵营的作家朱自清来为《文学副刊》撰稿③。吴宓 1929 年 1 月 16 日日记有记："与赵万里谈《文学副刊》事。赵之意见，与浦(江清)君昨所谈者相同。均主张加入语体文及新文学，并

① 《吴宓日记Ⅳ·1928—1929》，吴学昭整理，北京：生活·读书·新知三联书店 1998 年 3 月第 1 版，第 98 页。按，日记中提到的沈从文小说，准确的名字是《阿丽思中国游记》。吴宓可能将其和赵元任译英国 Lewis Carroll 著 *Alice's Adventures in Wonderland*——《阿丽思漫游奇境记》混淆了。

② 《吴宓日记Ⅲ·1925—1927》，吴学昭整理，北京：生活·读书·新知三联书店 1998 年 3 月第 1 版，第 110 页。吴宓 1926 年 1 月 1 日、2 日日记又写到此事，并拟将文集定名《白雪集》，不过似乎后来并未落实。

③ 1929 年 1 月 18 日，吴宓邀请朱自清加入《大公报·文学副刊》编辑部，朱自清于 21 日应允。此据《吴宓与〈学衡〉》，沈卫威著，开封：河南大学出版社 2000 年 8 月第 1 版，第 187 页。另据浦江清日记，1929 年 2 月 5 日，朱自清即"交来副刊稿件，为评老舍君之《老张的哲学》、《赵子曰》两小说之文"。见《清华园日记 西行日记(增补本)》，浦江清著，北京：生活·读书·新知三联书店 1999 年 11 月第 2 版，第 28 页。按：朱自清之文以《〈老张的哲学〉与〈赵子曰〉》为题刊于 2 月 11 日的《大公报·文学副刊》(第 57 期)，署名"知白"。其后，《文学副刊》上陆续刊出朱自清及其他人所作关于新文学的文章，多系书评。

请朱自清为社员。"①三天后的 1 月 19 日："宴赵万里、浦江清、张荫麟于室中,谈《文学副刊》改办计划。仍昨所议,改良之处,约分三层。(1)改介绍批评之专刊,为各体具备之杂货店,增入新文学及语体文及新式标点(并增入新诗、小说之创造作品)。(2)[略]"②赵、浦、张均当时协助吴宓编辑《大公报·文学副刊》的清华学生,在文学、文化观念方面受吴宓即"学衡派"影响很深,现在是反过来以其对新文学的认识来影响于老师了。不仅此也,当年曾经一再批评过"学衡派"的新文学作家周作人③之《中国新文学的源流》一书于 1932 年出版之后,张荫麟又在其《传统历史哲学之总结算》这篇论文中给予了很高的评价④。就是吴宓自己,也早在 1930 年 8月 2 日的日记中对周作人做出了肯定性的评价:"读周作人《自己的园地》一书。理解尚通达。"⑤到了 1940 年,吴宓虽然在 3 月 14日偶尔听到朱自清说"浙(江)大(学)今亦授新文学,命丰子恺教授"而觉得"横受"刺激⑥,但他在稍后的日记中还是客观地记录了自己阅读新文学作品的感受:5 月 5 日,"读萧乾短篇小说集《灰

---

① 《吴宓日记Ⅳ·1928—1929》,吴学昭整理,北京:生活·读书·新知三联书店 1998 年3 月第 1 版,第 196 页。

② 《吴宓日记Ⅳ·1928—1929》,吴学昭整理,北京:生活·读书·新知三联书店 1998 年3 月第 1 版,第 197 页。

③ 周作人批评"学衡派"的文章,如 1922 年 2 月发表之《〈评尝试集〉匡谬》《国粹与欧化》,1924 年 2 月发表之《复旧倾向之加甚》,3 月发表之《国学院之不通》,1927 年 1 月发表之《〈东南论衡〉的苦运》等。

④ 张荫麟评语见《智者的心路历程——钱锺书生平与学术》,李洪岩著,石家庄:河北教育出版社 1997 年 11 月第 1 版,第 101 页。另据李洪岩作《张荫麟先生传略》,《传统历史哲学之总结算》最初发表于 1933 年 1 月《国风》第二卷第一期,见《素痴集》,张荫麟著,李洪岩编选,天津:百花文艺出版社 2005 年 5 月第 1 版,第 279 页。

⑤ 《吴宓日记Ⅴ·1930—1933》,吴学昭整理,北京:生活·读书·新知三联书店 1998 年3 月第 1 版,第 88 页。

⑥ 《吴宓日记Ⅶ·1939—1940》,吴学昭整理,北京:生活·读书·新知三联书店 1998 年3 月第 1 版,第 142 页。

烬》。其中《刘粹刚之死》一篇,令人感动。论刘君致死之因,亦中国人治事不敬之过也"①。5月23日,"晨至夕,连读老舍著《骆驼祥子》小说,甚感动。以为此小说甚佳,脱胎于《水浒》,写实正品。描叙人力车夫之生活心理环境,甚详且真,而不乏忠厚之意。法之Zola等实不及也。又此书能摄取北京之精神及景色。留恋古都者,当深赏此书"②。这样的评价,的确不似一个一向对新文学持否定态度者的言论,但反过来正可以说明新文学确实取得了无可否认的成功。更加值得一提的是,在西南联大,"当沈从文晋职时,这个闻名遐迩的现代短篇小说家被许多人贬为学术上的无名之徒,吴宓却挺身而出,为他辩护:'以不懂西方语言之沈氏,其白话文竟能具西方情调,实属难能。'"③这时的吴宓,几乎已经由一个新文学的否定者转为新文学的辩护者了,尽管同样不能忽略的是沈从文依旧被不少学院中人所轻视。

另一方面,在二十年代出版的几种文学史著作,如赵景深的《中国文学小史》(1926年出版,1931年出第十版修订本),陈子展的《中国近代文学之变迁》(1929年)和《最近三十年中国文学史》(1930年)等,已经正式将新文学列入文学史来讲述;1933年,王哲甫著《中国新文学运动史》出版,新文学于是有了第一部专史;当然此时还有像钱基博这样对新文学基本持否定立场的文学史家,但就是他,在其1933年正式出版的《现代中国文学史》中也不能不讨

---

① 《吴宓日记Ⅶ·1939—1940》,吴学昭整理,北京:生活·读书·新知三联书店1998年3月第1版,第165页。

② 《吴宓日记Ⅶ·1939—1940》,吴学昭整理,北京:生活·读书·新知三联书店1998年3月第1版,第171页。

③ 《战争与革命中的西南联大》,[美]易社强著,饶佳荣译,北京:九州出版社2012年3月第1版,第141页。按,此书注释说明这一材料引自杨树勋《忆吴雨僧教授》,ZJWX1.5:26(1962年10月),原文未见,应是发表于台湾的《传记文学》(1962年6月创刊)第一卷第五期。

论到五四新文学的存在及其影响。① 这些文学史的写作与出版,说明新文学已经成为学术研究的对象,进入了学术界的视野。

与此同时,则又有新文学走进大学课堂:1929年春,朱自清开始在清华大学中文系讲授"中国新文学研究"这门课②;同年秋,沈从文在上海中国公学国文系开设"新文学和小说习作"课程,次年秋,他改任武汉大学国文系助教,所开依旧是新文学课程③;1931年北大中文系在B类(选修)科目中开设"新文艺试作"一科,并配有指导教员,分为散文(胡适、周作人、俞平伯)、诗歌(徐志摩、孙大雨、冯文炳)、小说(冯文炳)、戏剧(余上沅)四组④;周作人1932年在辅仁大学讲演《中国新文学的源流》,也是以"新文学"为话题而展开的。⑤ 尽管二三十年代还发生过好几次反对新文学、新文化的事件,以至于胡适在《新文化运动与国民党》一文中曾经愤慨地指出:"根本上国民党的运动是一种极端的民族主义的运动,自始便含有保守的性质,便含有拥护传统文化的成分。""本来凡是狭义的民族主义的运动,总含有一点保守性,往往倾向到颂扬固有文化,

① 参见《中国新文学史编纂史》,黄修己著,北京:北京大学出版社1995年5月第1版,第9—29页。

② 据《中国新文学史编纂史》,黄修己著,北京:北京大学出版社1995年5月第1版,第30页。又见季镇淮编著《朱自清先生年谱》,见《完美的人格——朱自清先生的治学和为人》,郭良夫编,北京:生活·读书·新知三联书店1987年7月第1版,第228页。

③ 据沈虎雏编著《沈从文年表简编》,《沈从文全集·附卷》,太原:北岳文艺出版社2003年5月第1版,第11页、第13页。

④ 见《北京大学中文系简史(1910—1998)》,马越编著,北京:北京大学出版社1998年4月第1版,第96页。

⑤ 另参看沈卫威《新文学进课堂与中国新文学学科的确立》,初刊《山东社会科学》(济南)2005年第7期,"中国人民大学书报资料中心复印报刊资料《中国现代、当代文学研究》(月刊)2005年第10期转载。

抵抗外来文化势力的一条路上去。"①不过,这些后来的反对新文学者大都不是从文学立场出发的反对,也都没有太大的文学影响。

当然,反对或否定新文学的声音是一直存在的,1932年由观念守旧的无锡国学专门学校学生集资刊印的该校教师钱基博著《现代中国文学史》(次年由上海世界书局正式出版),只是其中的一个例证。

比如,在朱东润晚年回忆中有这样的记录:"其实三十年代左右的武汉大学中文系真是陈旧得可怕。游国恩、周子幹还在那里步韵和韵,这是私人活动,无关大局,刘先生(中文系主任刘赜)在中文系教师会议上昌言'白话算什么文学!'不能不算是奇谈怪论。"②不过,武汉大学自1928年创办后先后担任文学院院长的是新文学作家闻一多(1928年8月—1930年6月)和陈西滢,又有沈从文、苏雪林先后在此开设"新文学研究"课程,教师中还有凌叔华、袁昌英这样的新文学女作家,其"陈旧"也是有一定限度的。另据沈从文回忆:"武昌高等师范学校因杨振声、郁达夫两先生应聘主讲'现代文学',学生文学团体因之而活动,胡云翼、贺扬灵、刘大杰三位是当时比较知名的青年作家。"③武昌高等师范学校是武汉大学的前身,杨振声、郁达夫来此任教的时间大概在1924—1925年前后④,可见这所大学确实也有一定的新文学写作传统存在。

　　① 胡适《新文化运动与国民党》,《胡适文集·5》,欧阳哲生编,北京:北京大学出版社1998年11月第1版,第580—581页。
　　② 《朱东润自传》,朱东润著,北京:人民文学出版社2009年1月第1版,第186页。
　　③ 沈从文《湘人对于新文学运动的贡献》,《沈从文全集》第十七卷,太原:北岳文艺出版社2002年12月第1版,第163页。
　　④ 据《杨振声编年事辑初稿》(季培刚编著,济南:黄河出版社2007年8月第1版,第35页),杨振声于1925年年初到武昌高等师范学校执教,年底离去。郁达夫任教具体时间待查。

又如，钱谷融在晚年也有近似的回忆："中央大学中文系一向是比较守旧的，只讲古典文学，不讲新文学。新文学和新文学作家，是很难进入这座学府的讲堂的。"①中央大学的前身是新文学最为著名的反对派"学衡派"所在的大学南京高等师范学校（以及东南大学），文学观念"比较守旧"几乎是必然的，但也就是这所大学，其后由东南大学改名为第四中山大学（1927 年 8 月）、中央大学（1928 年 5 月）后，先后有闻一多（1927 年 8 月—1928 年 7 月，兼外文系主任）、徐志摩（1929 年春—1930 年秋）在外文系各自任教一年，在他们影响下出现了陈梦家、方玮德、汪铭竹、沈祖棻、常任侠等新诗人，在此前后，师生中另外还有陆志韦、卢前、陈铨等新文学作家，尽管这一切最终没有改变中央大学"比较守旧"的基本取向，毕竟也给新文学留下了一定的生存空间。②

又如，舒芜也曾经忆及抗日战争时期的大学风气："当时除了解放区而外，大学中文系（在师范学院叫国文系）的风气，只有西南联大等极少数的，可以讲新文学，大多数的还是旧风气占势力，不容你讲新文学，讲鲁迅，同事中可与谈这些的极难遇到。"③不过，他同时也写到，当时和他一起任教于四川省江津县白沙镇的国立女子师范学院国文系的，就有台静农、李霁野、魏建功三位教授，都是鲁迅的关系密切的学生，台静农且为较有影响的新文学小说家，尽管学校没有开设新文学课程，但这些新文学作家的存在也必然会对学校的文学风气有一定程度的影响。

① 钱谷融《我的老师伍叔傥先生》，《闲斋忆旧》，钱谷融著，罗银胜编选，上海：上海人民出版社 2008 年 6 月第 1 版，第 186 页。

② 参看《民国大学的文脉》，沈卫威著，北京：人民文学出版社 2014 年 11 月第 1 版。

③ 舒芜《忆台静农先生》，《回忆台静农》，陈子善编，上海：上海教育出版社 1995 年 8 月第 1 版，第 55 页。

再如，沈从文抗战时在西南联大中文系再次开设有关新文学的课程，据张中行在《刘叔雅》一文中所记，传说同在联大任教的刘文典（叔雅）在一次跑警报时就曾经讥刺他说："你跑做什么！我跑，因为我炸死了，就不再有人讲《庄子》。"[①]但这已经被人当作笑话来看待了，而且同情显然是在沈从文这方面。另据《杨振声编年事辑初稿》一书，1939年暑假，在联大就读的杨振声的儿子杨起到昆明东南部的阳宗海游泳，休息时在汤池边上的一个茶馆喝茶，听见桌上的查良铮（即诗人穆旦）说："沈从文这样的人到联大来教书，就是杨振声这样没有眼光的人引荐来的。"[②]查良铮1935年考入清华大学外文系，1940年在西南联大毕业后留校任教。这一时期，查良铮用"穆旦"作为笔名写诗，并和闻一多、朱自清、冰心、冯至、卞之琳等新文学前辈作家交游。写新诗的穆旦居然看不起写小说（也写新诗）的新文学作家沈从文，这实在有点让人意外，如果不是传闻失实，可能的解释是穆旦认为沈从文只是一个作家，没有受过正规的现代学术训练，而教书需要的是学问。不过，虽然没有确切证据否定这一传闻，但沈从文直到1947年还在公开称许穆

---

① 张中行《刘叔雅》，《月旦集》，张中行著，北京：经济管理出版社1995年11月第1版，第83页。

② 杨起、王荣禧《为传播五四精神而奋斗不息——追思家父杨振声的一生》，《杨振声编年事辑初稿》，季培刚编著，济南：黄河出版社2007年8月第1版，第409页。按，沈从文于1939年6月27日被聘为西南联大师范学院国文系副教授，1943年被聘为教授，1946年联大结束后被聘为北京大学国文系教授。

旦①,而根据穆旦和他的另外一些诗友与沈从文交往的情况,联系穆旦与其他同为新文学作家的教师的交往情况,似乎穆旦如此谈论沈从文的可能性不是很大,还是传闻失实的可能更大一些。而且历史已经证明,杨振声引荐沈从文入西南联大,和他当年将沈从文聘入青岛大学以及更早的胡适聘沈从文入中国公学一样,都是慧眼识珠且具历史远见的英明之举,沈从文之执教联大较之其早年在中国公学、武汉大学的教学经历也是更为称职和成功的,而这一事件对新文学发展以及大学课程结构的影响甚至可能还远在当时人们的预料和期待之外。

1918 年 4 月,胡适在《新青年》第 4 卷第 4 号发表《建设的文学革命论》,明确指出新文学对"国语成立"的重要意义:"国语不是单靠几位言语学的专门家就能造得成的;也不是单靠几本国语教科书和几部国语字典就能造成的。若要造国语,先须造国语的文学。……真正有功效有势力的国语教科书,便是国语的文学;便是国语的小说,诗文,戏本。国语的小说,诗文,戏本通行之日,便是中国国语成立之时。"②事实也的确如此:因为"国语的文学"即新文学的影响日益巨大,1920 年 1 月,国民政府教育部命令全国国民学校改"国文"科目为"国语"科目,自秋季起,"一二年级,先改国文为语体

---

① 沈从文《新废邮存底(三二四)》:"在刊物上露面的作者,最年青的还只有十六七岁! 即对读者保留一崭新印象的两位作家,一个穆旦,年纪也还只二十五六岁,一个郑敏女士,还不到廿五。作新诗论特有见地的袁可嘉,年纪且更轻。写穆旦及郑敏诗评文章极好的李瑛,还在大二读书,书评文笔精美见解透辟的少若[吴小如],现在大三读书。更有部分作者,年纪都在二十以内,作品和读者对面,并且是第一回。"初刊 1947 年 10 月 25 日天津《益世报·文学周刊》第 63 期。按,此文改题《致柯原先生》收《沈从文全集》第十七卷,太原:北岳文艺出版社 2002 年 12 月第 1 版,第 475 页。

② 胡适《建设的文学革命论》,《胡适文集·2》,欧阳哲生编,北京:北京大学出版社 1998 年 11 月第 1 版,第 47 页。

文,以期收言文一致之效"。尽管"改国文为语体文"主要是为了统一"国语",相当于推广"官话"或"普通话",与对"白话文学"或"新文学"的接受不是一回事,但这毕竟是与新文学关系非常密切的一项社会改革。当代学者姚丹女士就此论道:"中小学的教育改革跨出了关键性的一步,是北京大学集结在《新青年》周围的教授们共同努力的结果。……此后,语体文进入中学课本,进而进入大学教材中,已是题中应有之义,只须等待时日。新文学作品中的优秀作品作为白话文写作的范本而进入中、小学语文教科书,确立了典范的地位与意义,并深刻地影响着国民的后代(进而影响整个民族)的思维、言说与审美方式。"①

可以说,随着时代的变迁,以大学校园文学为起点的新文学在中国文学格局中的地位已经得到确认,影响也越来越深广。而随着新文学地位的确立,新文学也以其强烈的创新意识与启蒙精神,深刻影响了二十世纪中国的现代化进程,影响了二十世纪中国人的精神生活。

---

① 《中国文学通史·第九卷·现代文学(下)》第三十一章"现代教育与现代文学",张炯、邓绍基、郎樱主编,南京:江苏文艺出版社 2013 年 2 月第 1 版,第 555 页。

第二章

大学师生文学批评对新文学发展的制衡作用

第一节　大学师生文学批评与新文学传统的确立

一

中国新文学是中西文化交汇的产物。新文学的发生,首先就是一批接受了西方现代文学影响的留学生发起倡导的结果。因此,这是一个先有理论倡导后有创作实践的进程:

中国现代文学的诞生与我们在欧洲现代文学的历史上看到的情形明显不同:它是先有理论的倡导,后有创作的实践;不是后起的理论给已经存在的作品命名,而是理论先提出规范,作家再按照这些规范去创作;不是由几个缪斯的狂热信徒的个人创作所造成,而是由一群轻视文学自身价值的思想启蒙者造成。[1]

"思想启蒙者"全部"轻视文学自身价值"的论断当然过于武断，比如陈独秀早在1916年发表的回复胡适写给《新青年》编者的第一封提倡文学革命的信中就已经明确说道："窃以为文学之作品，与应用文字作用不同，其美感与伎俩，所谓文学美术自身独立存在之价值，是否可以轻轻抹煞，岂无研究之余地？"[2]其后又在《随感录》中重申此意："文学自有其独立之价值也，而文学家自身不承认之，必欲攀附'六经'，妄称'文以载道'、'代圣贤立言'，以自贬抑。"[3]但新文学发生的具体过程确实正如所论：《青年杂志》《新青年》1915年创刊，胡适的《文学改良刍议》发表于1917年1月，陈独秀的《文学革命论》发表于1917年2月；但直到1918年1月，《新青年》才正式放弃文言而改用白话文，并第一次发表了以胡适的《鸽子》、刘半农的《题女儿小惠周岁日造像》及沈尹默的《月夜》等为代表的九首新诗[4]，再到1918年5月，鲁迅的《狂人日记》发表，新文学这才算是真正有了迥异于旧文学且明显展示其具有旧文学所不可能达至之成绩的作品。

这也是中国新文学在发展形态方面不同于传统文学的一点。曾是新文学著名作家的施蛰存在论及中国古典文学之批评与创作关系时有过这样的总结："五言诗兴于汉，渐盛于魏晋，而诗评始见

---

[1]　王晓明《一份杂志和一个"社团"——重评"五四"文学传统》，《刺丛里的求索》，王晓明著，上海：上海远东出版社1995年8月第1版，第285页。

[2]　陈独秀《复胡适》，《新青年》第二卷第二号（1916年10月1日发行）。

[3]　陈独秀《随感录（十三）》，《新青年》第五卷第一号（1918年7月15日发行）。

[4]　1917年2月1日出版的《新青年》第二卷第六号发表了胡适的《白话诗八首》（《朋友》《赠朱经农》《月三首》《他》《江上》《孔丘》），1917年6月1日出版的《新青年》第三卷第四号发表胡适《白话词》（四首），均非真正的新诗，而是旧体诗词。

于宋之《雕龙》、梁之《诗品》。七言诗大盛于唐，宋人始作诗话评品之。词盛于宋，而宋人罕作词话之书。可知文学新型，必待其全盛以后，始有评论。"①先有创作后有批评，或者说是"后起的理论给已经存在的作品命名"，是中国古典文学的发展常态，也是一般文学的发展常态，但近代中国时当"数千年来未有之变局"②，文学发展自然也难以沿袭古典的常态理路，因而出现了先有理论倡导后有创作实践的发展态势。

新文学发生期存在着的是"先有理论的倡导，后有创作的实践"的现象，已成为新文学研究界的共识，比如坊间影响甚大的新文学史著《中国现代文学三十年》就曾一再言及："文学革命是在新文化运动推进下发生的一场全方位的文学变革运动，就整体而言，是理论先行，即先有舆论倡导，后有创作实践。""理论倡导在先，创作实践滞后，这正是中国新诗（以至整个现代文学）发展的一个特点。"③邵滢女士在论及新文学批评的学院意识时也曾经注意到这一现象："'学院批评'曾有过辉煌的历史，现代文学的发轫是与现代意义上的大学的创建密不可分的，身在大学的陈独秀、胡适、周作人等人以强烈的历史主动性和使命感向旧文学发难、宣战，写下了《文学革命论》、《文学改良刍议》、《人的文学》，对新文学的诞生有筚路蓝缕、披荆斩棘之功。可以说那是一个先有'学院批评'而

---

① 《〈宋元词话〉序引》，《施蛰存序跋》，施蛰存著，南京：东南大学出版社 2003 年 6 月第 1 版，第 89 页。

② 李鸿章光绪元年（1875 年）《因台湾事变筹画海防折》中语，转引自《李鸿章传》，梁启超著，天津：百花文艺出版社 2000 年 5 月第 1 版，第 45 页。

③ 《中国现代文学三十年（修订本）》，钱理群、温儒敏、吴福辉著，北京：北京大学出版社1998 年 7 月第 1 版（2009 年 10 月第 33 次印刷），第 15 页、第 106 页。

后有新文学成绩的时代。"①这是对新文学初期历史发展状况的一个准确概括,也是对校园文学批评在新文学发展中之历史作用的一个准确概括,而这一状况的存在是由新文学的发生方式决定的。

作为中西文化交汇的产物,作为中国文学史上一种全新的文学,新文学诞生之初,一方面需要对旧的文学传统进行批评改造,一方面又要为新文学的开辟发展建构新的标准。破旧是为了立新,而当时能够准确揭示中国旧文学之种种弊病,且具备为新的文学建构新的法则者,只有曾经接受过现代西方文学、文化熏陶并一直关注思考中国文学命运的那一批学人,他们又大多在大学任教,正好通过课堂内外的活动传播新文学理念。因此,新文学运动发生期的一系列重要理论文献,从《文学改良刍议》《文学革命论》到《人的文学》《平民文学》《思想革命》《论黑幕》《建设的文学革命论》等,其作者胡适、陈独秀、周作人均为有域外学习背景的北京大学教授;同一时期为新文学发展做出重要理论贡献的钱玄同、刘半农、傅斯年、俞平伯等,均为北京大学的师生。1935 年出版的由胡适选编的《中国新文学大系·建设理论集》,可以作为这一现象的典型例证:此书除附录林琴南致蔡元培公开信和小说《荆生》之外,共收文四十九目,作者十二人及各自收文篇数为:胡适二十篇(另与陈独秀同署者一)、陈独秀两篇(另与胡适同署者一)、钱玄同七篇、刘半农两篇、傅斯年七篇、蔡元培一篇、周作人四篇、康白情一篇、周无一篇、郭沫若一篇、俞平伯一篇、欧阳予倩一篇。② 无论作

① 《中国文学批评现代化建构之反思——以京派为例》,邵滢著,武汉:湖北教育出版社2006 年 5 月第 1 版,第 159 页。
② 《中国新文学大系·建设理论集》,胡适编选,上海:上海良友图书印刷有限公司 1935年 10 月初版。

者还是篇目都明显可见是以北京大学的师生为主。尽管不排除有编选者本人眼界和偏好的影响，但经过几十年的验证，这一选目基本上还是客观公允的。

也就是在这部"建设理论集"的《导言》中，五四新文化运动的元勋人物之一胡适在回顾五四时代的新文学运动时又说过这样一段话：

> 简单说来，我们的中心理论只有两个：一个是我们要建立一种"活的文学"，一个是我们要建立一种"人的文学"。前一个理论是文字工具的革新，后一种是文学内容的革新。中国新文学运动的一切理论都可以包括在这两个中心思想的里面。①

这革新文字工具的"活的文学"，就是胡适在《文学改良刍议》中所最先提出倡导的白话文学，革新文学内容的"人的文学"的理论则首先见于周作人之《人的文学》一文。在胡适之前，1934 年 1 月 1日创刊的《文学季刊》在《发刊词》第一句就已经将这个意思表达得非常明确："胡适之先生的《文学改良刍议》开始了文学革命运动，周作人先生的《人的文学》奠定了新文学的建设基础。"②两篇标志性经典文章的作者均为在 1917 年被蔡元培新聘入北京大学的文科教授，两篇文章又都发表在《新青年》杂志上，这是"一刊一校"作为新文化运动、新文学运动中心力量的一个具体体现。"白话"的

---

　　① 　胡适《中国新文学大系·建设理论集·导言》，《中国新文学大系·建设理论集》，胡适编选，上海：上海良友图书印刷有限公司 1935 年 10 月初版，《导言》第 18 页。
　　② 　《发刊词》未署名，应该是由主要编辑者郑振铎或章靳以撰写。

"人的文学"可以说是中国新文学最根本的规定性，或者也可以说是学院派文学理论家为中国新文学建构的最根本的传统。

二

作为新文学起点的中国现代大学校园文学，是五四新文化运动的产物，而五四新文化运动就是现代中国的启蒙运动，这是从晚清改良派的新民运动开始的一个精神传统，至五四时期乃得以发扬光大，取得了突出的成就，因此，中国现代大学校园文学在创作上特别着意于以现代眼光、启蒙精神审视传统乡土中国的价值取向。比如，直到 1933 年，鲁迅在谈及自己五四时代的创作时还一再强调自己的启蒙立场：

> 说到"为什么"做小说罢，我仍抱着十多年前的"启蒙主义"，以为必须是"为人生"，而且要改良这人生。我深恶先前的称小说为"闲书"，而且将"为艺术的艺术"，看作不过是"消闲"的新式的别号。[①]

可见启蒙意识在一代新文学创作者心中的重要地位。

但五四新文学的启蒙传统事实上是包含了两个层面的意思。用陈思和先生的说法就是：

> 新文学首先从文体革命着手，以白话带来崭新的审美经

---

① 鲁迅《南腔北调集·我怎么做起小说来》，《鲁迅全集》第四卷，北京：人民文学出版社 2005 年 11 月第 1 版，第 526 页。

验,显然不仅是为了照顾到启蒙的需要,更重要的,它唤起了文学的自觉,审美的自觉,使文学从根本上摆脱了传统的"文以载道"的局限。①

　　抗战以前,五四新文学曾形成两个传统,一是启蒙的文学,即以文学创作作为传播思想改造社会的手段,提倡为人生和为大众的文学,这是一个由启蒙主义到民族主义的文学传统;另一是文学的启蒙,即从新的审美形式和审美内容来提高民族的审美品格,正如文艺复兴是从在古希腊的雕塑中重新发现了人体的美,进而认识了人的价值一样,文学的启蒙是一种在美学意义上的"人的文学"。这条传统经鲁迅等人对小说艺术,郭沫若、闻一多等人对新诗的形式,周作人、废名对"美文",田汉、洪深对话剧的移植等所作的种种探索,逐渐形成了三十年代的现代形式的小说、诗歌和戏剧艺术。②

　　其实这"两个传统"也就是内容上的思想现代性启蒙和形式上的审美现代性启蒙。就大学师生新文学创作的精神传统而言,最为突出的毫无疑问就是启蒙意识、启蒙精神。这种启蒙精神传统的形成,也是与新文学以及新文化运动发端于大学校园有着密不可分的关系。

　　1915年9月,陈独秀主编的《青年杂志》出版,创刊号封面最上方,在刊物法文名字"LA JEUNESSE"(青年)之下,画的是一排坐

---

　　① 《中国新文学整体观》,陈思和著,上海:上海文艺出版社2001年1月第2版,第43页。
　　② 陈思和《七十年外来思潮影响通论》,《鸡鸣风雨》,陈思和著,上海:学林出版社1994年12月第1版,第155—156页。

在桌子前准备或正在听讲的青年,而发刊词《敬告青年》则更是以青年导师的语气发出了"以自觉而奋斗"的号召:"国人而欲脱蒙昧时代,羞为浅化之民也,则急起直追,当以科学与人权并重。"①这实在是对汉语"启蒙"②一词的最好诠释,也是现代中国启蒙运动的一个经典隐喻,形象地确立了启蒙者即现代知识者之教育者的身份定位,虽然这时的陈独秀还没有进入大学校园。

随着陈独秀走进北京大学,随着新文化运动和新文学运动逐步展开,启蒙意识正好借助现代大学的有利环境传播开来。而作为新文学主力军的大学校园文学的存在和发展,自然也影响到大学的课程体系和整体的文化氛围,这同时又为新文学的存在与发展营建了良好的环境,大学与新文学之间于是形成一种良性互动的关系。

事实上,作为一个兴起发展于大学校园的文学思潮,首先奠定新文学精神基调与发展走向的,是校园文学批评。中国新文学诞生于中国现代大学,大学校园文学建构了中国新文学传统。作为影响现代中国文学格局与发展态势的重要力量,大学校园文学首先在启蒙精神的主导下倡导并坚持了严肃的非功利主义的文学态度,在理论与批评中确立了中国新文学的基本品格,奠定了新文学的精神基调。

作为正式发起新文学的第一篇文章《文学改良刍议》的作者,胡适在此前的"民国五年十月"寄给《新青年》编者陈独秀的信中第一次提出了"今日欲言文学革命,须从八事入手",其中前五项是

---

① 陈独秀《敬告青年》,《独秀文存》,陈独秀著,合肥:安徽人民出版社1987年12月第1版,第3页、第9页。

② [汉]应劭《风俗通义》:"每辄挫衄,亦足以祛蔽启蒙矣。"

"形式上之革命",可以不论,后三项所言"精神上之革命",则正是对一种文学态度的张扬:

> 六曰,不作无病之呻吟。七曰,不摹仿古人,语语须有个我在。八曰,须言之有物。①

如果说胡适这里的说法还不够明确,那陈独秀稍后在"文学革命军"大旗上"大书特书"的"革命军三大主义",意思就要显豁多了:

> 曰,推倒雕琢的阿谀的贵族文学,建设平易的抒情的国民文学;曰,推倒陈腐的铺张的古典文学,建设新鲜的立诚的写实文学;曰,推倒迂晦的艰涩的山林文学,建设明了的通俗的社会文学。②

这里的"阿谀""立诚",所指显然就是不同的文学态度。

后来,在《新思潮的意义》中,胡适再次明确表示,"新思潮的根本意义只是一种新态度。这种新态度可叫做'评判的态度'","新思潮的精神是一种评判的态度"。③ 可见对"态度"的强调是当年新

---

① 胡适《寄陈独秀》,见《胡适文集·2》"胡适文存",欧阳哲生编,北京:北京大学出版社 1998 年 11 月第 1 版,第 5 页。按:此文发表于 1916 年 10 月 1 日出版的《新青年》第二卷第二号,胡适在文章后面所署的写作时间是"民国五年十月",如此日期不误,则本期杂志是延迟出版的。

② 陈独秀《文学革命论》,《胡适文集·2》,欧阳哲生编,北京:北京大学出版社 1998 年 11 月第 1 版,第 16 页。

③ 胡适《新思潮的意义》,初刊《新青年》第七卷第一号(1919 年 12 月 1 日出版),《胡适文集·2》"胡适文存",欧阳哲生编,北京:北京大学出版社 1998 年 11 月第 1 版,第 552 页、第 558 页。

文化—新文学运动中一个核心的观念。

到了 1929 年,胡适在《新文化运动与国民党》一文中回望五四新文化运动时还说:

> 新文化运动的一件大事业就是思想的解放。我们当日批评孔孟,弹劾程朱,反对孔教,否认上帝,为的是要打倒一尊的门户,解放中国的思想,提倡怀疑的态度和批评的精神而已。[①]

更加明确地强调了对"态度"的重视。

当然,无论胡适还是陈独秀的文章,都是一种近于标语口号式的宣言文字,不免有为引人注目而过甚其词之处。而陈独秀和胡适虽然是文学革命最初的倡导者,但他们其实并未对文学有多么深入的研究,也并未就文学问题发表特别深入的意见。

与他们不同,周作人从五四时代就开始持续地针对新文学问题发表过不少议论,成为当时最重要的文学理论家,正如左翼作家阿英所说:"中国新文学运动的干部之一周作人,在初期,是作为文艺理论家、批评家以至于介绍世界文学的译家而存在的。他的论文《平民的文学》(1918)、《人的文学》(1918)、《新文学的要求》(1920),不仅表明了他个人的文学上的主张,对于当时的运动,也发生了很广大的影响。"[②]在周作人的理论批评文章中,对创作态度的强调是突出而且持续的。比如他在 1918 年 12 月发表的《人的文

---

① 胡适《新文化运动与国民党》,《胡适文集·5》,欧阳哲生编,北京:北京大学出版社 1998 年 11 月第 1 版,第 579 页。

② 阿英《周作人的小品文》,收《周作人论》,陶明志编,上海:北新书局 1934 年 12 月初版,第 102 页。

学》中对"人的文学"的界定就是:"简明说一句,人的文学与非人的文学的区别,便在著作的态度,是以人的生活为是呢,非人的生活为是呢这一点上。"①在1920年11月起草的《文学研究会宣言》中又说:"将文艺当作高兴时的游戏或失意时的消遣的时候,现在已经过去了。我们相信文学是一种工作,而且又是于人生很切要的一种工作;治文学的人也当以这事为他终身的事业,正同劳农一样。"②强调的也正是"著作的态度"。其后,在《北京的一种古怪周刊〈语丝〉的广告》(1926年1月21日发表于《京报副刊》)中,周作人又做过这样的表述:"我们的意见是反道学家的,但我们的滑稽放诞里有道学家所没有的端庄;我们的态度是非学者非绅士的,但我们的嬉笑怒骂里有那些学者绅士所没有的诚实。"③——几年后,《语丝》的另一位重要作者鲁迅在《我和〈语丝〉的始终》里也表达了对"态度"的重视:"任意而谈,无所顾忌,要催促新的产生,对于有害于新的旧物,则竭力加以排击。""不愿意在有权者的刀下,颂扬他的威权,并奚落其敌人来取媚,可以说,也是'语丝派'一种几乎共同的态度。"④——到了1930年10月6日所作的《草木虫鱼·小引》中,周作人又说:"我想文学的要素是诚与达。"⑤"端庄"和"诚实"或"诚",当然强调的都是创作者的态度。

　　1930年前后,周作人曾经用"言志"与"载道"的两分来指认文

　　① 《艺术与生活》,周作人著,上海:上海文艺出版社1999年1月第1版,第10页。
　　② 《周作人集外文》(上),陈子善、张铁荣编,海口:海南国际新闻出版中心1995年9月第1版,第333页。
　　③ 《周作人集外文》(下),陈子善、张铁荣编,海口:海南国际新闻出版中心1995年9月第1版,第24页。
　　④ 鲁迅《三闲集·我和〈语丝〉的始终》,《鲁迅全集》第四卷,北京:人民文学出版社2005年11月第1版,第171页、173页。
　　⑤ 《看云集》,周作人著,石家庄:河北教育出版社2002年1月第1版,第15页。

学上两种不同的创作态度,尤其是 1932 年在《中国新文学的源流》一书中以梳理中国古代文学史的方式系统阐述了自己的观点,在此书的《小引》中周作人又特别强调"我所说的是文学上的主义或态度"①。到了 1935 年 8 月 24 日所写的系统总结个人文学观念的《中国新文学大系·散文一集·导言》中,周作人再次说到对"态度"的重视:

> 我看文艺的段落,并不以主义与党派的盛衰为唯一的依据,只看文人的态度,这是夹杂宗教气的主张载道的呢,还是纯艺术的主张载道的呢,以此来决定文学的转变。②

周作人这种以"文人的态度"的不同来重新界定"言志"与"载道"的观点,在 1943 年 7 月 20 日所作《汉文学的前途》一文中表述得更为明确:

> 从前我偶讲中国文学的变迁,说这里有言志载道两派,互为消长,后来觉得志与道的区分不易明显划定,遂加以说明云,载自己的道亦是言志,言他人的志即是载道,现在想起来,还不如直截了当的以诚与不诚分别,更为明了。本来文章中原只是思想感情两种分子,混和而成,个人所特别真切感到的事,愈是真切也就愈见得是人生共同的,到了这里志与道便无

---

① 《中国新文学的源流》,周作人著,石家庄:河北教育出版社 2002 年 1 月第 1 版,第 2 页。
② 《周作人集外文》(下),陈子善、张铁荣编,海口:海南国际新闻出版中心 1995 年 9 月第 1 版,第 425 页。

可分了，所可分别的只是诚与不诚一点，即是一个真切的感到，一个是学舌而已。如若有诚，载道与言志同物，又以中国思想偏重入世，无论言志载道皆希望于世有用，此种主张似亦相当的有理。①

作为早期新文学史上最为重要的理论批评家，周作人对新文学作者创作态度的强调可以说代表了学院派文学批评的最为基本的观念，这种对创作态度的强调事实上已经成为新文学批评中的精神传统。②

三

在一定程度上，可以说五四时期的校园文学批评具有了为新文学"立法"的意义。而当时中国最为重要的大学就是北京大学，作为民国前期首都的北京也是全国最为重要的政治、文化中心，于是，北京也就自然成为当时全国最为重要的文学中心，尤其是新文学运动的中心。

这里有必要对"文学中心"加以界说。所谓"文学中心"，并非重在文学作品发表处所属之地域，而主要是指其时文学运动的话语输出中心，和创作主体的集聚中心。

上海自晚清开埠以来，一直处于西方现代文明进入中国的前沿，所以，现代出版印刷事业之发达也居全国之首。到了新文学兴

---

① 《药堂杂文》，周作人著，石家庄：河北教育出版社 2002 年 1 月第 1 版，第 31 页。
② 比如，陈梦家 1931 年在《新月诗选·序言》中也有对"态度"之"诚"的强调："我们只是虔诚的朝着那一条希望的道上走。此外，态度的严正又是我们共同的信心。"（《新月诗选》，陈梦家编，上海：新月书店 1931 年 9 月出版，《序言》第 17 页。）

起发展的 1920 年前后，上海更是汇集了全国最为重要的报社和出版社，是中国现代出版业的中心。所以，文学研究会成立于北京而其所依托的主要刊物《小说月报》《文学周报》①均在上海出版；此前，《新青年》在陈独秀到北大之后虽然编辑部也随之北来，但一直是由上海群益书社出版的；展示北京大学新一代教授学术实力的"北京大学丛书"②，也是由上海的商务印书馆出版的；其至林纾攻击新文化运动的小说《荆生》与《妖梦》也是发表于上海的《新申报》，而站在新文化运动对立面的学衡派刊物《学衡》，虽说是 1922 年 1 月创刊于南京，但一开始却是由上海中华书局出版发行的。

二十世纪二十年代中后期，以段祺瑞为中心的北洋军阀政府对知识界的压迫越来越严重，尤其是张作霖进入北京之后，随着北京地区的政治形势越来越混乱，许多新文学作家离开北京，一些原本创刊、出版于北京的杂志，如《语丝》和《现代评论》，也都南迁上海出版。到了新文学的第二个十年，北方的出版业更是远不如上海发达，一些重要的文学杂志都是在上海出版的，像郑振铎、靳以主编的《文学季刊》，1934 年 1 月创刊时是在北平由立达书局印行，但三期后即改为自行出版并委托上海生活书店总经销，到 1936 年 6 月又改名《文季月刊》在上海出版发行。1936 年 4 月，天津《大公报》也出版了上海版，其至最为著名的 1937 年创刊的北方文坛的

---

① 《文学周报》是文学研究会的机关刊物，初名《文学旬刊》，1921 年 5 月 10 日创刊，1923 年 7 月 30 日改名《文学》(周刊)，附上海《时事新报》发行，1925 年 5 月 10 日再改名《文学周报》独立发行，后又由上海开明书店、远东图书公司印行，至 1929 年 12 月 22 日出版第 280 期后停刊。另有在北京由文学研究会北京分会创办的《文学旬刊》，附《晨报副镌》发行，1923 年 6 月 1 日创刊，1925 年 9 月 25 日出版第 82 期后停刊。

② "北京大学丛书"前五种为胡适《中国哲学史大纲》、陈大齐《心理学大纲》、周作人《欧洲文学史》、陈映璜《人类学》、梁漱溟《印度哲学概论》。据王涵《"北京大学丛书"：中国最早的"大学丛书"》，《中国教育报》2007 年 12 月 27 日第 5 版。

重要刊物《文学杂志》也是由上海商务印书馆出版的。至于书籍出版，就更加如此：现代中国最主要的出版社都在上海，北新书局本来成立于北京，最后还是迁沪了。而像周作人这样抗战前一直生活工作于北京（平）的作家，其著作很少有在北京出版者，除了早期在新潮社（以及北新书局）出版的几本，后来只有一本《中国新文学的源流》是北平人文书店出版的，其余均是在上海出版，直到抗战期间他才又在主要是日伪控制下的北平出书。

但新文学、新文化兴起于北京，上海新兴的印刷出版事业为紧跟社会上的新思潮就不得不借助于北京的思想文化界。陈独秀受邀出任北京大学文科学长是在其北上组稿时；商务印书馆和文学研究会的合作协议是在张元济、高梦旦来京之时，他们此行也应该有组稿的目的，1921年还有请胡适到上海主持商务印书馆编译所的计划，事虽未成，但胡适却曾到商务印书馆考察并为其提出具体的发展改革意见[1]，上海出版界对居于北方大学校园中的新文化运动领袖人物的倚重可见一斑。关于当时的文学与出版环境，沈从文在1936年的一篇文章中曾做过概括的描述："新文学运动发生以后，办杂志和出小刊物，北平本是最理想地方。因为北平是全国首都，是文化中心地，不特有很多基本作者，而且也有很多基本读者。所以新文学运动基础在北方，新书业发轫也在北方。但这种事到后却有了变迁，从十五年起，中国新兴出版业在上海打下一个商业基础后，北平这个地方就不大宜于办文学杂志了。"[2]到了二十

---

① 见《胡适日记全编·3》，曹伯言整理，合肥：安徽教育出版社2001年10月第1版，第517—540页。

② 沈从文《对于这新刊物诞生的颂辞》，初刊1936年12月1日《青年作家》创刊号，《沈从文全集》（第十七卷），太原：北岳文艺出版社2002年12月第1版，第120—121页。

世纪三十年代,随着南北社会政治氛围的差距越来越大,北京与上海之间的文学氛围也愈显不同,但此时依然有上海作家到北京编辑杂志、组织稿件的,《文学杂志》的创办就是起于著名的海派作家邵洵美之北上邀请京派作家合作出版杂志的建议[1],和林语堂有关的《论语》《人间世》《宇宙风》等小品文刊物也一再郑重刊发京派重要作家周作人等人的作品。

当然,在"五四"前后,北京和上海在出版方面的差距还不是很大。尤其是和新文化有关的出版事业,在当时并不以营利为目的,其主要读者是大学和中学的师生,而这一读者群在北京更为集中一些,因此,五四时代的北京文化出版界在传播新思想方面还是并不输于上海的。比如五四时代的《新潮》和稍后的《语丝》《现代评论》《努力周报》等杂志,以及《晨报副刊》《京报副刊》等,其在当时的社会影响及在中国新文学史上的意义显然并不比当时以《小说月报》和创造社刊物为代表的上海报刊差多少。在所谓新文学运动"四大副刊"中,处于北京的《晨报副刊》《京报副刊》的成绩和影响显然也要比处于上海的《时事新报》副刊《学灯》、《民国日报》副刊《觉悟》大得多。即使到了三十年代,北方有天津《大公报》的《文艺副刊》(包括《小公园》《文艺》等)和《益世报·文学周刊》、北平《世界日报·明珠》等主要副刊,上海与新文学关系密切的则除《申报》副刊《自由谈》以及曾经连载巴金小说《激流》的《时报》之外,重要的或者也就是《大公报》上海版的文艺副刊。所以,高长虹在《1926,北京出版界形势指掌图》中有过这样一个说法:"我何以此

---

① 常风《回忆朱光潜先生》,《逝水集》,常风著,沈阳:辽宁教育出版社1995年10月第1版,第74页。

图单述北京的出版界呢？一，因为北京出版界比较发达，界限也比较显明。我们不妨大致这样说：广东重实行，上海多工厂，北京多言论。广东的出版物，我们常看不见什么。上海出版物虽然不少，然除商务派与非商务派外，我们看不见其他的色彩。北京则不但有专致于思想的工作者，即章士钊做一总长，也要来办一刊物，发挥他个人的主张，我是在别处所看不到的。"①"上海多工厂"，固是对其文化事业落后的另一种描述，但"工厂"自然应该也包括与出版相关的"工厂"，如商务印书馆等；北京"出版界比较发达"则和"北京多言论"密切相关，而"北京多言论"正是其为"文学中心"的具体表征。

到了新文学的第二个十年，文学格局发生了很大的变化，文学中心南移，兴起于上海的革命文学以其功利主义的文学观主导了当时的文学思潮，同时，随着现代出版业的发达，新文学的商业化倾向也逐渐突出，"从民十五开始，文学运动势力由北而南，由学校转入商场，与上海商业资本结合为一，文学作品有了商品意义，成为商品之一种"。随后，"民十八以后，这个带商品性得商人推销的新文学事业，被在朝在野的政党同时看中了，它又与政治结合为一"。② 而这一时期主要存在于北方地区的学院派文学写作还一直坚持五四时代的文学观念，并且为了坚持新文学的优良传统，不得不对文学上的功利主义与商业化倾向进行批评。其主要表现就是周作人从二十世纪二十年代开始的对文学自主性的强调直到三十年代对左翼文学功利主义文学观的批评，沈从文三十年代作为与

① 《走到出版界》，高长虹著，上海：泰东图书局 1929 年 3 月再版，第 85 页。
② 沈从文《文运的重建》（1940 年 5 月 1 日作），《沈从文全集》（第十二卷），太原：北岳文艺出版社 2002 年 12 月第 1 版，第 80 页。

校园文学关系密切的作家、文学活动家对文学上的政治功利主义、商业化倾向以及趣味消闲主义的批评。[①] 他们的批评工作，在一定意义上就是维护新文学传统的"护法"运动。甚至可以这样说，大学师生文学批评一直对新文学的发展起到了一种制衡作用。二十世纪二十年代，当文学上的复古思想还占统治地位的时候反对复古；二十世纪三十年代当社会上的激进思潮越来越严重的时候，又对激进主义的文学思潮起到了很大的规约作用，因而北方左联的活动一直不太活跃。同时，大学师生文学批评也始终对文学的商业化和游戏倾向进行了必要的批评。或者可以这样说，就其对新文学发展所起到的作用而言，大学师生文学批评在二十年代承担的是"立法者"的角色，三十年代则是"护法者"。

从"立法者"到"护法者"，大学校园文学批评力量的这种制衡作用的实现，表面上看是因为南（以上海为中心）北（以北京［平］为中心）两地社会、政治、文化氛围不同，但这一地域特征的形成，和北方主要大学的存在以及北方文坛的大部分作者处身于大学校园之中有着非常密切的关系，二者之间也存在着一种相辅相成的关系。

关于这一现象，邵滢在论及新文学史上的京派作家时指出："中国现代作家接受过大学教育且供职于大学者为数不少——现代文学的早期尤其如此，中国新文学的领衔人物大多是这种校园

---

① 当然，对政治功利主义、商业化倾向以及趣味消闲主义的批评是所有坚守五四新文学传统者的共同立场。1930 年 9 月 20 日，已经加入中国左翼作家联盟的鲁迅在给曹靖华的信中有言："这里的新的文艺运动，先前原不过一种空喊，并无成绩，现在则连空喊也没有了。新的文人，都是一转眼间，忽而化为无产文学家的人，现在又消沉下去，我看此辈于新文学大有害处，只有提出这一个名目来，使大家注意了之功，是不可没的。"（《鲁迅全集》第十二卷，北京：人民文学出版社 2005 年 11 月第 1 版，第 242 页。）说的正是这些空喊"无产文学"的人之有害于"新文学"处，实亦即指其背离了新文学传统也。

知识分子,受过西式的知识熏陶和学理训练。自'五四'起,大学已经成为现代文学的坚固堡垒,与商业气息浓厚的上海市民社会相比,(北京)这样的环境更适合严肃文学的生长。正是依托于学院知识分子,新文学的倡导才获得了最初的共鸣,学院作为相对自足的公共空间,既是新文学家们观察社会的中介,也是新文学向外传播的辐射源,在这一空间里,知识分子保持了其独特的精英视角,并对新文学形成示范和影响。"①事实确也如此。校园文学批评之所以在新文学发展历程中起到制衡作用,首先就是因为其参与者大多有很好的西学背景,能够在中西比较的基础上清醒地认识到文学发展的正确方向。同时,大学校园不同于商业化都市的整体氛围以及校园创作者属于业余写作的身份也有助于这种文学观念的生存与发展。"大学的主要职能在于生产合法化的知识和技术,具有一定的无倾向特性,即所谓中立性。"②这种"中立性",与大学本身有着传承人类精神文明优良传统的基本任务密切相关。对新文学传统的坚持与发扬正是校园文学批评者义不容辞的责任,所以他们才会在坚守个人严肃文学观的同时还要对各种不良的文学倾向展开批评。

正是因为当时的北方主要是北京(平)汇集了中国最为重要的几所大学,以及这些大学良好的不同于南京、上海等地大学的文学传统,使当时的北方文坛成为继承、维护新文学传统的"坚固堡垒"。而左翼文学思潮以及商业化写作之所以能在上海风靡一时,

---

① 《中国文学批评现代化建构之反思——以京派为例》,邵滢著,武汉:湖北教育出版社2006年5月第1版,第159页。

② 《午夜的幽光——关于知识分子的札记》,林贤治著,桂林:广西师范大学出版社2005年月第1版,第39页。

除了上海特殊的社会政治环境之外，没有特别能与之抗衡的校园文化团体的存在也是一个不可忽略的因素。这一点，杨东平先生在论及上海的文化精神时有更为具体的分析："同样作为教育文化中心，上海有别于北京之处在于，它最有影响的综合性大学多为教会大学，如圣约翰、震旦、沪江、东吴大学法学院，等等。众多的教会大学和中学对上海城市文化的影响不可谓不大，但宗教对于思想学术的控制禁锢，使教会学校虽可能产生少数具有超越性的人才，但在总体上难以担当为变革中的中国提供具有革命性的新思想新文化的功能。上海最负盛名的复旦大学，在 1942 年以前一直是私立大学。在当时的社会环境中，私立大学往往不如财源稳定的国立大学、教会大学易于发展。因而，上海始终缺少堪与北大比肩、作为众望所归的思想文化制高点的大学。"①

关于京沪之间文化精神的地域差别导致的文学风气的差异，沈从文在 1933 年谈及丁玲主编的左联重要刊物《北斗》之由初期的"中间"色彩到后来的逐渐变"红"时有过这样的说法："《北斗》产生与它此后的发展是截然不同的。这刊物若在北平出版，这刊物或可望如最初计划的形式，对于女作家一方面或者逼得出一些好成绩来。但这刊物却在上海出版，距离她所需要合作的几个人那么远。并且我不久又离开了北京，故这个刊物开始几期，虽然还登了些北方的文章，到后自然就全以上海方面作者为根据，把这刊物支持下去了。"②所谓"北方的文章"，是指由沈从文约来的冰心、林

---

① 《城市季风——北京和上海的文化精神》，杨东平著，北京：新星出版社 2006 年 1 月第 1 版，第 102 页。

② 沈从文《记丁玲·续集》，《沈从文全集》（第十三卷），太原：北岳文艺出版社 2002 年 12 月第 1 版，第 214 页。按，《北斗》杂志 1931 年 9 月在上海创刊，1932 年 7 月出至第二卷第三、四期合刊后停刊，共出八期。

徽因、陈衡哲、凌叔华①等北平地区学院派"女作家"的作品，这些作品使原本属于左联的《北斗》杂志显得政治色彩相对不那么突出了，但因杂志是在上海出版，异于北方地区特殊的文学环境，因此《北斗》的左倾色彩很快突显，并最终被政府查封。地域整体文学风气对生活、创作于其中的作者创作风格的影响之大，由此可见一斑。

第二节　大学师生文学批评与新文学传统的维护

一

因为二十世纪三十年代以大学校园文学为主体的北方文坛在当时文学格局中显得如此个性鲜明，于是人们将这一区域的文学称为"京派文学"，以区别于当时风行于上海地区的"海派文学"和"左翼文学"。

作为新文学格局中一个区域特征明显的文学团体，首先从作者身份来说，构成北方地区文学主体的，主要就是当时北方大学师生的文学创作，也就是"京派"作家的创作。高恒文先生在论及二十世纪三十年代"京派"作家的构成时指出：

> "京派"就是由四个方面的成员组成的一个文学队伍。一是从《语丝》分化出来的《骆驼草》成员，二是从《新月》《《现代

---

① 凌叔华当时在武汉大学教书，但有很多时间是在北平。

评论》的后身)分化而来的《学文》成员,三是朱光潜、梁宗岱、李健吾等三十年代初从国外留学归来的学者,四是三十年代初从北大、清华、燕京等大学毕业的李广田、卞之琳、何其芳、常风、萧乾、林庚等年轻作家。①

这四个方面的成员,大部分都是当时北平大学校园中的师生。

《骆驼草》周刊 1930 年 5 月 12 日创刊,1930 年 11 月停刊,共出 26 期,主要撰稿人周作人、俞平伯、废名、冯至、梁遇春、朱自清等,是一个以北京大学师生为主体的同人刊物;《学文》月刊 1934 年 5 月创刊,8 月停刊,共出 4 期,主要撰稿人有林徽因、叶公超、闻一多、饶梦侃、陈梦家、杨振声、卞之琳、何其芳、废名、沈从文、赵萝蕤、余上沅等,以清华大学的师生为主。这两个刊物之外,作为当时北方文坛主要发表园地的刊物,还有 1932 年 11 月 5 日创刊的先后由梁实秋、李长之主编的《益世报·文学周/副刊》(天津),1933 年 9 月创刊的由杨振声、沈从文主编的《大公报·文艺副刊》(天津)以及其后由萧乾接编的《大公报·文艺》,1937 年 5 月创刊的由朱光潜主编的《文学杂志》(上海)。其主要作者也就是上面列出的这些人员,以及同时期还在北大、清华、燕京等大学读书的学生,另外还有一些像师陀、严文井等虽不是大学生,但也在北平等地的文化机构中工作并与大学师生来往密切的年轻人。主编《大公报·文艺副刊》的杨振声、沈从文此时虽不在大学任职,但他们在国防设计委员会下属的教育与文化组负责编写中小学国语教科书,从

① 《京派文人:学院派的风采》,高恒文著,上海:上海教育出版社 2000 年 12 月第 1 版,第 6—7 页。

事的也是和教育关系密切的工作,何况他们也是刚刚离开大学教师岗位。

钱谷融先生在为高恒文《京派文人:学院派的风采》一书所作的序言中,论及"京派文人"和"京派文学"在新文学史上的地位时,有这样一段分析:

平心而论,不能不承认他们无论在学术研究或文学创作方面,都是很有成绩的,为我们的现代文学和现代文化的建设事业,作出了有益的贡献。比起同时存在的其他文学社团、文学流派来说,不但并不逊色,而且在某些方面,甚至可以说是占有出人头地的优势。恒文把其所以致此的原因归结于他们这些人对自己的立身行事、人生道路都能自觉作出选择,并能坚持不懈,不轻易受外力的左右,不管在什么情况下,他们都专心致志于自己的学术研究和文学创作,因此才能取得这样的成就。对恒文指出的这一点,我是深表同意的。另外,我想,这也与他们都在高等学校任教,是所谓的学院中人,知识、文化素养较高,懂得做一个人有他应守的信念和应尽的责任[有关]。而他们的收入也较丰,生活比较优裕,不必为柴米油盐等衣食问题烦心,可以集中精力搞他们的专业。还有十分重要的一点是他们都很热爱自己的专业,他们进行学术研究和文艺创作,不但因为这就是他们的工作,他们的职业,而且同时也是他们的情志所寄,兴趣所托,也是他们这些人的安身立命之本。这样,他们就能够把自己的全部心力扑在这上面,因而无论是学术研究还是文艺创作,也就容易做出成绩来了。所谓学院派精神不就是一种在学术研究中那个顶住一切干扰,坚持贯彻唯真理是尊的精神吗?①

钱谷融先生在这里提到的"学院派精神",是京派文学表现得最为突出的一个精神特质,也是中国新文学自五四时代起就已经形成了的一个最为突出的精神传统。只不过,在五四时代,这一特质正处于构建时期,学院派精神就是新文学精神,与之相对的是旧文学的游戏和消闲倾向;而到了三十年代,随着新兴的左翼文学和海派文学的出现,新文学的精神取向发生分化,于是"学院派精神"才得以突显。这正如一位研究者在论及《骆驼草》的倾向时所说:"如果说《语丝》对现实政治事件的批判还保有知识分子对社会责任的自觉承当的话,那么《骆驼草》则刻意逃避现实,企图完全出于文学的要求与海派文学和左翼文学分庭抗礼,尽管杂志是短命的,但《骆驼草》同人以新的正统文学主流自居的精神明显地拒斥了现实政治和商业化对文学的干预。"②

二十世纪三十年代的北平地区正是"学院派精神"表现得最为突出的地区,尤其和新兴的现代大都市上海相比更是如此。比如,一直居于北京的新文学元勋之一周作人在 1929 年 8 月 30 日致胡适的信中就有过这样的说法:"去冬兄来北平,我们有些人都劝兄回北平来,回大学仍做一个教授,当系主任,教书做书。……我想劝兄以后别说闲话,而且离开上海。最好的办法是到北平来。说闲话不但是有危险,并且妨碍你的工作,这与'在上海'一样地有妨

① 钱谷融《序》,《京派文人:学院派的风采》,高恒文著,上海:上海教育出版社 2000 年 12 月第 1 版,《序》第 2—3 页。
② 《现代出版与 20 世纪 30 年代文学》,秦艳华著,济南:山东人民出版社 2008 年 1 月第 1 版,第 118 页。

碍于你的工作,请恕我老实地说。我总觉得兄的工作在于教书做书(也即是对于国家,对于后世的义务)——完成那《中国哲学史》、《文学史》,以及别的考据工作(《水浒传考》那一类)。(关于这一点我与陈通伯先生同一意见。)而做这个工作是非回北平来不可,如在上海(即使不再说闲话惹祸祟),是未必能成功的。"①此前,和新文学关系相对较远的顾颉刚也这样论述北京的文化环境:"我所以一定要到北京的缘故,只因北京的学问空气较为浓厚,旧书和古物荟萃于此,要研究中国历史上的问题这确是最适宜的居住地;并且各方面的专家惟有在北京还能找到,要质疑请益也是方便。"②

　　这样的文化氛围,自然会影响到这一地区尤其是大学校园之内的文学风气。而正是因为三十年代的校园文学及与之文学趣味一致的文学者主要集中于其时的北平地区,而校园文学批评所主要针对的激进主义、商业化和游戏倾向主要存在于当时的上海文坛,于是"京派"和"海派"的对立就成为当时文坛最突出的文学现象。反过来说,因为"京派"主要生存发展于大学校园之中,于是"学院"色彩就成为"京派文学"最为突出的特征,"京派"和"学院派"(即"校园文学")也就成为二而一的存在。

二

　　但是,这一看似简单明快的划界其实并不严谨。如果从审美取向来看,"京派文学"和"校园文学"确实可以看作同一概念;但如

---

　　① 《胡适来往书信选》(上册),北京:中华书局1979年5月第1版,第538-539页。按,陈通伯即陈源,二十世纪二十年代与周作人有过激烈论战的《现代评论》派人物,周作人在劝胡适北返时不惜引为同调,也可见劝说胡适的情切。
　　② 顾颉刚《〈古史辨〉第一册自序》(1926年作),《古史辨自序》,顾颉刚著,石家庄:河北教育出版社2000年12月第1版,第72页。

果从人员构成来看,被看作"京派"成员的作家却并非全是"校园作家"。如果不加区别地将"京派文学"与"校园文学"看作一体之两面,就有歪曲当年文学史实的嫌疑。因此,有必要重新考察一下当时"京海之争"中一些说法。

新文学史上的"京派"与"海派"之争,起点应该是沈从文 1933 年 10 月 18 日在其主编的《大公报·文艺副刊》第 8 期上发表《文学者的态度》一文。在这篇文章中,沈从文严厉批评了当时的文坛风气,认为"过去观念与时代习气皆使从事文学者如票友与白相人","现在玩票白相的文学家,实占作家中的最多数",这些"已经成了名的文学者,或在北京教书,或在上海赋闲,教书的大约每月皆有三百至五百元的固定收入,赋闲的则每礼拜必有三五次谈话会之类列席","这类人在上海寄生于书店、报馆、官办的杂志,在北京则寄生于大学、中学,以及种种教育机关中。这类人虽附庸风雅,实际却只与平庸为缘"。如果一个文学者"想在他自己工作上显示出纪念碑似的惊人成绩,那成绩的基础,得建筑在这种厚重、诚实、带点儿顽固而且也带点儿呆气的性格上"。①

此文发表后,立即引起身居上海的杜衡(苏汶)的不满,他在自己参与主编的《现代》杂志上发表了《文人在上海》一文,为"海派"辩护,认为北方作家"不问一切情由而用'海派文人'这名词把所有居留上海的文人一笔抹杀"②,有失公道。针对杜衡的指责,沈从文于 1934 年 1 月写了《论"海派"》一文做出回应(初刊 1934 年 1 月 10 日《大公报·文艺副刊》第 32 期)。沈从文在文章中对"海派"重新

<hr/>

① 沈从文《文学者的态度》,《沈从文全集》第十七卷,太原:北岳文艺出版社 2002 年 12 月第 1 版,第 46—53 页。

② 苏汶《文人在上海》,《现代》第四卷第二期(1933 年 12 月 1 日出版)。

加以界定：" '名士才情' 与 '商业竞卖' 相结合，便成立了吾人今日对于海派这个名词的概念。" "杜衡君虽住在上海，并不缺少成为海派作家的机会，但事实明明白白，他就不会成为海派的。不只杜衡君如此。茅盾、叶绍钧、鲁迅，以及若干正在从事于文学创作杂志编纂人（除吃官饭的作家在外），他们即或在上海生长，且毫无一个机会能够有一天日子同上海离开，他们也仍然不会被人误认为海派的。"他进一步指出："海派作家及海派风气，并不独存于上海一隅，便是在北方，也已经有了些人在一些刊物上培养这种 '人材' 与 '风气'。" "妨害新文学健康处，使文学本身软弱无力，使社会上一般人对于文学失去它必需的认识，且常歪曲文学的意义，又使若干正拟从事于文学的青年，不知务实努力，以为名士可慕，不努力写作却先去做作家，便皆为这种海派的风气作祟。"因此，"北方文学者用轻视忽视态度，听任海派习气存在或展开，就实在是北方文学者一宗罪过"。①

正是认识到"轻视忽视态度"的不当，沈从文才著文对以" '名士才情' 与 '商业竞卖' 相结合"为特征的"海派习气"进行批评，并进而提倡一种"厚重、诚实、带点儿顽固而且也带点儿呆气"的文学态度。

值得注意的是，无论在哪一篇文章中，沈从文都一再强调，他所批评的是一种"风气""习气"，针对的并不是生活创作于某一地的作者，尽管他将批评"海派"指认为"北方文学者"的责任。因此，从语义上讲，沈从文所说的"海派"，并不是对作者身份的一种归

---

① 沈从文《论"海派"》，《沈从文全集》第十七卷，太原：北岳文艺出版社 2002 年 12 月第 1 版，第 54—58 页。

类，而是对一种文学"态度"的指认。

其实这种以地域名称指代某种突出表现于此地之人、事特征的说法，是汉语中一种非常普遍的现象，比如古代汉语中的"村""鄙"与"都"，现代汉语里的"洋气"与"土气"。钱锺书曾经指出这更是中国文学史上的常例：

> 某一地域的专称引申而为某一属性的统称，是语言里的惯常现象。譬如汉、魏的"齐气"、六朝的"楚子"、宋的"胡言"、明的"苏意"；"齐气"、"楚子"不限于"齐"人、"楚"人，苏州以外的人也常有"苏意"，汉族并非不许或不会"胡说"、"胡闹"。杨万里说"诗'江西'也，非人皆江西也"（《诚斋集》卷七九《江西宗派诗序》）；家铉翁说"奋乎齐鲁汴洛之间者，固中州人物也。亦有生于四方，奋于遐外，而道学文章为世所宗工，德业被于海内，虽谓之中州人物可也"（《元文类》卷三八家铉翁《题中州诗集后》；四库辑本《则堂集》漏收）：更是文学流派名称的好例子。①

尽管说是"文学流派"，但划分流派的标准却是文学风格。

换句话说，"海派"的"派"，主要意思并不是"流派"，而是"做派"，"海派"不是一个自觉的文学"流派"，而是一种文学"做派"，一

---

① 钱锺书《中国诗与中国画》，《七缀集》，钱锺书著，北京：生活·读书·新知三联书店2001年1月第1版，第10页。与此相应，钱锺书还曾就"诗分唐宋"有过这样的辨析："唐诗、宋诗，亦非仅朝代之别，乃体格性分之殊。天下有两种人，斯分两种诗。唐诗多以风神情韵见长，宋诗多以筋骨思理见胜。""且又一集之内，一生之中，少年才气发扬，遂为唐体，晚年思虑深沉，乃染宋调。"（《谈艺录》，钱锺书著，北京：中华书局1984年9月第1版，第2—4页。）这是以朝代/时代命名文学风格的，更早如对"建安风骨"的界定亦属此类。

种文学态度。那么，既然在沈从文的笔下并未出现一个"京派"的概念，作为"海派"对立面的，也就不是一个以北京（平）地区的作者为中心的文学流派，而是一种文学态度。

事实上，如前所述，五四新文学的发起倡导就是从对文学态度的重新定位开始的，对"文学者的态度"的强调，正是新文学也就是校园文学批评从一开始就着重强调的一种观念。

明白了这一点，就可以看出当时所谓"京海之争"，实在和沈从文的本意相去甚远。即如鲁迅当年的著名论断，也是一种曲解。1934年2月3日，鲁迅在《申报·自由谈》上，以"栾廷石"署名，发表题为《"京派"与"海派"》的文章，一方面指出杜衡对沈从文本意理解的不确："京派"与"海派""并不指作者的本籍而言，所指的乃是一群人所聚的地域"；另一方面，鲁迅将原先的争论加以引申——

> 北京是明清的帝都，上海乃各国之租界，帝都多官，租界多商，所以文人之在京者近官，没海者近商，近官者在使官得名，近商者在使商获利，而自己也赖以糊口。要而言之，不过"京派"是官的帮闲，"海派"则是商的帮忙而已。但从官得食者其情状隐，对外尚能傲然，从商得食者其情状显，到处难于掩饰，于是忘其所以者，遂据以有清浊之分。而官之鄙商，固亦中国旧习，就更使"海派"在"京派"的眼中跌落了。①

----

① 鲁迅《花边文学·"京派"与"海派"》，《鲁迅全集》第五卷，北京：人民文学出版社2005年11月第1版，第452页。按：鲁迅的这一节议论颇有可议处。"北京是明清的帝都"，但当时的"北平"已经不是"多官"的"帝都"了，因此"京派"并非"近官者"，也就不是"官的帮闲"。

将"京派"与"海派"的分别说成两种类型的作家,而这种不同又基于两种人"所聚的地域"不同。这虽然注意到"京派"与"海派"文学态度的差异,其着眼点却依然是两派、两地作家的差异。

但沈从文的本意显然不在这里,他言之再三的是作家文学态度的差异。早在1931年发表的《论中国创作小说》这篇长文中,沈从文已经对"海派文学"的创作态度进行过批判:"从十三年(1924年)后,中国新文学的势力,由北平转到上海以后,一个不可避免的变迁,是在出版业中,为新出版物起了一种商业化的竞卖。一切趣味的俯就,使中国新的文学,与为时稍前低级趣味的海派文学,有了许多混淆的机会。因此,影响创作方向与创作态度非常之大。从这混淆的结果上看来,创作的精神,是完全堕落了的。"①尽管这里强调了文学中心由北平到上海的地理转移,但所针对的"商业化的竞卖"以及"趣味的俯就",实在又只是一种创作态度、"创作的精神"。1933年发表的引起"京海之争"的第一篇文章即名《文学者的态度》,其后的文章也一再强调自己所指认的不是生活于哪一个区域的作家,而是指普遍存在于当时文坛的文学"风气""习气"。因此,就沈从文当时论文的本意而言,他所批评的"海派作家"实指带有"海派风气"的作家,而"海派风气"就是一种"'名士才情'与'商业竞卖'相结合"的文学态度,是一种背离了五四新文学传统的文学态度。就此而言,倒是当年在创作上受到沈从文较大影响、帮助的王西彦五十多年后对此有较为客观的认识与评价:"'京派'和'海派'之争虽由从文先生的一篇文章所引起,但其实他只是就文

① 沈从文《论中国创作小说》,《沈从文全集》第十六卷,太原:北岳文艺出版社2002年12月第1版,第196页。

学者的态度而言，提倡作家的创作态度要严肃，'京'与'海'的区别不单是个地域观念。"①

三

正因为当时以及后来的文学批评者、文学研究者均在一定程度上曲解了沈从文的本意，一直是沿着"文学流派"的思路来理解、研究"海派文学"，以及与之构成对立面的"京派文学"，所以，很多当年文学活动的参加者对"京派"和"海派"的命名一直不太认同，尽管他们已经不得不接受这一约定俗成的命名，但又常常在文章中表达自己对这一命名的异议。

比如，曾经被视为当年京派首席理论家的朱光潜，在 1980 年的一篇谈论沈从文的文章中说到当年的"京派"时称之为"所谓'京派文人'"：

> 他（沈从文）编《大公报·文艺副刊》，我编商务印书馆的《文学杂志》，把北京的一些文人纠集在一起，占据了这两个文艺阵地，因此博得了所谓"京派文人"的称呼。②

而接替沈从文主编《大公报》的文学副刊《文艺》的萧乾，则特别强调"京派"与"海派"之间并无严格的界限：

---

① 王西彦《宽厚的人，并非孤寂的作家——关于沈从文的为人和作品》，《随笔》1989 年第 1 期。

② 朱光潜《从沈从文先生的人格看他的文艺风格》，《朱光潜全集》第十卷，合肥：安徽教育出版社 1993 年 2 月第 1 版，第 491 页。按，《大公报·文艺副刊》1935 年 8 月 25 日出至第 166 期停刊，1935 年 9 月 1 日改名《文艺》，由萧乾主编，沈从文协助，而《文学杂志》1937 年 5 月创刊，所以，沈从文和朱光潜任主编的时间有先后，朱光潜这里的说法不太准确。

文学史家为了省事,往往把三十年代的一些作家分作京派与海派。事实上,由于巴金、郑振铎和靳以的北来,这个界限模糊了。我认为自己很幸运,正是在京海两派在抗日这一大前提下汇合为一的时期开始了文学生涯。①

关于"京海两派"的这一"汇合"的具体情况,周立民先生在一篇研究巴金的文章有过详细的描述:

> 巴金与京派的关系也非常微妙,对于老京派周作人和朱光潜,他不无微辞,但自沈从文以下的京派作家几乎都是巴金非常好的朋友,这个从他和靳以等人参与编辑的《水星》杂志中便可见一斑。《水星》的作者队伍中,除了周作人、茅盾、郑振铎、冰心等少数五四"老作家"外,其他均为年富力强的中青年作家,还不乏刚刚登上文坛不久即显露出文学才华的一批新秀们,粗略统计,他们是属于编者的靳以、巴金、沈从文、李健吾、卞之琳;在此之外的李广田、何其芳、蹇先艾、杜南星、萧乾、芦焚、臧克家、吴伯箫、丽尼、张天翼、老舍、曹葆华、林庚、孙毓棠、东平等人。按着习惯的文学史眼光来看,这些人应当分属不同的文学"阵营",如此被"统一战线"了一定会给《水星》营造一个"大杂烩"之感。实际上并非如此,文学可以因观点和风格分属派别,但它的生长却是在同一片土地上,同一片

---

① 《未带地图的旅人——萧乾回忆录》,萧乾著,北京:中国文联出版公司1991年9月第1版,第55页。

土地上杂草与野花丛生，未必要阵线分明，这是文学生长的原生态。……从沈从文到何其芳，他们的创作显然发生了重要的转变，已经打破了第一代京派作家的封闭性的创作倾向，也改变了高级知识分子的关注视野，而融入了对人生、对现实的关怀。……可以说《文学季刊》《水星》见证了京海合流的过程，他们也代表了 30 年代文学探索最前沿的位置和方向。所以才有卞之琳"当时文学上硬分南派北派实属无稽，乱搬用戏曲界'京派''海派'名称，并不适当，就思想倾向而论，却自有也并非截然的分野"。①

最后所引卞之琳的话，出自其二十世纪八十年代所写的《星水微茫忆〈水星〉》一文。在文章中，卞之琳首先回忆了他和巴金等人编辑《文学季刊》的情况，然后说到编辑《文学季刊》的"附属月刊"《水星》杂志的事情：

　　一九三四年夏天，我们组成一个附属月刊名义上的编委会，决定了就挂郑振铎、巴金、沈从文、李健吾、靳以和我六个人名字。我实际分工负责这个相当于副刊的编务。当时北平与上海，学院与文坛，两者之间，有一道无形的鸿沟。……就我们这个月刊名义上的编委会六个人而论，巴金是初来北平作客，郑振铎是北上南下好几回了，沈从文是北上南下才刚又北上定居，李健吾原在北方，刚从法国回来，暂留旧地，以后到解放前又一直以上海为工作基地，靳以是由津到沪上大学后

① 周立民《研究巴金也要"走出巴金"》，《中国现代文学研究丛刊》2006 年第 2 期。

北回,我则是从上海读完高中来此上大学后留下的。地理上的南北交流本也不是有什么不便。当时文学上硬分南派北派实属无稽,乱搬用戏曲界"京派""海派"名称,并不适当,就思想倾向论,却自有也并非截然的分野。①

卞之琳被认为是所谓"京派文学"最为重要的诗人,他在回忆中也同样对"南派北派""'京派''海派'"的说法不以为然。

但卞之琳在文章中也承认:"当时北平与上海,学院与文坛,两者之间,有一道无形的鸿沟。"这是一个耐人寻味的说法,因为,如果"北平与上海"之间存在着类似于"学院与文坛"性质的"鸿沟",称之为"南派北派"或者"'京派''海派'",似乎也有一定的合理性。

那么,为什么这些当年文坛的重要作者都一致质疑"京派"与"海派"的分别呢?

其实,只要仔细分析一下《水星》杂志的作者阵容就可以明白,之所以会出现这种"京海合流"的现象,并不是当时所谓分别属于京派和海派的作家之间的彼此靠拢,而是一些原本文学观念大体接近的分处南北不同城市的作家的结合。更有意味的是,组成《水星》编委会的郑振铎、巴金、沈从文、李健吾、靳以和卞之琳六人,除巴金与学院关系相对较远之外②,其他五人均为典型的出入于大学

① 卞之琳《星水微茫忆〈水星〉》,《读书》1983 年第 10 期。

② 巴金虽非学院派人物,但曾经留学法国,熟悉数种外语。他在 1948 年 12 月 28 日致 Rudolf Rocker 信中说:"I also read Spanish, Italian, French and Russian."此外还学过意第绪语、德语和世界语。所以也可以说是学者型的作家,与学院派作家一致之处不少,当然他和京派作家的不同之处更为明显,与沈从文"和而不同"。更为重要的是,巴金多次提到五四精神和五四文学对自己的决定性影响,比如直到 1988 年还在《〈冰心传〉序》中说:"她(冰心)是'五四'文学运动最后一位元老,我却只是这运动的一个产儿。"(《再思录(增补本)》,巴金著,桂林:广西师范大学出版社 2004 年 4 月第 1 版,第 200 页。)

校园的学院派人物。如果检视其文学观念，便可以发现使他们能够走到一起的不是弥合京海分歧的意图，而是因为大家基本上都接受了从五四时代确立的新文学传统，持守的是一种自由的既注重文学社会功用但又强调文学之自主性的文学态度。比如，鲁迅在《"京派"和"海派"》一文中又曾嘲讽当时的文坛"京海两派中的一路，做成一碗了"："一，是选印明人小品的大权，分给海派来了；以前上海固然也有选印明人小品的人，但也可以说是冒牌的，这回却有了真正老京派的题签，所以的确是正统的衣钵。二，是有些新出的刊物，真正老京派打头，真正小海派煞尾了。"①这位被鲁迅指认的"题签"和"打头"的"真正老京派"就是周作人：1935年出版的施蛰存编《晚明二十家小品》，封面由周作人题签；而在1935年4月5日出版的《文饭小品》月刊第三期，第一篇文章是"知堂"即周作人的《〈食味杂咏〉注》，最末一篇是施蛰存的《无相庵断残录》。但事实上，使周作人和施蛰存走到一起的，正是他们均属于持守五四新文学传统的作者，他们的"做成一碗"，其实也就是"京海合流"的另一个具体例证。

事实上，正如当时一般的作家都不愿意接受京派或者海派的命名一样，构成当时文坛分歧的绝不是什么地域——无论"作者的本籍"还是"所聚的地域"——之别，而是文学态度的不同：有偏重文学之社会功用的左翼文学，也有不太顾及文学之社会功用的文学，包括偏重文学之个人趣味的消闲文学和偏重文学之商品价值的通俗文学，更有在坚守文学审美独立性前提下兼顾文学之社会

　① 　鲁迅《且介亭杂文二集·"京派"和"海派"》，《鲁迅全集》第六卷，北京：人民文学出版社2005年11月第1版，第313页。

功用的严肃文学。相对于以校园文学为起点的新文学传统，左翼文学是一种新兴的文学派别，但继承的是传统的"文以载道"的文学观念，其实消闲文学以及通俗文学一样都是原本存在的曾经被五四新文学所激烈否定的文学态度，因此均为五四新文学传统的对立面。而对于那些坚守五四新文学传统的校园文学批评者来说，面对这些貌似新兴而实为沉渣泛起的文学现象、文学观念，就不得不对其加以否定批判，这才有了周作人对"新载道派"、沈从文对"海派"的批评。于是，校园文学批评者就成为一个个性鲜明的群体，因而被后来的文学研究者命名为"京派"。当然，如此命名也确是因为坚持新文学传统的批评者主要集中于北平的大学校园及其周围，而无论左翼文学还是消闲文学、通俗文学都是主要繁盛于上海，尽管一般指认的"海派"文学不包括左翼文学，但京海之间的对立也确实是一种比较突出的现象。简单地说，二十世纪三十年代的中国新文学文坛有着两种不同的文学倾向，两个不同的文学中心：在北方，是以北平为中心的一派偏重文学的独立性及其审美价值的作家；在南方，是以上海为中心的一派偏重文学的社会性及其现实功用的作家，包括左翼作家和那些偏向商业写作的作家，以及那些影响很小的亲近政府的作者。

从另一方面来说，正是因为以校园文学为主体的北平文坛坚守了五四新文学传统，在北平地区形成了一个适宜这一类型文学的生存环境，所以，才有一部分坚持文学审美主体性优先或者重视文学之社会功用但也不忽略其审美独立性的作者从上海来到北平，才有一部分作者当置身于北平或者上海这两个不同的城市时在写作上表现出明显不同的取向。① 比如沈从文 1931 年 6 月 29 日致在美国读书的友人王际真的信中曾云:"北京不是我住得下的地方,我的文章是只有在上海才写得出也才卖得出的。"②这和他在其他文章中激烈批评上海的观点构成了强烈的两极对照,以至于有研究者因此这样论道:"京派指责海派文学是'商业竞卖',其实京派文学也并没有脱离文学的生产和流通。尤其是沈从文,尽管是他挑起了'京、海派'的论争,但沈从文文学上的名誉和地位,的确与他所批判的海派文人一样,是在上海被出版的商业化确立的。"③其实,尽管沈从文是"在上海被出版的商业化确立的",他仍然可以理直气壮地批评"海派习气",或者正是因为他有过在上海的经历,特别熟悉"商业竞卖"的一套做法及其对文学独立性的伤害,才更加要对其进行批判,也正是因属"反戈一击"而批判更为有力。

　　深入观察京海之间的对立,还有一个应该注意的区别,就是在是否注重文学自主性的分歧上,其实京派文学更多表现出的是一种较为中庸的态度,而海派文学则显得各有偏颇。当代著名出版家沈昌文先生在回顾反思自己的职业生涯时有过一段这样的议论:"根据我的经验,在出版领域,文化跟经济不矛盾。文化上有成就的书,在经济上也可能有收获。收获是两种,一种是短期的,一种是长期的。"④和文学关系密切的出版是这样,文学本身也是如

---

　　① 参见钱理群《一个乡下人与两个城市的故事——沈从文笔下的北京上海文化》,《文汇报》2006 年 3 月 15 日。

　　② 《沈从文全集》第十八卷,太原:北岳文艺出版社 2002 年 12 月第 1 版,第 143 页。

　　③ 《现代出版与 20 世纪 30 年代文学》,秦艳华著,济南:山东人民出版社 2008 年 1 月第 1 版,第 47 页。

　　④ 《知道——沈昌文口述自传》,沈昌文口述,张冠生整理,广州:花城出版社 2008 年 4 月第 1 版,第 146 页。

此。本来，文学的社会意义、消闲功用和商品价值与文学的审美价值之间并不存在绝对的对立，一切优秀的文学作品可以说都是同时具备这些功用的。但文学的审美价值是一种难以在短时间内直接体现出来的价值，于是对文学自主性重视不够的文学者就会着意强调文学的现实功用，从而将文学视为实现作者之社会关怀或者个人消遣以及商业价值的工具。这种短视的偏颇的文学态度自然会给文学的健康发展带来伤害，所以，坚守五四新文学传统的校园文学批评者就不得不站出来对此加以纠正，重新强调端正文学态度的重要性。

不过，需要补充说明的是：新文学传统虽然是发生、发达于大学校园，并且始终离不开大学校园文学的滋润充实，但并非仅能在大学校园这一特殊的环境中才能生长。校园文学传统既经形成，校园文学的精神传统自然会随着人员与思想的传播而走出校园，影响及于整个社会，于是校园文学的传统也就成为中国新文学的传统。这一点，在文学批评方面表现得还不是特别明显，在创作方面的表现就更为突出一些。

第三章

大学师生文学创作对新文学发展的示范意义

第一节　大学师生文学创作与新文学的文体创建

一

　　1933 年,时任清华大学教授的历史学家陈寅恪在《冯友兰中国哲学史下册审查报告》中有句名言:"必须一方面吸收输入外来之学说,一方面不忘本来民族之地位。此二种相反而适相成之态度,乃道教之真精神,新儒家之旧途径,而二千年吾民族与他民族思想接触之所昭示者也。"①这是陈寅恪在文章中结合对"道教之真精神"的阐述所提出的中外文明交流中所应秉持的基本原则，这种"精神"与"途径"，也正是中国现代大学校园文学在新文学创作中所秉承的。

作为中西文化交汇的产物，校园文学创作具有明显的融合古今中西的特征，用白话汉语铸炼西式文体，以现代意识审视传统中国，对新文学发展有着重要的示范意义。

中国新文学首先是形式上"西化"的文学。"事实上，白话诗、白话小说以及话剧，其基本形式都是外来文学形式的移植，其表现的审美精神以至思想内容，也都是吸收了外来营养。二十世纪中国文学是开放型的文学，它及时吸收、容纳外来影响以促进内部的发展自新，这本身就是新文学的传统之一，如果要提倡民族精神，也只能是提倡二十世纪的这一开放型的民族精神。"②但"开放"不止是"吸收、容纳外来影响"，也要对中国传统开放。正如鲁迅早在留学日本时期就提出了"外之既不后于世界之思潮，内之仍弗失固

①　陈寅恪《冯友兰中国哲学史下册审查报告》："道教对输入之思想，如佛教摩尼教等，无不尽量吸收，然仍不忘其本来民族之地位。既融成一家之说以后，则坚持夷夏之论，以排斥外来之教义。此种思想上之态度，自六朝时亦已如此。虽似相反，实足以相成。后来新儒家即继承此种遗业而能大成者。窃疑中国自今以后，即使能输入北美或东欧之思想，其结局当亦等于玄奘唯识之学，在吾国思想史上既不能居最高之地位，且亦终归于歇绝者。其真能于思想上自成系统有所创获者，必须一方面吸收输入外来之学说，一方面不忘本来民族之地位。此二种相反而适相成之态度，乃道教之真精神，新儒家之旧途径，而二千年吾民族与他民族思想接触之所昭示者也。"见《陈寅恪集·金明馆丛稿二编》，陈寅恪著，北京：生活·读书·新知三联书店2001年7月第1版，第284—285页。
②　陈思和《七十年外来思潮影响通论》，《鸡鸣风雨》，陈思和著，上海：学林出版社1994年12月第1版，第158页。

有之血脉,取今复古,别立新宗"①的观点,周作人在二十世纪二十年代也明确提出要"以遗传的国民性为素地,尽他本质上的可能的量去承受各方面的影响,使其融和沁透,合为一体,连续变化下去,造成一个永久而常新的国民性,正如人的遗传之逐代增入异分子而不失其根本的性格"②。稍晚的郭沫若亦云:"我国自佛教思想传来以后,固有的文化久受蒙蔽,民族的精神已经沉潜了几千年,要就我们几千年来贪懒好闲的沉痼,以及目前熏蒸的混沌,我们要唤醒我们固有的文化精神,而吸吮欧西的纯粹科学的甘乳。"③尽管具体所指以及侧重点各有不同,但思路却高度一致。事实上,新文学的第一代创造者都是既有中国旧学修养又接受了西方现代教育的人物,校园写作是一种具有全面的开放意识和创新精神的文学写作,大学校园文学也正是在融合中西古今优秀文学传统的明确意识指导下,确立了中国新文学的创作传统。

中国新文学的这一创作传统,在新诗这一文体上表现得最为突出。

---

① 鲁迅《文化偏至论》:"明哲之士,必洞达世界之大势,权衡校量,去其偏颇,得其神明,施之国中,翕合无间。外之既不后于世界之思潮,内之仍弗失固有之血脉,取今复古,别立新宗,人生意义,致之深邃,则国人之自觉至,个性张,沙聚之邦,由是转为人国。"见《鲁迅全集》第一卷,北京:人民文学出版社 2005 年 11 月第 1 版,第 57 页。当然,这也是鲁迅始终坚守的立场,比如1927 年 12 月 13 日在《当陶元庆君的绘画展览时》中称赞陶的绘画"内外两面,都和世界的时代思潮合流,而又并未梏亡中国的民族性"(《鲁迅全集》第三卷,第 574 页),1933 年 11 月 9 日在《〈木刻创作法〉序》中说木刻应该"采取新法,加以中国旧日之所长"(《鲁迅全集》第四卷,第 626页),1933 年 12 月 19 日在致何白涛信中说"中国新的木刻,可以采用外国的构图和刻法,但也应该参考中国旧木刻的构图模样"(《鲁迅全集》第十二卷第 518 页),1934 年 6 月在《〈木刻纪程〉小引》中又说"采用外国的良规,加以发挥,使我们的作品更加丰满是一条路;择取中国的遗产,融合新机,使将来的作品别开生面也是一条路"(《鲁迅全集》第六卷,第 50 页),表达的也都是相同的意思。
② 周作人《国粹与欧化》,《自己的园地》,周作人著,石家庄:河北教育出版社 2002 年 1 月第 1 版,第 13 页。
③ 郭沫若《论中德文化书》,《创造周报》第 5 期(1923 年 6 月 10 日出版)。

1935 年,朱自清在编选《中国新文学大系·诗集》时,曾将新文学第一个十年(1917—1927)的新诗分为自由诗派、格律诗派和象征诗派,稍后,在《新诗的进步》中,他这样说道:"有一位朋友,赞成这个分法,但我的按而不断,他却不以为然。他说这三派一派比一派强,是在进步着的,《导言》里该指出来。他的话不错,新诗是在进步着的。"①所谓"进步",就是指一代代新诗人都在接受前人新诗成就的基础上又开始了进一步的改造创新。

　　新诗是一个全新的文体创造,首先就是对西方自由诗的模仿和借鉴。模仿和借鉴都是为了创作一种真正的现代中国新诗,于是,在新诗刚刚确立其在新文学中的文体地位之后,新诗人就开始了对这一文体的重新打量和认真改造,在新诗自由化之后,新诗人一方面参考中国旧体诗,一方面借鉴外国格律诗,有了"纯诗"和"格律诗"的倡导与写作,这与提倡者身在校园,有一种确立文学规范的责任意识有关,也与他们明确认识到这是文学发展的根本需要有关。

　　胡适是新文学史上第一个尝试新诗创作的诗人,其《尝试集》是开一代诗风之作。他自己在写诗的过程中就不断地在调整写作手法,以至于集中诗作在风格上有着明显的前后变化,如其在《尝试集·再版自序》中所说:第一编的诗,"实在不过是一些刷洗过的旧诗";第二编的诗,"都还脱不了词曲的气味与声调";直到 1917年之后,"我的诗方才渐渐做到'新诗'的地位"。②但后起的新诗人

　《朱自清全集》第六卷,朱乔森编,南京:江苏教育出版社 1997 年 7 月第 1 版,第 221页。

②　胡适《尝试集·再版自序》,《胡适文集·9》,欧阳哲生编,北京:北京大学出版社 1998年 11 月第 1 版,第 84 页。

很快就不满意于胡适依然带有浓重旧体白话诗意味的半新半旧风格，写出了真正打破一切旧体诗律束缚的完全自由体的新诗，最有代表性的诗人就是郭沫若。1921年8月，郭沫若的诗集《女神》出版。1923年6月3日和10日，正在美国留学的闻一多在《创造周报》上连续发表了《〈女神〉之时代精神》《〈女神〉之地方色彩》两篇评论文章，一方面称赞《女神》取得的成绩，一方面也严肃指出其存在的不足之处。在《〈女神〉之地方色彩》中，闻一多说出了自己理想中的新诗：

> 我总以为新诗径直是"新的"，不但新于中国固有的诗，而且新于西方固有的诗；换言之，他不要做纯粹的本地诗，但还要保存本地的色彩，它不要做纯粹的外洋诗，但又要尽量地吸收外洋诗底长处；它要做中西艺术结婚后产生的宁馨儿。①

"做中西艺术结婚后产生的宁馨儿"，这可以说是一代新文学作者的最高理想，也是校园文学作者所一向坚守的艺术取向。

几乎就在写作这两篇论文的同时，闻一多还写了一首长达314行的长诗《园内》，描述他记忆中的清华校园。在1923年3月17日写给还在清华学校读书的同学吴景超、梁实秋的信中，闻一多自述："这首诗的局势你们可以看出是一首律诗的放大，第三四节晨曦夕阳为一联，第五六节凉夜深更为一联；再加上前后的四节共为八节，正合律诗的八句。……至于诗中的故典同喻词中也可看

---

① 闻一多《〈女神〉之地方色彩》，《闻一多全集》第二卷，武汉：湖北人民出版社1993年12月第1版，第118页。

出我的复古底倾向日甚一日了。"①可见闻一多不仅是提出了结合"中西艺术"的文学主张,也同时在自己的创作中尽力去实践这一文学主张。

闻一多之后,周作人在1926年也发表过近似的观点:

> 我觉得新诗的成就上有一种趋势恐怕很是重要。这便是一种融化。不瞒大家说,新诗本来也是从模仿来的,他的进化是在于模仿与独创之消长。近来中国的诗似乎有渐近于独创的模样,这就是我所谓的融化。自由之中自有节制,豪华之中实含清涩,把中国文学固有的特质因了外来影响而益美化,不可只披上一件呢外套就了事。

他同时还联系初期白话诗的不足之处加以引申道:

> 新诗的手法我不是很佩服白描,也不喜欢唠叨的叙事,不必说唠叨的说理,我只认抒情是诗的本分,而写法则觉得所谓"兴"最有意思,用新名词来讲或可以说是象征。……中国的文学革命是古典主义(不是拟古主义)的影响,一切作品都像是一个玻璃球,晶莹透彻得太厉害了,没有一点儿朦胧,因此也似乎缺少了一种余香与回味。正当的道路恐怕还是浪漫主义——凡诗差不多无不是浪漫主义的,而象征实在是其精意。这是外国的新潮流,同时也是中国的旧手法;新诗如往这一路

① 闻一多《致吴景超、梁实秋》,《闻一多全集》第十二卷,武汉:湖北人民出版社1993年12月第1版,第154页。

去,融合便可成功,真正的中国新诗也就可以产生出来了。①

而正是以这样的审美取向为标准,闻一多对《女神》偏重模仿外国诗风的做法提出批评:

> 《女神》底作者既这样富于西方的激动底精神,他对于东方的恬静底美当然不大能领略。……真要建设一个好的世界文学,只有各国文学充分发展其地方色彩,同时又贯以一种共同的时代精神,然后并而观之,各种色料虽互相差异,却又互相调和。这便正符合那条艺术底金科玉臬"变异中之一律"了。②

恰如王瑶先生所指出的:"新诗发展到闻一多时代,任务的重点已经由'破旧'转向了'立新'。在这个意义上,我们可以说,闻一多与郭沫若是代表了新诗发展的不同阶段的,所以闻先生的诗歌理论不仅是他个人的一种主张,而且是反映了新诗发展史上的历史要求的。"③正是有鉴于郭沫若的新诗写作过于散文化,过于脱离传统的诗学标准,闻一多等人才提出建设现代格律诗的主张,并经由闻一多、徐志摩、朱湘等人的创作,最终使新月诗派成为二十世纪二十年代影响最大、成就最高的新诗流派。闻一多对自己主动发起

---

① 周作人《〈扬鞭集〉序》,《谈龙集》,周作人著,石家庄:河北教育出版社 2002 年 1 月第 1 版,第 40—41 页。

② 闻一多《〈女神〉之地方色彩》,《闻一多全集》第二卷,武汉:湖北人民出版社 1993 年 12 月第 1 版,第 123 页。

③ 王瑶《念闻一多先生》,《王瑶全集》第五卷,石家庄:河北教育出版社 2000 年 1 月第 1 版,第 640 页。

的这场格律诗运动相当自信,1926 年 4 月 1 日《晨报副镌·诗镌》创刊之后,他在 4 月 15 日致梁实秋、熊佛西信中谈及副刊上新诗作者朱湘、饶子离、杨子惠、刘梦苇时说:

> 《诗刊》谅已见到。北京之为诗者多矣,而余独有取于此数子者,皆以其注意形式,渐纳于艺术之轨。余之所谓形式者,form 也,而形式之最要部分为音节。《诗刊》同人之音节已渐上轨道,实独异于凡子,此不可讳言者也。余预料《诗刊》之刊行已为新诗辟一第二纪元,其重要当与《新青年》、《新潮》并视。①

历史已经证明,《诗刊》也就是《晨报副镌·诗镌》虽然存世仅仅不到三个月(当年 6 月 10 日停刊,共出 11 期),其中所张扬的诗学主张,尤其是徐志摩在《诗刊弁言》中提出的"完美的形体是完美的精神唯一的表现""文艺的生命是无形的灵感加上有意识的耐心与勤力的成绩"②的创作理念,以及后来陈梦家在《新月诗选·序言》中归纳的"本质的醇正、技巧的周密和格律的谨严"③的创作准则,对中国新诗发展的影响的确是非常深远,尽可与《新青年》的首倡之功相提并论,后来有成就的新诗作者几乎没有不受到其或多或少的影响的。

在新诗发展中还有这样一个非常有意思的小插曲。新文学运

① 闻一多 1926 年 4 月 15 日《致梁实秋、熊佛西》,《闻一多全集》第十二卷,武汉:湖北人民出版社 1993 年 12 月第 1 版,第 233 页。

② 徐志摩《诗刊弁言》,1926 年 4 月 1 日《晨报副镌·诗镌》创刊号。

③ 《新月诗选》,陈梦家编,上海:新月书店 1931 年 9 月出版,《序言》第 17 页。

动的先驱人物也是新诗的始创者胡适,1921 年 6 月在北京遇到了
日本作家芥川龙之介,在 6 月 27 日的日记中,胡适写道:"芥川要用
口语译我的诗。他说中国诗尚未受法国新诗的影响,此言甚是。"①
这的确是对早期新诗发展状况的一个准确观察:影响初期新诗的
有美国的意象派和惠特曼,有日本的俳句和印度的泰戈尔,有英国
和德国的浪漫派,也有英国布朗宁等人的格律诗包括"商籁体"亦
即十四行诗,但一直没有人特别注意到最能代表西方现代诗风的
法国的象征主义诗派。这实在是早期新诗的一个不足之处。可
是,没过几年,几乎就在徐志摩、闻一多倡导现代格律诗的同时,李
金发等人就开始了对法国象征主义诗歌的介绍与模仿,其时正在
日本留学的热衷于提倡"纯诗"的穆木天,在和冯乃超等诗友的交
流切磋中还把批评的锋芒直接指向了胡适:"中国的新诗的运动,
我以为胡适是最大的罪人。胡适说:作诗须得如作文:那是他的大
错。所以他的影响给中国造成一种 Prose in Verse 一派的东西。
他给散文的思想穿上了韵文的衣裳。"②这批评当然是有些冤枉了
胡适,因为胡适早在 1921 年就已经注意到应该学习借鉴法国的新
诗了。比胡适稍后,早期新文学运动的重要理论家周作人很快也
对正在法国留学的李金发学习借鉴法国新诗的作风表示了明确的
支持。不过,新诗人因留学和知识背景的不同而承前启后推进中
国新诗之现代化的努力是一致的。更加值得注意的是,穆木天在
这封信中还特别表达了对中国古典诗歌的看法:"现在新诗流行的

---

① 《胡适日记全编·3》,曹伯言整理,合肥:安徽教育出版社 2001 年 10 月第 1 版,第 336
页。

② 穆木天《谭诗——寄沫若的一封信》(1926 年 1 月 4 日),《旅心》,穆木天著,北京:中国
文联出版公司 1997 年 9 月第 1 版,第 66 页。按,此信与王独清《再谭诗——寄给木天、伯奇》一
起初刊 1926 年 3 月 16 日《创造月刊》创刊号。

时代,一般人醉心于自由诗(Vers Libres),这个犹太人发明的东西固然好;但我们得知因为有了自由句,五言的、七言的诗调就不中用了不成？七绝至少有七绝的形式的价值,有为诗之形式之一而永久存在的生命。"①这样注重传统与现代的融合的观点,出自最为趋新的新诗人之议论,实在是新诗发展之大幸,因为这是文学发展的正途。果然,李金发、穆木天之后,王独清、冯乃超以及稍后的戴望舒、梁宗岱等人,终于全面地引进了以法语诗为主的现代诗风,并逐渐能做到从中国传统诗歌中有所借鉴,从而形成二十世纪三十年代现代诗的渐趋成熟与发展繁荣。

二

也就是二十世纪三十年代现代诗正处在创作试验期时,作为新诗人的废名在北京大学中文系开设了"新文艺试作"课程,讲授散文、小说、新诗的写作。他在课堂上就新诗与中国旧诗的关系做过这样的表述:"中国以往的诗文学向来有两个趋势,就是元白易懂的一派同温李难懂的一派……胡适之先生于旧诗中取元白一派作为我们白话新诗的前例,乃是自家接近元白一派旧诗的原故,结果使得白话新诗失了根据。""胡适之先生所认为反动派温李的诗,倒有我们今日新诗的趋势,我的意思不是把李商隐的诗同温庭筠的词算作新诗的前例,我只是推想这一派的诗词存在根据或者正有我们今日白话新诗发展的根据了。"②这里对初期白话新诗的臧

---

① 穆木天《谭诗——寄沫若的一封信》(1926年1月4日),《旅心》,穆木天著,北京:中国文联出版公司1997年9月第1版,第64页。

② 废名《以往的诗文学与新诗》,《招隐集》,废名著,北京:中国文联出版公司1997年9月第1版,第32页。

否且不必置评，议论中力图打通新诗与中国旧诗传统的努力是非常明显的。事实上废名自己这一时期的新诗写作也恰与他自己所主张的一致，其意思是典型的现代诗，而语句则更比此前的新诗更加中国化，甚至还一再直接将古典诗词的句子引入诗行，如其由开元（沈启无）编入《招隐集》中的《掐花》一诗之"我学一个'摘花高处赌身轻'/跑到桃花源攀手掐一瓣花儿"，又如《寄之琳》之"我想写一首诗，/犹如日，犹如月，/犹如午阴，/犹如无边木叶萧萧下，/我的诗情没有两个叶子"，再如《宇宙的衣裳》之"灯光里我看见宇宙的衣裳，/于是我离开一幅面目不去认识它，/我认得是人类的寂寞，/犹之乎'慈母手中线/游子身上衣'"，这样的诗章，姑且不论其思想内涵，即以语言而论，较之初期象征诗派的晦涩拗口当然更加属于汉语新诗所应有的风格。

　　废名的这一诗学追求，一定程度上也是与其同时的其他校园诗人的选择。最为典型的应该是卞之琳——即废名《寄之琳》一诗中的"之琳"——的创作。他的诗在一定程度上可以说是继承了中国旧诗"用典"的手法，以至于诗人不得不自己作注，比如十行的《距离的组织》"附注"文字几乎是正文的两倍，而四行的《鱼化石》则句句有注，注释的文字也远远超过诗的本文①。特别是《距离的组织》这首写于1935年1月9日的诗作，"附注"第一条引的是"民

---

　　① 《鱼化石》："我要有你的怀抱的形状，/我往往溶化于水的线条。/你真像镜子一样的爱我呢。/你我都远了乃有了鱼化石。"注释："第一行用了保尔·艾吕亚（P.Eluard）的诗句：'她有我的手掌的形状/她有我的眸子的颜色。'"（第二行）"保尔·瓦雷里的《浴》。"（第三行）"马拉美《冬天的颤抖》：你那面威尼斯镜子……深得像一泓冷冷的清泉，围着镀过金的岸；里头映着什么呢？啊，我相信，一定不止一个女人在这一片水里洗过她美的罪孽了；也许我还可以看见一个赤裸的幻象哩，如果多看一会儿。"（第四行）"'生生之谓易。''葡萄苹果死于果子，而活于酒。'""诗中的'你'就代表石吗？就代表她的他吗？似不仅如此。还有什么呢？待我想想看。不想了，这样也够了。"正文不计标点仅四十二字，注释却有二百多字。

国二十三年十二月二十六日大公报国际新闻"关于新发现的距离地球一千五百光年的星星的消息,第二条是"民国二十三年十二月二十八日大公报史地周刊"关于"夜中驰驱旷野"的记录,第三条是《聊斋志异》中《白莲教》这篇小说的故事,可谓古今中外、天上人间。而据诗人自己解释,这首诗正是"沿袭我国诗词的传统,表现一种心情或意境,采取近似我国一出旧戏的结构方式"[①],明确指出对中国古典文学传统的借鉴继承。而卞之琳的另外一些诗作,如《音尘》的最后两句,"西望夕阳里的咸阳古道,我等到了一匹快马的蹄声",很容易令人想起中国古典文学中的一些著名意象:"乐游原上清秋节,咸阳古道音尘绝。音尘绝,西风残照,汉家陵阙。"(李白《忆秦娥》)"古道西风瘦马。夕阳西下,断肠人在天涯。"(马致远《天净沙·秋思》)"夕阳古道无人语,禾黍秋风听马嘶。"(王实甫《西厢记·长亭送别》)又如《无题》组诗之第一首中的"屋前屋后好一片春潮""南村外一夜里开齐了杏花",第二首的"杨柳枝招人,春水面笑人。鸢飞,鱼跃;青山青,白云白",第四首的"付一支镜花,收一轮水月",都在在可见中国古典诗词意象的影响,尽管诗人据以表达的情绪可能有相当大的区别,更不必说诗形的古典与现代的差异了。

其实,早在 1926 年,朱光潜就曾经明确表达过新文学应该注意向中国古典文学有所借鉴的观点:"想做好白话文,读若干上品的文言文或且十分必要。现在白话文作者当推胡适之、吴稚晖、周作人、鲁迅诸先生,而这几位先生的白话文都有得力于古文的处所

---

① 《雕虫纪历》,卞之琳著,北京:人民文学出版社 1979 年 9 月第 1 版,第 26 页。按,《距离的组织》一诗收入《雕虫经历》时卞之琳又对旧注进行了增补,引文见其为本诗最后一行所写的注释。

（他们自己也许不承认）。"①但鉴于当时新文学界对古典文学回潮的戒备心理过强，这一观点正如朱光潜所预料的受到了鲁迅等新文学作家的否认。后来，朱光潜在《给一位写新诗的青年朋友》一文中再次指出，"青年诗人"在学习写诗时可以走的"三条路"分别是"西方诗的路""中国旧诗的路"和"流行民间文学的路"，他认为："每国诗过些年代都常经过革命运动，每种新兴作风对于旧有作风都必定是反抗，可是每国诗也都有一个一线相承、绵延不断的传统，而这传统对于反抗它的人们的影响反而特别大。"②为此，他专门写作了《诗论》一书，研究"（中国）固有的传统究竟有几分可以沿袭"，在对中国旧诗的分析中建设中国的现代"诗学"。③ 到了1937年，叶公超在《论新诗》中再次发表了和废名近似的诗学观点："新诗人要读旧诗，从古典诗歌中吸取营养。"④可见这在某种程度上已是当时文坛的共识。

直到二十世纪四十年代，甚至出现了像穆旦的《五月》（1940年11月）这样奇特的诗章：

五月里来菜花香

布谷流连催人忙

万物滋长天明媚

浪子远游思家乡

---

① 明石（朱光潜）《〈雨天的书〉》，《一般》月刊第一卷第三号（1926年11月）。

② 朱光潜《给一位写新诗的青年朋友》，《朱光潜美学文集·第二卷》，上海：上海文艺出版社1982年9月第1版，第231—232页。

③ 朱光潜《诗论·抗战版序》，《朱光潜美学文集·第二卷》，上海：上海文艺出版社1982年9月第1版，第4页。

④ 叶公超《论新诗》，《文学杂志》创刊号（1937年5月）。

勃朗宁，毛瑟，三号手提式，
或是爆进人肉去的左轮，
它们能给我绝望后的快乐，
对着漆黑的枪口，你就会看见
从历史的扭转的弹道里，
我是得到了二次的诞生。
无尽的阴谋；生产的痛楚是你们的，
是你们教了我鲁迅的杂文。

　　　负心儿郎多情女
　　　荷花池旁订誓盟
　　　而今独自倚栏想
　　　落花飞絮满天空

而五月的黄昏是那样的朦胧！
在火炬的行列叫喊过去以后，
谁也不会看见的
被恭维的街道就把他们倾出，
在报上登过救济民生的谈话后，
谁也不会看见的
愚蠢的人们就扑进泥沼里，
而谋害者，凯歌着五月的自由，
紧握一切无形电力的总枢纽。

春花秋月何时了

郊外墓草又一新

昔日前来痛哭者

一随轻风化灰尘

还有五月的黄昏轻网着银丝，

诱惑，溶化，捉捕多年的记忆，

挂在柳梢头，一串光明的联想……

……

　　恰如王佐良在论及穆旦这种"人家所想不到的排列和组合"时所说："他故意地将新的和旧的风格相比，来表示'一切都在脱节之中'，而结果是，有一种猝然，一种剃刀片似的锋利。"尽管王佐良强调"穆旦的胜利却在他对于古代经典的彻底的无知"，"穆旦的真正的谜却是：他一方面最善于表达中国知识分子的受折磨而又折磨人的心情，另一方面他的最好的品质却全然是非中国的"，不过，这种非中国所指的是穆旦"在别的中国诗人是模糊而像羽毛样轻的地方，他确实，而且几乎是拍着桌子说话"，①所以"非中国的"更主要是指一种不同于其他中国诗人尤其是古典诗人的表达方式，而这正是穆旦为中国新诗提供的一种新的风格。

　　当然，语句上的新旧杂糅还只是一种最为表面的融合，更高一层的应该是在精神层面上的中西融合。同属学院派诗人的唐湜在

----

　　①　王佐良《一个中国诗人》，《穆旦诗集》，穆旦著，北京：中国文联出版公司1998年8月第1版，第120页。

论及新诗的发展走向时曾一再强调过这种融合中西的创作取向："到目前为止,中国的新诗多少还是一个使人焦虑的问题。一方面要设法继承中国传统(活着的生活,活着的人与风格的传统),继承传统的中国气派与精神,一方面又要设法接受进步的世界新传统,这决不是'中学为体,西学为用'论者所能解决得了的问题,一切有待于诗创作的实践。"①

文学史家王瑶先生对这一诗学演进过程有过精确的总结分析:"到了三十年代,以戴望舒与何其芳、卞之琳诸人为代表的现代派诗人,不仅通晓外国文学,而且有着较高的中国古典文学修养,对处于动乱中的民族生活以及在一部分知识分子中产生的迷茫、梦幻和感伤情绪,有着深切的感受和体验;他们从法国象征派诗人那里接受了现代诗歌的观念,再去反观中国古典诗歌,从而发现了它们之间内在的一致。""西方现代派诗歌与中国古典诗歌中,某些流派(如晚唐的温、李诗派)在诗的艺术思维方式、情感感受与表达方式之间存在着某种内在的相似,是一个很有意义的现象;正是这种发现使得中国的现代派诗人(从戴望舒到以后的《九叶集》诗人)能够逐渐摆脱早期象征派诗人那种对于外国诗歌的模仿和搬弄的现象,而与自己民族诗歌的传统结合起来,逐渐找到了外来形式民族化的道路。"②在现代新诗的倡导与写作中,是与大学校园关系密切的诗人冯至、废名、戴望舒、梁宗岱、卞之琳、穆旦等人所取得的成绩最为突出,这当然和他们与现代西方文学、哲学的联系紧密有关,而他们在现代诗的写作中所展示出来的对中国古典诗歌艺术

---

① 转引自《手掌集》,辛笛著,北京:中国文联出版公司1997年9月第1版,第2页。

② 王瑶《论现代文学与中国古典文学的历史联系》,《王瑶全集》第五卷,石家庄:河北教育出版社2000年1月第1版,第83页。

的继承,更是校园诗人与那些校外诗人最为明显的不同之处。这一特色的形成,正是因为大学教育给新诗人提供了全面认识、继承人类优秀文化、文学传统的可能。而这一可能的存在,又与当时大学的教育思想有着非常密切的关系,比如清华大学外文系明确将教学目标定为培养"汇通中西之精神思想"的"博雅之士"(1930 年度《国立清华大学一览·外国语文系·本系学程总则》),中文系则在课程安排上特别强调"注重新旧文学贯通与中外文学的结合"(1928 年度《国立清华大学学程大纲·中国文学系的目的与课程的组织》)。[1] 在这样的教育思想指导下,自然能够培养出融合古今中外的文学创作精神。

第二节　大学师生文学创作与新文学的精神传承

一

李振声先生在论及新文学作家对待本土传统与外国经验的选择时有过这样的观察:

> 初期新文学在对待异域资源和民间资源的容纳接续上,
> 是平等视之不分轩轾的,他们将两者看作自洽的一体,一而
> 二,二而一;至 20 年代末尤其是 30 年代,这种自洽在"京派"、

---

① 转引自《水木清华——二三十年代清华校园文化》,黄延复著,桂林:广西师范大学出版社 2001 年 5 月第 1 版,第 327 页。

"海派"和左翼文学集团那里开始被打破，出现了分化，有了对民间的偏倚和对异域渐趋单一的有选择的疏离（如在左翼文学集团那里），或相反（如在"海派"那里），相对说来，"京派"则要平衡得多。①

所说正是当年文学发展的实际情况。而"京派"之所以能"在对待异域资源和民间资源的容纳接续上""要平衡得多"，正是因为这是一个以校园文学为主体的文学派别。校园作家作为五四新文学的发起者，在前进中不断总结创作历程中的得失成败，到校园文学成为"京派"文学主体的二十世纪三十年代，新文学已经在不断创新与不断反思中走向成熟，"校园作家中沈从文、吴组缃等对小说形式的试验，卞之琳、林庚等对诗歌形式的探讨，何其芳将散文作为'独立的创作'的努力，曹禺对戏剧文体的新开拓，老舍、废名等对文学语言的美的追求，表明五四文学形式与语言变革终于收获了丰硕的果实"②。

事实上，像新诗这样融合中西古今文学传统的创作选择，在校园作家的散文、小说和戏剧创作中都有突出的表现，周作人、废名、沈从文、何其芳、曹禺等人的作品，是白话新文学的典范之作，也有意识地继承了中国古典文学的优良传统。这是新文学在体式上走向成熟的表征，在内容上也是对在现代转型中的古老中国的真实刻画。新文学之所以在文学精神方面能做到"取今复古，别立新宗"，也和校园文学的特殊取向有密不可分的关系，这尤其以小说

---

① 李振声《作为新文学思想资源的章太炎》，《书屋》2001 年第 1 期。
② 钱理群《〈二十世纪中国大学与大学文化〉丛书序》，《西南联大历史情境中的文学活动》，姚丹著，桂林：广西师范大学出版社 2000 年 5 月第 1 版，"序"第 11 页。

方面表现得最为突出：五四时期鲁迅对乡土中国的表现和对知识分子命运的反思，开启了中国小说现代化的先路，其后，有废名、沈从文、芦焚（师陀）、萧乾、汪曾祺等人的乡土小说创作，以及钱锺书、李广田等对现代新型知识分子形象的刻画，当然还可以将李健吾、曹禺等创作的同属叙述性作品的话剧也归入其中。

以下且以现代散文及典型的校园文学作家周作人对散文的文体命名为例加以展示。

鲁迅在《小品文的危机》中有过这样的评说："到五四运动的时候，才又来了一个展开，散文小品的成功，几乎在戏曲和诗歌之上。这之中，自然含着挣扎与战斗，但因为常常取法于英国的随笔（Essay），所以也带有一点幽默和雍容。"①之所以会出现这样的现象，一个比较明显的原因就是新文学戏曲（话剧）和诗歌均是全新的文体创造，和中国的传统文学距离较远，创作和接受都需要一个逐渐熟悉适应的过程。而如果说新诗是新文学对传统中国文学体式继承最少的文体，那散文就是对传统体式改变最少的文体。比如周作人在论及新文学散文时就发表过这样的意见："我相信新散文的发达成功有两重的因缘，一是外援，一是内应。外援即是西洋的科学哲学与文学上的新思想之影响，内应即是历史的言志派文艺运动之复兴。"②王瑶先生也曾经特别明确地指出这一点："如果说'五四'时期的现代小说、新诗和话剧主要借鉴于外来的形式，那么，散

① 鲁迅《南腔北调集·小品文的危机》，《鲁迅全集》第四卷，北京：人民文学出版社 2005 年 11 月第 1 版，第 592 页。

② 周作人《中国新文学大系·散文一集·导言》，《周作人集外文》（下），陈子善、张铁荣编，海口：海南国际新闻出版中心 1995 年 9 月第 1 版，第 189 页。

文就和古典文学传统有着更为密切的联系。"①事实上，从外在体式来说，新文学散文与中国古代散文唯一的区别就是文言和白话的区别，但随着新文学发展的进程，就是这一语言的区别也被新文学散文作家们有意识地消泯了，于是新文学散文和古典散文之间的外在差异几乎趋于消失，尽管从精神特质上来说仍然是界限相当分明。如果说新诗是在更多强调"横的移植"中兼容"纵的继承"的话，现代散文则更多是在"纵的继承"中兼容"横的移植"。

当然，新文学散文最初也是明确要向西方散文学习的。比如在新文学散文起步时期影响最大的一篇理论倡导文章——周作人1921年6月8日发表于《晨报》上的《美文》，在开头即明确提出："外国文学里有一种所谓论文，其中大约可以分为两类。一批评的，是学术性的。二记述的，是艺术性的，又称作美文，这里边又可以分出叙事与抒情，但也很多两者夹杂的。"然后他接着即举例说："这种美文似乎在英语国民里最为发达，如中国所熟知的爱迭生、阑姆、欧文、霍桑诸人都做有很好的美文，近时高尔斯威西、吉欣、契斯透顿也是美文的好手。读好的论文，如读散文诗，因为他实在是诗与散文中间的桥。中国古文里的序、记与说等，也可以说是美文的一类。"②一下子就将"英语国民里最为发达"的美文与"中国古文里的序，记于说等"联系在了一起，正是在"异域资源和民间资源"之间保持平衡的一种态度。

而郁达夫在二十世纪三十年代论及现代散文时，则换了一个

---

① 王瑶《论现代文学与中国古典文学的历史联系》，《王瑶全集》第五卷，石家庄：湖北教育出版社2000年1月第1版，第84页。

② 周作人《美文》，《谈虎集》，周作人著，石家庄：河北教育出版社2002年1月第1版，第29页。

角度将此意重新表述了一遍：

> 英国散文的影响于中国，系有两件历史上的事情，做它的根据的：第一，中国所最发达也最有成绩的笔记之类，在性质和趣味上，与英国的 Essay 很有气脉相通的地方，不过少了一点在英国散文里是极普遍的幽默味而已；第二，中国人的吸收西洋文化，与日本的最初由荷兰文为媒介者不同，大抵是借用英文的力量的……故而英国散文的影响，在我们的智识阶级中间，是再过二十年也决不会消灭的一种根深底固的潜势力。像已故的散文作家梁遇春先生等，且已有人称之为中国的爱利亚了，即此一端，也可以想见英国散文对我们的影响之大且深。[1]

"爱利亚"即 Elia，是著有《伊利亚随笔集》(*Essays of Elia*)的英国作家查尔斯·兰姆(Charles Lamb)(1775—1834)的笔名，亦即周作人在《美文》中提到的"阑姆"。从周作人号召中国作家学习写作"美文"以"给新文学开辟出一块新的土地来"，到梁遇春(1906—1932)被称为"中国的爱利亚"，短短数年之间，新文学散文在向西方学习方面已经取得了预期的成绩。

其实新文学散文的成功是当时有目共睹的事实，早在 1922年，胡适已经在《五十年来中国之文学》中有过这样的总结："第三，白话散文很进步了。长篇议论文的进步，那是显而易见的，可以不

---

① 郁达夫《中国新文学大系·散文二集·导言》，《中国新文学大系·散文二集》，郁达夫编选，上海良友图书印刷公司 1935 年 8 月初版，《导言》第 11—12 页。

论。这几年来，散文方面最可注意的发展乃是周作人等提倡的'小品散文'。这一类的小品，用平淡的谈话，包藏着深刻的意味，有时很像笨拙，其实却是滑稽。这一类作品的成功，就可彻底打破那'美文不能用白话'的迷信了。"①鲁迅1933年在《小品文的危机》中说"散文小品的成功，几乎在戏曲和诗歌之上"，是对新文学散文成绩的再次肯定。但值得注意的是，在胡适的文章中是将"美文"与"小品散文"两个概念交互使用的，在鲁迅著文的时候，已经不再用"美文"而是直接用"散文小品"来指称新文学散文了。事实上，就是"美文"概念的提出者周作人自己，在1935年《中国新文学大系·散文一集·导言》中，也明确指出了这一点："以后美文的名称虽然未曾通行，事实上这种文章却渐渐发达，很有自成一部门的可能。"②在周作人后来的文章中，也很少再使用"美文"这个概念，他使用得更多的也就是"小品文"或者"随笔"这样的词语。

这种称呼的变换，在一定程度上和当时对散文的文体界定有所关联。

1928年，周作人在《〈燕知草〉跋》中说过："在论文——不，或者不如说小品文，不专说理叙事而以抒情分子为主的，有人称他为'絮语'过的那种散文上，我想必须有涩味与简单味，这才耐读。"③这时候他已经基本放弃了"美文"的说法而改用"小品文"来指称新文学散文，并且将其视为最能表达新文学审美追求的文体。比如

①　胡适《五十年来中国之文学》，《胡适文集·3》"胡适文存二集"，欧阳哲生编，北京：北京大学出版社1998年11月第1版，第263页。
②　周作人《中国新文学大系·散文一集·导言》，《中国新文学大系·散文一集》，周作人编选，上海良友图书印刷公司1935年8月初版，《导言》第5页。
③　周作人《〈燕知草〉跋》，《苦雨斋序跋文》，周作人著，石家庄：河北教育出版社2002年1月第1版，第123页。

在 1930 年 9 月 21 日所写的《〈近代散文抄〉序》中，周作人明确宣布："小品文则在个人的文学之尖端，是言志的散文，它集合叙事说理抒情的分子，都浸在自己的性情里，用了适宜的手法调理起来，所以是近代文学的一个潮头。"①这样就把"小品文"和他的"言志"的文学主张联系在一起了。

郁达夫曾经指出："现代的散文之最大特征，是每一个作家的每一篇散文里所表现的个性，比从前的任何散文都来得强。"②而周作人在他写于 1922 年 1 月 16 日的《文艺的讨论》一文中也曾经说过："我以为文艺是以表现个人的情思为主；因其情思之纯真与表现之精工，引起他人之感激与欣赏，乃是当然的结果而非第一的目的。""我想现在讲文艺，第一重要的是'个人的解放'，其余的主义可以随便；人家分类的说来，可以说这是个人主义的文艺，然而我相信文艺的本质是如此的，而且这个人的文艺也即真正的人类的——所谓人道主义的文艺。"③对小品文的地位的推重可谓已至其极。也许就是出于这种认识，周作人才会选择了"小品文"/"美文"这种文体作为自己最为主要的创作体式。

但是，在《〈中国新文学大系·散文一集〉编选感想》(1935 年 2 月 15 日发表于《新小说》第 1 卷第 2 期)中，周作人却又说过这样的话："我并不一定喜欢所谓小品文，小品文这名字我也很不赞成，我觉得文就是文，没有大品小品之分。"不喜欢而仍然要用，这大概是

---

① 周作人《〈近代散文抄〉序》,《苦雨斋序跋文》,周作人著,石家庄：河北教育出版社 2002 年 1 月第 1 版,第 127 页。
② 郁达夫《中国新文学大系·散文二集·导言》,《中国新文学大系·散文二集》,郁达夫编选,上海良友图书印刷公司 1935 年 8 月初版,"导言"第 5 页。
③ 周作人《文艺的讨论》,《周作人集外文》(上),陈子善、张铁荣编,海口：海南国际新闻出版中心 1995 年 9 月第 1 版,第 374 页。

因为"小品文"已经成为约定俗成的名称了,另外或者也和当时左翼作家对"小品文"的批判有关,比如在 1934 年 4 月 18 日所作《苦雨斋小文(一)·小引》中,周作人就表达过这样的意思:"清朝士大夫大抵都讨厌明末言志派的文学,只看《四库书目提要》,骂人常说不脱明朝小品恶习,就可知道,这个影响很大,至今耳食之徒还以小品文为玩物丧志,盖他们仍服膺文以载道者也。"①仅仅是出于对"文以载道"派的反抗,周作人也会坚持使用"小品文"这一名称。至于不喜欢的原因,首先当然是不愿以"小"视之,但另一方面也许和当时人们对这个概念的使用过于宽泛有关。

这种对小品文概念的宽泛理解,也可以从朱光潜当时的一篇文章中得到证实。1936 年新年前后,准备在上海编辑出版《天地人》小品文杂志的徐讦写信向朱光潜约稿,朱光潜以公开信的形式写了一篇文章,其中这样谈及当时人们对"小品文"含义的理解:

> "小品文"向来没有定义,有人说它相当于西方的 essay。这个字的原意是"尝试",或许较恰当的译名是"试笔",凡是一时兴到,偶书所见的文字都可以叫做"试笔"。这一类文字在西方有时是发挥思想,有时是抒写情趣,也有时是叙述故事。中文的"小品文"似乎义涵较广。凡是篇幅较短,性质不甚严重,起于一时兴会的文字似乎都属于小品文,所以书信游记书序语录以至于杂感都包含在内。如果照这样看,中国书属于"集"部的散文可以说大部分都是小品文。②

---

① 《夜读抄》,周作人著,石家庄:河北教育出版社 2002 年 1 月第 1 版,第 197 页。
② 朱光潜《论小品文(一封公开信)——给〈天地人〉编辑徐先生》,《朱光潜全集》第三卷,合肥:安徽教育出版社 1987 年 8 月第 1 版,第 428 页。

"小品文"的意义既这样复杂混乱,使用这个名称自然就无以把周作人的文体意识明确表达出来,所以他才会说出"不赞成"小品文这个名字的话来。其实就是周作人为之作序的沈启无编《冰雪小品选》(后来改名《近代散文抄》出版),其中所收的文章有很多就不属于周作人所定义的"美文",而是真正的写景记游之作。①

另外一个值得注意的现象是,周作人本人其实很少用"小品文"来指称自己的散文,只是在谈论别人的文章时才说是"小品文"。在1945年11月16日所写之《两个鬼的文章》中,周作人先是也曾经说到自己"有时想写点闲适的所谓小品,聊以消遣",但最后还是宣布自己实在写不出那"平淡而有情味的小品文",②这里的"闲适"与"平淡而有情味"似乎可以看作周作人对小品文审美特质的界定,而他认为自己的文章是不能用这种标准来评价的。所以,他很少说自己的散文属于"小品文"。比如周作人1937年4月18日所作《谈俳文》中说:"现今日本的随笔(即中国所谓小品文)实在大半都是俳文一类。"③1937年5月14日所作《再谈俳文》中又说:"俳谐文或俳文这名称有点语病,容易被人误解为狭义的有某种特质的文章,实在未必如此。日本的松尾芭蕉横井也好,法国的蒙田,英国的阑姆与亨德,密伦与林忒等,所作的文章据我看来都可归在一类,古今中外全没有关系。他的特色是要说自己的话,不替政治或宗教去办差,假如这是同的,那么自然就是一类,名称不成

---

① 参见《近代散文抄》,沈启无选编,黄开发校订,北京:东方出版社2005年11月第1版。书名由俞平伯题签,想来是用的三十年代初版本的字样,"抄"字在周作人文章中有时写作"钞"。

② 《过去的工作》,周作人著,石家庄:河北教育出版社2002年1月第1版,第88页、第90页。

③ 《药味集》,周作人著,石家庄:河北教育出版社2002年1月第1版,第103页。

问题,英法曰 essay,日本曰随笔,中国曰小品文皆可也。"①在 1935年的《〈中国新文学大系·散文一集〉编选感想》中,周作人既已说过"我并不一定喜欢所谓小品文,小品文这名字我也很不赞成",其后,他又一再表达过这样的意思。1937 年 3 月 10 日在《谈笔记》中说:"我这里所要的不是故事,只是散文小篇,是的,或者就无妨称为小品文,假如这样可以辨别得清楚,虽然我原是不赞同这名称的。"②直到 1945 年 1 月所作《国语文的三类》,周作人还是这样表示:"小品的名称实在很不妥当,以小品骂人者固非,以小品自称者也是不对,这里我不能不怪林语堂君在上海办半月刊时标榜小品文之稍欠斟酌也。"③

事实上,在周作人个人,也许还是更愿意用"随笔"这个名称来指称自己的作品。早在 1923 年 11 月 5 日所作《雨天的书·自序一》中,周作人就将自己要写的文章称为"雨天的随笔"了;1925 年11 月 13 日《雨天的书·自序二》中,他又说集中的文章"大都是杂感随笔之类,不是什么批评或论文"——当然同时他也说"据说天下之人近来已经看厌这种小品文了,但我也不会写长篇大文",将"小品文"与"长篇大文"对举,并未对"随笔"和"小品文"加以区别;1926 年 8 月在《艺术与生活·自序一》中,说到自己以后不想再写"长篇的论文"时,周作人又说是"以后想只作随笔了";1940 年 2月 26 日在《书房一角·原序》中,他也是用"随笔"来指称自己"民国廿一年以后"的散文作品的;1965 年 4 月 21 日在给鲍耀明的信中,又把他自己的散文和"英法两国似的随笔"联系在一起。

① 《药味集》,周作人著,石家庄:河北教育出版社 2002 年 1 月第 1 版,第 116 页。
② 《秉烛谈》,周作人著,石家庄:河北教育出版社 2002 年 1 月第 1 版,第 127 页。
③ 《立春以前》,周作人著,石家庄:河北教育出版社 2002 年 1 月第 1 版,第 115 页。

自然，"随笔"也是中国传统散文中的常用概念。① 作为一种文体，这成为中国传统文学中的一大类型。周作人将自己的那些散文称为"随笔"，起码从名称上是承认了自己对这种文体的继承的。当然，他也说到"随笔"是日本文学中的概念，与中国的"小品文"和英法的 essay 对应，可即便如此，他也不妨再从日本文学中取来使用，因为周作人自己是承认日本文学对他的巨大影响的，更何况"随笔"原本又是日本文学从汉语词汇中转借过去使用的概念。而周作人之所以要选择"随笔"这一概念来命名自己的散文，在另一方面也是为了将自己的文章与当时极为风行的比较接近的文体"杂文"和"小品文"区别开来。因为，"杂文""小品文"以及"随笔"，其实都可以说是与英语中的 essay 对应的文体，他们之间在具体含义上的所指实际上也没有什么区别，只不过，当时偏重文学社会功用的人说自己的作品是"杂文"，疏离文学社会功用的一派说自己所写是"小品文"，他们笔下的散文也确实因此在审美风格方面表现出明显的差异。这正如施蛰存当时在《小品·杂文·漫画》一文中所描述的："近来有人给'小品'和'杂文'定了一个界限，大意是说'小品'和'杂文'原是同样的东西，不过'小品'是悠闲的绅士文人所写出来陶情适兴的文章，而'杂文'则是非常紧张地从事于革命的文人所写出来的刺激民众的东西了。"② 当代杂文家曾彦修先生在《中国新文艺大系(1949—1966)·杂文集·导言》中也曾经说过这样的话："据我的粗查，鲁迅又是从来不用'随笔'、'小品文'来

---

　　① 关于"随笔"概念的演变，参见《知识者的探求与言说——中国现代随笔研究》，黄科安著，北京：中国社会科学出版社 2004 年 9 月第 1 版。

　　② 施蛰存《小品·杂文·漫画》，《灯下集》，施蛰存著，北京：开明出版社 1994 年 8 月第 1版，第 107 页。

称呼他自己和他的战友们的杂文著作的,因为他自觉他的文章不同于欧洲十六世纪以来以英法为代表的'essay'(多译为随笔)这种作品。"①这一观察和论断自然不够严谨,因为鲁迅并非"从来不用'随笔'、'小品文'来称呼他自己和他的战友们的杂文著作",比如在其1932年所写《鲁迅译著书目》中就将《坟》称为"一九〇七至二五年的论文及随笔"②,1933年在致李小峰的信中言及瞿秋白选编的《鲁迅杂感选集》时也一再称之为"随笔"③;但是,毕竟鲁迅更多的是用"杂文"来命名"他自己和他的战友们"的那类社会批判色彩鲜明的文章的。对于"小品文",鲁迅又曾在《小品文的危机》中做过这样的评说:"小品文的生存,也只仗着挣扎和战斗的。""生存的小品文,必须是匕首,是投枪,能和读者一同杀出一条生存的血路的东西;但自然,他也能给人愉快和休息,然而这并不是'小摆设',更不是抚慰和麻痹,他给人的愉快和休息是休养,是劳作和战斗之前的准备。"④鲁迅笔下的这种"是匕首,是投枪"的小品文,自然和杂文就没有什么区别了,但当时人们意想中的小品文却正是他所批评的那种"小摆设"式的文章,这也就是鲁迅所说的"小品文的危

---

① 曾彦修《中国新文艺大系(1949—1966)·杂文集·导言》,《中国新文艺大系(1949—1966)·杂文集》,曾彦修、秦牧、陶白主编,北京:中国文联出版公司1991年7月第1版,"导言"第1页。

② 鲁迅《三闲集·鲁迅译著书目》,《鲁迅全集》第四卷,北京:人民文学出版社2005年11月第1版,第182页。

③ 鲁迅1933年3月20日、25日致李小峰信,见《鲁迅全集》第十二卷,北京:人民文学出版社2005年11月第1版,第383页、第386页。关于鲁迅使用"随笔"这一名称的具体情况,可参看《知识者的探求与言说——中国现代随笔研究》,黄科安著,北京:中国社会科学出版社2004年9月第1版,第96—99页。有趣的是,和欧明俊先生在《现代小品理论研究》中认定周作人是更愿意用"小品文"来命名自己的文章一样,黄科安先生在其随笔研究专著中又把鲁迅的杂文指认为随笔。

④ 鲁迅《南腔北调集·小品文的危机》,《鲁迅全集》第四卷,北京:人民文学出版社2005年11月第1版,第591、593页。

机"。

　　这种"小摆设"的特性，同样也就是"小品文"的名称当时所给予周作人的印象。虽然他在《〈燕知草〉跋》中说过这样的话："文学是不革命，然而原来是反抗的：这在明朝小品文是如此，在现代的新散文亦是如此。"①但毕竟人们印象中的小品文大多都是那些比较闲适随意的散文作品，就是当时以林语堂为代表的《论语》《人间世》《宇宙风》等小品文杂志上发表的文章，也多是这样。而周作人是一个他所一再宣扬的那种"中庸主义"者，自然不愿意把自己的文章和"杂文"或"小品文"这两种倾向混为一体，所以，他才更愿意用较为中性的"随笔"甚至"笔记"来称呼自己的文章。到了四十年代，当周作人开始有意识突出自己的文章的社会功用时，就将自己的一本散文集命名为《药堂杂文》。止庵先生在为《药堂杂文》所写的校订说明中说周作人这一时期的文章"不妨叫作理性随笔，不同于《夜读抄》那类知性随笔，和《雨天的书》那类感性随笔"②，这所谓"感性""知性"与"理性"的分类，其实倒正好可以与周作人所用的小品文、美文/随笔、杂文一组名称一一对应，各自突显了周作人某一个时期的散文在某一个方面的特征。朱自清在论及鲁迅的杂文时曾经这样说过："鲁迅先生的《随感录》，先是出现在《新青年》上后来收在《热风》里的，还有一些'杂感'，在笔者也是'百读不厌'的。这里吸引我的，一方面固然也是幽默，一方面却还有别的，就是那传统的称为'理趣'，现在我们可以说是'理智的结晶'的，而这

　　①　《苦雨斋序跋文》，周作人著，石家庄：河北教育出版社 2002 年 1 月第 1 版，第 123 页。
　　②　止庵《关于〈药堂杂文〉》，《药堂杂文》，周作人著，止庵校订，石家庄：河北教育出版社 2002 年 1 月第 1 版。

也就是诗。"①所强调的也正是杂感/杂文的"理性"特征。而在1945年1月12日所作《文学史的教训》中，周作人也说过这样的话："我所喜爱的古代文人之一，以希腊文写作的叙利亚人路吉亚诺斯，便是这种的一位智者，他的好些名篇可以当作这派的代表作，虽然已是二千年前的东西，却还是像新印出来的，简直是现代通行的随笔，或是称他为杂文也好，因为文章不很简短，所以不大好谥之曰小品。"②路吉亚诺斯是周作人终生推崇的作家，周作人愿意将其作品视为"随笔"或"杂文"而不愿以"小品"相称，当然更不愿意把自己的作品称为"小品文"了。而这种命名的纠结，正是新文学继承传统而又随时突破传统的精神取向的反映。

二

五四新文化运动是一个狂飙突进式的进程，但这只是较浅层次的表现。在较为内在的层次上，五四时期"重新估定一切价值"的立场正是一种非常理性化的态度。五四新文学的发起者虽然曾经发表过很多极其激切的口号，但在具体的文学批评和文学创作中更多的还是保持了理性的价值立场。虽然最初发动文学革命时胡适、陈独秀、钱玄同等人都说过很多过头的话，但"五四"后期胡适即提出"建设的文学革命论"，其后，二十年代新月派对新诗格律化的倡导，梁实秋对新文学浪漫趋势的批评，三十年代朱光潜等人对古典主义美学标准的重新阐发，都是对新文学发展中出现的过于自由散漫的倾向的修正，是新文学内部在建立新文学审美规范

---

① 朱自清《鲁迅先生的杂感》，《朱自清散文》（中），延敬理、徐行选编，北京：中国广播电视出版社1994年8月第1版，第411页。

② 《立春以前》，周作人著，石家庄：河北教育出版社2002年1月第1版，第118—119页。

过程中提出的重要观点。另一方面，校园文学创作者又积极学习、借鉴古典文学、外国文学成功的创作经验，以一种非常开放的心态来从事新文学的创建工作，而校园文学批评者也对文学创作上的大胆尝试与创新保持了一种开明的立场，比如，周作人在二十年代曾经为郁达夫的小说《沉沦》、汪静之的情诗辩护，三十年代又为卞之琳等人的现代主义色彩较为明显的新诗辩护。

这种以鼓励创新为主要特征的兼容并包的态度，正是蔡元培在主持北京大学时所确立的大学精神的核心：

> 我对于各家学说，依各国大学通例，循思想自由原则，兼容并包。无论何种学派，苟其言之成理，持之有故，尚不达自然淘汰之运命，即使彼此相反，也听他们自由发展。①

这一大学精神，也为后来的大学主持者所继承，长期担任清华大学校长的梅贻琦，在1945年11月5日的日记中有这样非常明确的自我表白：

> 余对政治无深研究，于共产主义亦无大认识，但颇怀疑；对于校局则以为应追随蔡孑民先生兼容并包之态度，以克尽学术自由之使命。昔日之所谓新旧，今日之所谓左右，其在学校应均予以自由探讨之机会，情况正同。此昔日北大之所以

---

① 蔡元培《自写年谱》，《蔡元培全集》第十七卷，杭州：浙江教育出版社1998年8月第1版，第477页。

为北大,而将来之清华之为清华,正应于此注意也。①

由蔡元培、梅贻琦等人所张扬的这种"兼容并包之态度",是现代大学的精神传统,也是生长、繁荣于现代大学的校园文学的精神传统。

比如,新文学早期主要理论家周作人在《文艺上的宽容》中曾经就宽容发表过这样的看法:"宽容决不是忍受。不滥用权威去阻遏他人的自由发展是宽容,任凭权威来阻遏自己的自由发展而不反抗是忍受。正当的规则是,当自己求自由发展时对于迫压的势力,不应取忍受的态度;当自己成了已成势力之后,对于他人的自由发展,不可不取宽容的态度。"②当然这其实不仅仅适用于文学上的批评,对于人世的一切方面都是适用的,而其对宽容的理解甚至比胡适近四十年之后的《容忍与自由》③一文中的论述还要深刻。

_____

① 《梅贻琦日记》,黄延复、王小宁整理,北京:清华大学出版社2001年4月第1版,第184页。

② 周作人《文艺上的宽容》,《自己的园地》,周作人著,石家庄:河北教育出版社2002年1月第1版,第9页。

③ 胡适在《容忍与自由》中有云:"四十多年前,我们在《新青年》杂志上开始提倡白话文学的运动,我曾从美国寄信给陈独秀,我说:'此事之是非,非一朝一夕所能定,亦非一二人所能定。甚愿国中人士能平心静气与吾辈同力研究此问题。讨论既熟,是非自明。吾辈已张革命之旗,虽不容退缩,然亦决不敢以吾辈所主张为必是而不容他人之匡正也。'独秀在《新青年》上答我道:'鄙意容纳异议,自由讨论,固为学术发达之原则,独于改良中国文学当以白话为正宗之说,其是非甚明,必不容反对者有讨论之余地;必以吾辈所主张者为绝对之是,而不容他人之匡正也。'我当时看了就觉得这是很武断的态度。现在在四十多年之后,我还忘不了独秀这一句话,我还觉得这种'必以吾辈所主张者为绝对之是'的态度是很不容忍的态度,是最容易引起别人的恶感,是最容易引起反对的。"《胡适文集·11》"胡适时论集",欧阳哲生编,北京:北京大学出版社1998年12月第1版,第823—828页。按:胡适此文写于1959年3月12日,3月16日在台北《自由中国》第20卷第6期发表。1959年11月20日,胡适在台北《自由中国》杂志十周年纪念会上又发表了题为《容忍与自由》的演说,演说词发表于1959年12月1日出版的《自由中国》第21卷第11期,见"胡适作品集"之26《胡适演讲集(三)》,台北:远流出版事业股份有限公司1986年3月25日第1版。

又如二十世纪三十年代校园文学的代表性理论家朱光潜，就曾在自己的文章中一再表达了这种态度。1937 年，朱光潜主编的《文学杂志》创刊，"发刊词"中在宣布办刊方针的同时也解释了这样做的理由：

> 中国的新文艺也还是在幼稚的生发期，也应该有多方面的调和的自由发展。我们主张多探险，多尝试，不希望某一种特殊趣味或风格成为正统。这是我们的新文艺的试验时期。在试验时期，我们免不着要牺牲一点，要走些曲路甚至于错路，不能马上希望有何惊人的成就。不过多播下一些种子，将来会有较丰富的收获。在不同的趣味与风格并行不悖时，我们可以互相观摩，互相启发，互相匡正。①

在这种精神、态度的影响下，相对于同一时期新论迭出、论战不断的上海文坛，以大学师生为创作主体的北方文坛也许显得相对沉寂，但是，沉寂中产生了中国新文学的一系列杰作。数十年后回看那个时代的文学，可以发现正是当时的北方文坛取得了更大的文学实绩。以上海为中心的南方文坛，虽然同样有着对文学功利化和商业化的批评，有很多对文学主体性的强调，同样有着对西方新文学的学习和借鉴，有很多文学现代化的努力和尝试，但一方面由于上海特殊的政治、文化环境，另一方面也由于创作者不同于校园写作者的身份和生活状态，除了个别作家（尤其是几位和大学以及校园写作关系密切的作家），大部分比较典型的上海作者没有能够

---

① 朱光潜《我对于本刊的希望》，《文学杂志》创刊号（1937 年 5 月出版）。

对古今中外的文学传统持一种全面开放的态度，没有能够做到在文学的社会功用和审美价值之间保持平衡，因此他们的创作以及创新也都没有能够做到在传统意识与现代精神之间保持平衡，虽然在某一方面也许取得了相当可观的成绩，但都存在着这样那样的偏颇之处。

其实，二十世纪二十年代的文坛即已表现出"京海"之间的显著差异。五四时期在大学教书的周作人，在教育部工作而又在大学兼课的鲁迅，以及以北大师生为主体的《新青年》《新潮》杂志上的创作，如果和郭沫若、郁达夫、张资平等人主要发表在上海的那些创作比较，会看出二者之间有着很大的距离。这其中，虽然还有创造者个人天性方面的很大影响，但创作、发表环境的差异，以及作者身份地位的变化，也是不容忽视的因素，比如鲁迅、沈从文、丁玲、芦焚等曾经在京沪两地都生活和创作过的作家，在不同城市的写作即有着明显不同的趋向，这一点，鲁迅、胡适、沈从文等人都曾经有所论述。比较当时所谓的京派文学和海派文学、左翼文学，其间的差异也是非常明显的。

当然，校园之外的写作也有其超越校园文学的地方，其中比如对中国社会现实的直接反映和积极介入，确实是校园写作所不能企及而应该向其学习的，尽管校园写作也不乏感时忧国的责任意识和承担精神。其实中国新文学在诞生之初就具有很强的社会指向，只是在发展中很快调整了自己的发展方向，更加强调在不忽视文学审美价值的前提下实现其社会关怀。从五四时代一直到抗战前后，校园作家的写作始终保持了良好的创作态势，一方面发挥各自的优长不断进行文学表达方式的尝试和创新，一方面又始终不曾减弱感时忧国的责任意识和承担精神。

但同是学院派作家,同是重视文学审美价值且不忘文学之社会关怀的作家,其间也并不是完全一致的,而更多保持的是一种"和而不同"的状态。比如,当同为北方重要作家的沈从文在文章中用"北方文坛盟主"这个名号来指称周作人时,对周作人持的却是批评的态度。在沈从文1934年4月出版的《沫沫集》中,第一篇题为《论冯文炳》,开篇就提到了周作人:"从五四以来,以清淡朴讷文字,原始的单纯,素描的美,支配了一时代一些人的文学趣味,直到现在还有不可动摇的势力,且俨然成一特殊风格的提倡者与拥护者,是周作人先生。"这里所称赞的是周作人"五四以来"的影响,是过去的事实。但是在文章中间,沈从文在批评废名时说道:"在现时,从北平所谓'北方文坛盟主'周作人、俞平伯等等散文糅杂文言文在文章中,努力使之在此等作品中趣味化,且从而非意识的或意识的感到写作的喜悦,这'趣味的相同',使冯文炳君以废名笔名发表了他的新作,在我觉得是可惜的。这趣味将使中国散文发展到较新情形中,却离了'朴素的美'越远,而同时所谓地方性,因此一来亦已完全失去,代替这作者过去优美文体显示一新型的只是畸形的姿态一事了。"①这里对周作人尤其是废名的批评可以说是很严正的。沈从文此文末尾所系的写作日期是"七月二十一日",应该是作于1933年,也就是他和杨振声在《大公报·文艺副刊》第一期将周作人文章排在首位的大约两个月前。这样看来,沈从文虽然对周作人此时的文学选择、趣味倾向不太认同,对其"北方文坛盟主"的地位还是承认和尊重的。1934年11月出版的《文学》杂

---

　　①　沈从文《论冯文炳》,《沈从文全集》第十六卷,太原:北岳文艺出版社2002年12月第1版,第145页、148页。

志第三卷第五号上发表了巴金的小说《沉落》①，隐含的意思就是对周作人一类的知识分子的批评；沈从文因此写信给巴金，为周作人等人辩护，后来又将其中的一封信以《给某作家》②的篇名发表在1935年12月出版的《文学月刊》第二卷第四期。显然，就文学选择来看，沈从文对周作人的认同比对自己的朋友巴金的认同还要多一些。③ 而周作人对沈从文也特别欣赏，1935年1月5日出版的《人间世》第19期上刊有周作人所列"一九三四年我所爱读的书籍"，共三种，前两种均为外国著作，希本著《木匠的家伙箱》和蔼里斯《我的告白》，第三种就是沈从文著《从文自传》，是周作人一九三四年所"爱读"之唯一的中文著作。

沈从文是二十世纪三十年代"北平文坛的重镇"④，他对"北方文坛盟主"周作人及其得意弟子废名的批评，的确是一件耐人寻味的事情。

值得注意的是，沈从文在《论冯文炳》中对周作人"五四以来"在文学上的影响给予了很高的评价，他所批评的"周作人、俞平伯等等散文糅杂文言文在文章中，努力使之在此等作品中趣味化，且从而非意识的或意识的感到写作的喜悦"，实际上是对他们二十世纪三十年代的"趣味化"倾向的批评，是对其文学态度的指责。这一点，他在此文的后半部分表达得更为明确：

---

① 巴金《沉落》，《巴金全集》第十卷，北京：人民文学出版社1989年第1版。
② 沈从文《给某作家》，《沈从文全集》第十七卷，太原：北岳文艺出版社2002年12月第1版。
③ 巴金《怀念从文》，《再思录》，巴金著，桂林：广西师范大学出版社2004年4月第1版。
④ 姚雪垠《学习追求五十年（一）》："在北京的年轻一代的'京派'代表是沈从文同志，他在当时地位之高，今日的读者知道的人很少。他为人诚恳、朴实，创作上有特色，作品多产，主编刊物，奖掖后进，后来又是《大公报》文艺奖金的主持人，所以他能够成为当时北平文坛的重镇。"见《新文学史料》1980年第3期。

在北平地方消磨了长年的教书的安定生活,有限制作者拘束于自己所习惯爱好的形式,故为周作人所称道的《无题》中所记琴子故事,风度的美,较之时间略早的一些创作,实在已就显出了不健康的病的纤细的美。至《莫须有先生传》,则情趣朦胧,显露灰色,一种对作品人格烘托渲染的方法,讽刺与诙谐的文字奢侈僻异化,缺少凝目正视严肃的选择,有作者衰老厌世意识。此种作品,除却供个人写作的怪悦,以及二三同好者病的嗜好,在这工作意义上,不过是一种糟蹋了作者精力的工作罢了。①

有意味的是,在沈从文写作《论冯文炳》的数年之前,废名也就是冯文炳在 1930 年 10 月 27 日出版的《骆驼草》第 25 期上发表有《随笔》一篇,其中有这样论及沈从文:

  暑假中在一位友人处见到今年的《小说月报》一号上面载的沈从文先生的一篇小说《萧萧》,文章是写得很好的了,我一口气读下去,读到篇末叙述萧萧姑娘渐渐感到生产之期,人家容易看出她的腹部变化,虽是几句话,(原书不在手头,无从征引)我却替这篇文章可惜了,而作者的主观似乎也揭示给我们了,我以为那不免有点轻薄气息,也就是下流。作者的思想到底怎么样?他对于他的主人公到底取怎么一个态度?是不是

---

  ① 沈从文《论冯文炳》,《沈从文全集》第十六卷,太原:北岳文艺出版社 2002 年 12 月第 1 版,第 150 页。

下笔时偶尔的忘形了？我不禁要推想。①

指为"轻薄""下流"，这批评不可谓不重，显见得废名对沈从文的创作"态度"是何等的不能认可。但是，在此文的最后，当废名正面提出自己对理想文学创作态度的期许时，所言却与沈从文相差不大：

> 再往高处说，下笔总能保持得一个距离，即是说一个"自觉"（Consciousness），无论是以自己或自己以外为材料，弄在手上若抛丸，是谈何容易的事。所谓冷静的理智在这里恐不可恃，须是一个智慧。②

而更加有趣的，是废名在这篇《随笔》中批评的另外一位作者是在上海写作小说的施蛰存，他说：

> 我觉得施先生的文章很不免有中国式的才子佳人气，或者也就是道学气，或者也就是上海气吧。……我从文章看来，觉得作者实在是被动于许多概念，没有达到造成艺术品的超

---

① 废名《随笔》，《废名文集》，止庵编，北京：东方出版社 2000 年 2 月第 1 版，第 105 页。按，废名所批评的《萧萧》中文字，可能是这些片段："萧萧仍然是往日的萧萧。她能够忘记花狗，就好了。但是肚子真有些不同了，肚中东西使她常常一个人干发急，尽做怪梦。""虽说求菩萨保佑，菩萨当然没有如她的希望，肚子中长大的东西仍在慢慢的长大。""萧萧步花狗后尘，也想逃走，收拾一点东西预备跟了女学生走的那条路上城。但没有动身，就被家里人发觉了。家中追究这逃走的根源，才明白这个十年后预备给小丈夫生儿子继香火的萧萧肚子，已被另外一个人抢先下了种。这真是了不得的大事。一家人的平静生活为这一件事全弄乱了。生气的生气，流泪的流泪。"（《萧萧》，《沈从文全集》第八卷，太原：北岳文艺出版社 2002 年 12 月第 1 版，第 262—263 页。）文字的确有些直白，但"轻薄""下流"的评论还是太重了。

② 废名《随笔》，《废名文集》，止庵编，北京：东方出版社 2000 年 2 月第 1 版，第 106 页。

脱心境。①

所批评的也是创作态度的不够严肃认真。

与之构成对照的，是沈从文在 1935 年发表的《论穆时英》中将废名与典型的海派作家穆时英相提并论：

> 废名后期作品，穆时英大部分作品，近于邪僻文字。虽一则属隐士风，极端吝啬文字，邻于玄虚；一则属都市趣味，无节制的浪费文字。两相比较，大有差别，若言邪僻，则二而一。②

仔细比较废名与沈从文的批评文字就会发现，尽管他们在文章中对对方的作品各有指责，但在否定之后所宣扬的文学态度却是大致相同。如果暂时不顾对具体作品的批评，则他们几乎可以说是在做着一个相同的工作，即坚持要以"凝目正视严肃的选择""冷静的理智"态度从事创作，反对"极端"的"无节制"的文学态度，以及"供个人写作的怿悦"的"趣味化"倾向。

前文已论及发生在《文学季刊》和《水星》杂志上的"京海合流"是基于共同的对五四新文学传统的接受继承，鲁迅在《"京派"和"海派"》中谈及《文饭小品》时所说的"真正老京派打头，真正小海派煞尾"③，其实也是对"京海合流"的另一种形式的命名，只不过一

① 废名《随笔》，《废名文集》，止庵编，北京：东方出版社 2000 年 2 月第 1 版，第 106 页。
② 沈从文《论穆时英》，《沈从文全集》第十六卷，太原：北岳文艺出版社 2002 年 12 月第 1 版，第 233 页。
③ 鲁迅《且介亭杂文二集·"京派"和"海派"》，《鲁迅全集》第六卷，北京：人民文学出版社 2005 年 11 月第 1 版，第 313 页。

在北平一在上海罢了。在这种"京海合流"的大趋势下，沈从文文章所批评的周作人和废名、穆时英，与废名文章所批评的沈从文和施蛰存，除穆时英是典型的海派作家并且很快退出文坛之外，后来都成为坚定继承五四新文学传统的作者。

发表《随笔》的 1930 年，废名刚从北京大学英文系毕业，一年后再入北大执教；发表《论冯文炳》的 1934 年，沈从文一年前刚从青岛大学的教师岗位上下来，正与杨振声一起在北京从事中小学教材编选工作。虽然发表文章时二人均已不在大学校园之内，但均为和大学关系密切的人员，他们所持守的文学态度，正是校园文学也就是五四新文学所一再张扬的文学态度。这一点，在沈从文其后的另外一篇文章中表达得最为明确：

> 发扬五四精神，使文运重造与重建，是关心它的前途或从事写作的人一件庄严的义务。我们必须努力的第一件事，是重新建设一个观念，一种态度，使作者从"商场"与"官场"拘束中走出，依然由学校培养，学校奠基，学校着手。作品不当作商品与官场的点缀品，所谓真正的时代精神与历史得失，方有机会表现。而且这种作品中所浸透的人生崇高理想，与求真的勇敢的批评精神，方能启发教育读者的心灵。[1]

写作此文的 1940 年，沈从文已经在昆明西南联大师范学院国文系执教，再一次成为校园文学队伍中的一员，并且继续其热心培养青

---

[1]　沈从文《文运的重建》(1940 年 5 月 1 日作)，《沈从文全集》(第十二卷)，太原：北岳文艺出版社 2002 年 12 月第 1 版，第 83 页。

年作家的工作,后来成为著名作家的汪曾祺此时就正在西南联大中文系读书。

谢泳先生在论及西南联大与沈从文、汪曾祺的文学关系时有过这样一段总结:

> 研究中国现代文学史,我们一向很注意五四新文学的传统,认为文学的发展无论哪一种思潮流派都与新文学的传统分不开,我们在强调新文学的传统时,对于发生在大学校园内的新文学传统又没有一个明确的定位,所以常常把新文学的传统泛化,只要想抬高作家和流派的地位,总要将新文学传统拉上,其实文学传统和学术发展的承传有相似性,不进大学很难把握传统的真谛。①

这也正是对中国现代大学与新文学传统之间关系的一个深刻总结,已经为已有的文学史实所一再证明。

---

① 谢泳《西南联大与汪曾祺、沈从文的文学道路》,《西南联大与中国现代知识分子》,谢泳著,福州:福建教育出版社 2009 年 5 月第 1 版,第 81 页。

第四章

大学师生文学活动对新文学发展的环境营建

第一节　大学师生文学活动与大学校园文学环境

一

中国二十世纪八十年代文学重要参与者之一李陀先生,在2004年接受查建英的采访时,曾经满怀敬意地特别回顾到民国时期的大学与文学之间的良性互动关系:"中国大学毕竟和欧美大学有不同的传统,或许不带特殊功利的文学批评可以在那里找到一个角落生存下来,因为'五四'之后,中国大学里的人文学科一直和作家、诗人、艺术家有很多互动,这些互动不但大大帮助了大学中文系和其他人文学科的发展,而且对作家们、诗人们、艺术家们的创作都有非常重要的影响。想想鲁迅、瞿秋白、闻一多、朱自清、俞平伯、宗白华那一辈人和大学的关系,这一点表现得非常清楚,那是多么宝贵的一个传统！"①

　　陈平原先生在研究中则从课程内容方面注意到新文学发生期的这一现象："大学里的课堂讲授，与社会上的文学潮流，并非互不相干；对文学史的叙述与建构，往往直接介入当下的文学创造。胡适的提倡白话文学为正宗，周作人的介绍欧洲文学潮流，以及鲁迅、吴梅在北大讲台上教习此前不登大雅之堂的小说、戏曲，都与五四文学革命相表里。"②

　　陈平原先生这里所述是"五四文学革命"时期北京大学中文系的课程之影响于新文学发生发展的情况，还只是问题的一个方面。"五四文学革命"高潮过后，大学中文系给人的印象则大多仍是以保守著称的，比如前文已经引述过的朱东润关于"三十年代左右的武汉大学中文系真是陈旧得可怕"③的回忆。又如，曾经担任清华大学首任文学院院长兼中文系主任的杨振声对中国当时的大学中文系也有着相近的印象："在新文学运动以来，中国大学中新旧文学应该如何接流，中外文学应该如何交流，这都是必然会发生的问题，也必然要解决的问题。可是中国文学系一直在板着面孔，抵拒新潮。如是许多先生在徘徊中，大部学生在困惑中。这不止是文言与语体的问题，而实在是新旧文化的冲突，中外思潮的激荡。大学恰巧是人文荟萃，来调协这些冲突，综合这些思潮所在的，所以在文法两院的科系中，如哲学、历史、经济、政治、法律各系都是冶古今中外于一炉而求其融会贯通的，独有中国文学系与外国语文

　　① 《八十年代访谈录》，查建英主编，北京：生活·读书·新知三联书店 2006 年 5 月第 1版，第 286 页。

　　② 陈平原《新教育与新文学》，《中国大学十讲》，陈平原著，上海：复旦大学出版社 2002 年10 月第 1 版，第 102 页。

　　③ 《朱东润自传》，朱东润著，北京：人民文学出版社 2009 年 1 月第 1 版，第 186 页。

[系]二系深沟高垒，旗帜分明。这原因只为主持其他各系的教授多归自国外；而中国文学系的教授独深于国学，对新文学及外国少有接触，外国语文系的教授又多类似外国人的中国人，对中国文化与文学常苦于下手无从，因此便划成二系的鸿沟了！"①

继杨振声之后长期主持清华大学中文系的朱自清，在1931年所作《清华大学中国文学系概况》中也特别言及这一现实状况，并进行了严肃的批评："中国各大学的国学系，国文学系，或中国文学系的课程，范围往往很广，除纯文学外，更涉及哲学、史学、考古学等。他们所要造成的是国学的人才，而不一定是中国文学的人才。对于中国文学，他们所要学生做的是旧文学研究考证的工夫，而不及新文学的创进。""有人说大学不能研究当代文学，也不能提倡创造。因为当代文学还没有经过时间的淘汰，沙里拣金是不经济的；而创造须有丰富的、变化的生活，沉寂的、单调的、重智的大学是不会供给这种感兴的。他们说提倡创造的人，在古代是帝王达官贵人，在现代该是社会；大学自始并没有准备这种力量。这些话是以欧美大学为标准，当然有不少的理由。但'我们这个时代'的中国大学，却似乎不适用这样严格的标准。请看看，新文学是谁提倡起来的？不就是北京大学的几位教授么？现在中国社会还未上轨道，大学是最高的学术机关，她有领导社会的责任与力量。创造新文学的使命，她义不容辞地该分担着。"正是出于这种"义不容辞"的责任感，朱自清才再一次郑重宣布清华大学中国文学系的立场："本系从民国十七年由杨振声先生主持，他提供一个新的目的：这就是'创造我们这个时代的新文学'。""我们并不看轻旧文学考证

---

① 杨振声《为追悼朱自清先生讲到中国文学系》，《文学杂志》第三卷第五期（1948年）。

的工夫，但在这个时代，这个青黄不接的时代，觉得还有更重大的使命：这就是创造我们的新文学。我们采取这个目的，便是想试去分担这种使命的。"①

"创造我们这个时代的新文学"，先已发表于由杨振声执笔的《中国文学系的目的与课程的组织》（1929年）："中国文学系的目的，很简单的，就是要创造我们这个时代的新文学。为欲达到此目的，所以我们的课程的组织，一方面注重研究我们自己的旧文学，一方面参考外国的新文学。"②这时候，"研究我们自己的"还只限于"旧文学"，需要参考的则是"外国的新文学"，而到了朱自清写作《清华大学中国文学系概况》的1931年，具体的课程内容已经发生了变化，为了落实"创造我们这个时代的新文学"，增加了当代比较文学、中国新文学研究、新文学习作（高级作文的一部分）三种，"新文学"也已经正式成为大学课程的一个组成部分。

朱自清1929年春季在清华大学中文系开设"中国新文学研究"课程，是目前有确切证据的新文学进入大学课程的起点。几乎与此同时，也有其他一些大学的中文系开设了与新文学相关的课程，也有一些教师直接在教学活动中向学生传授有关新文学的知识，比如杨振声与朱自清同时在清华大学讲授"新文学习作"课程，稍后还在燕京大学讲授"新文学"课程，周作人到辅仁大学讲演"中国新文学的源流"，胡适曾经指导徐芳写作"中国新诗史"，废名在北大中文系开设新文艺写作以及关于新诗发展史的课程，

---

① 朱自清《清华大学中国文学系概况》，《朱自清全集·第八卷》，南京：江苏教育出版社1993年5月第1版，第405—406页。

② 转引自《学府内外——二十世纪二三十年代上海现代大学与中国新文学关系研究》，杨蓉蓉著，北京：光明日报出版社2007年7月第1版，第101—102页。

创作起步于北京的沈从文、苏雪林又曾经在其他大学开设关于新文学的课程。① 与此同时,一些新文学作家还一度成为大学中文系的具体负责人,比如周作人因胡适之荐从 1922 年起担任了多年的燕京大学"新文学系主任"②,胡适本人在二十世纪三十年代出任北京大学中文系主任和文学院院长,杨振声、朱自清相继担任清华大学中文系主任,他们对所在大学中文系的课程设置必然有着一定的影响。

1934 年 2 月 14 日,胡适在日记中有这么一段记录:"偶检北归路上所记纸片,有中公学生丘良任谈的中公学生近年常作文艺的人,有甘祠森(署名永柏,或雨纹),有何家槐、何德明、李辉英、何嘉、钟灵(番草)、孙佳讯、刘宇等。此风气皆是陆侃如、冯沅君、沈从文、白薇诸人所开。北大国文系偏重考古,我在南方见侃如夫妇皆不看重学生试作文艺,始觉此风气之偏。从文在中公最受学生爱戴,久而不衰。大学之中国文学系当兼顾到三个方面:历史的;

① 参见张传敏《民国时期的大学新文学课程》《民国时期大学里的新文学教师们》二文,刊《新文学史料》2008 年第 2 期、第 4 期。

② 按:"新文学系主任"之说不一定准确。关于此事,胡适 1922 年 3 月 4 日日记的记录是:"十时半,燕京大学校长司徒雷登与刘廷芳来,启明来。燕京大学想改良国文部,去年他们想请我去,我没有去,推荐周启明去。(启明在北大,用违所长,很可惜的,故我想他出去独当一面。)启明答应了,但不久他就病倒了。此事搁置了一年,今年他们又申前议,今天我替他们介绍。他们谈的很满意。"(《胡适日记全编·3》,曹伯言整理,合肥:安徽教育出版社 2001 年 10 月第 1 版,第 568 页。)周作人 1945 年 7 月在《关于近代散文》中回忆:"所担任的是中国文学系的新文学组。……从现代起手,先讲胡适之的《建设的文学革命论》,其次是俞平伯的《西湖六月十八夜》,底下就没有什么了。"(《知堂乙酉文编》,周作人著,石家庄:河北教育出版社 2002 年 1 月第 1 版,第 56 页。)后来他又在《知堂回想录》中说:"一九二二年三月四日我应了适之的邀约,到了他的住处,和燕京大学校长司徒雷登与刘廷芳相见,说定下学年起担任该校新文学系主任事。到了六日接到燕大来信,即签定了合同,从七月发生效力。内容是说担任国文系内的现代国文的一部分,原来的一部分则称为古典国文。"(《知堂回想录》,周作人著,石家庄:河北教育出版社 2002 年 1 月第 1 版,第 467—468 页。)

欣赏与批评的；创作的。"①其实"历史的""欣赏与批评的"均属于文学研究方面，因此胡适所说的三个方面也就是文学研究与文学创作并重、经典研究与文学创新并重之意，而这其实也正是当时一般新文化人士的共识，因而也可以说是中国新文学的一个优良传统。

早在1921年，新文学史上第一个文学社团文学研究会在成立之时就已经明确宣布："本会以研究介绍世界文学，整理中国旧文学，创造新文学为宗旨。"②在其后的实际文学活动中，文学研究会成员也确实做到了"宗旨"中的三个方面，即如由会员主编的《小说月报》，几乎每一期都同时发表有创作、研究与翻译作品，并且还不断推出外国文学研究专号、古典文学研究专号（或专辑）③；而作为主要成员的郑振铎，更在后来主编《文学》《文艺复兴》④等杂志时一再延续了这一创作与研究、翻译并重的传统。如前所言，文学研究会是一个有深厚学院背景的文学社团，其成员有很多人后来都在大学教书，比如前面提到的朱自清、周作人等人，因此，研究与创作并重、整旧与创新并重的新文学传统也自然成为这些人制定大学

① 《胡适日记全编·6》，曹伯言整理，合肥：安徽教育出版社2001年10月第1版，第325页。

② 《文学研究会简章》，刊《小说月报》第十二卷第一号（1921年1月10日出版）。无独有偶，曾经留学法国的林风眠在1925年创办国立北京艺术专门学校后制定的校旨是："介绍西洋艺术，整理中国艺术，调和中西艺术，创造时代艺术。"（转引自《画坛点将录——评现代名家与大家》，陈传席著，北京：生活·读书·新知三联书店2005年11月第1版，第79页。）与文学研究会的宗旨如出一辙。可见这已是当年中国知识界共同的文化体认。

③ 第十二卷第十号"被损害民族的文学号"，第十二卷号外"俄国文学研究"，第十四卷第九号、第十号"太戈尔号"，第十六卷第八号、第九号"安徒生号"，第二十卷第七号、第八号"现代世界文学号"；第十七卷号外"中国文学研究"，第十五卷第一至六号、第九号连载郑振铎《中国文学者生卒考（附传略）》，等等。当然，此前《新青年》已经有过不少专号，如第四卷第六号"易卜生号"（1918年6月出版）。

④ 《文学》第一卷第二号"屠格涅夫纪念号"，第二卷第三期"翻译专号"，第二卷第五期"弱小民族文学专号"，第二卷第六号"中国文学研究专号"；《文艺复兴》的《中国文学研究号》上、中、下三期，分别于1948年9月10日、1948年12月20日、1949年8月5日出版。

教学计划的指导思想之一。

比如,1924 年,著名的初期白话诗人之一刘大白到上海复旦大学任教,并接替邵力子担任国文部主任。据刘大白回忆:"1924 年夏间,前国文部主任邵力子先生以为'近年来,一般青年被外来的东西洋文艺思潮所激荡,一面引起研求文艺的冲动,一面以中国文艺底比较落后为可耻,而抱整理旧文学、创造新文学的弘愿的,颇有其人,本大学正应该给予他们以一种整理创造的机会'。"①邵力子本人虽非重要的新文学作家,但却曾经是新文学四大副刊之一上海《民国日报》副刊《觉悟》的主编,也是新文学阵营的一位重要成员,他由报界转入大学后将"创造新文学"作为大学的努力目标之一,正是将新文学传统引进大学的一次意义深远的尝试。

数年之后的 1929 年,由胡适担任校长的中国公学改"国学系"为"中国文学系",在《中国文学系课程说明书》中,也明确提出研究旧文学、创造新文学的教学目标:"我们的目的有二:(1) 研究过去的中国文学——过去三千年中,中国产生了不少的大诗人,小说家,戏剧家,他们的作品都值得我们毕生研究的。(2) 创造新的中国文学——自十年前'新文学运动'兴起后,作者很多而成绩未著,尚有待于我们继续努力的。"为了落实"创造新的中国文学"这一目标,中国公学还特别开设了以下两门新课:"现代中国文学:这课讲授十余年来新文学运动的产品。新文艺试作:这课是小说,戏剧,诗歌等创作的实习。"②

---

① 刘大白《中国文科底过去未来》,转引自《学府内外——二十世纪二三十年代上海现代大学与中国新文学关系研究》,杨蓉蓉著,北京:光明日报出版社 2007 年 7 月第 1 版,第 42 页。

② 转引自《学府内外——二十世纪二三十年代上海现代大学与中国新文学关系研究》,杨蓉蓉著,北京:光明日报出版社 2007 年 7 月第 1 版,第 42 页。

中国公学这两门新课尤其是"新文艺试作"的设立,与胡适决定聘请沈从文来执教密切相关,甚至不妨可以说有因人设课的成分。可以想见,如果不是胡适等五四新文学的提倡者担任大学的主持人,如果不是沈从文这样的新文学作家走上大学讲坛,大学"中国文学系"的课程未必会在此时发生这样的改变。而另一方面,沈从文固然是直接受惠于五四新文学运动的新文学作家,胡适之成为中国学术界以及思想文化界的名人并得以出掌中国公学也是直接受惠于他之首倡五四新文学运动,故此可以说是五四新文学运动最终改变了中国大学中国文学系的课程结构。

这一转变的最大成果,应该成就于抗战时期的西南联大。从1938年开始,西南联大公共必修课"大一国文"教材开始由学校自己编订,主持者为著名新文学作家杨振声。这本至1942年定稿的《大一国文读本》,"包含十五篇文言文,十一篇语体文,四十四首诗,一篇附录","语体文(新文学作品)首次进入大学,成为与古代经典平起平坐的现代经典",①共同作为大学全体学生的必修课程。同样是在1938年,国民政府教育部委托朱自清等拟定的大学中国文学系科目草案初步将"现代中国文学评论与写作"列入选修课程,从1940年开始,"各体文习作"成为西南联大中文系二年级必修课,当时为这一课程制定的教学内容以及目标是:"本课程注重语体文之写作训练。在程序上,上承大一作文之基础,并进一步作为文学创作之准备。至少于每两周内在堂下作文一次。每周上课两小时,除介绍中外作家之写作理论及经验外,并以作品为例,分

---

① 《西南联大历史情境中的文学活动》,姚丹著,桂林:广西师范大学出版社2000年5月第1版,第136页。

析其写作过程,批评其优劣得失,以引起学者自动写作之兴趣。"①
而当时主讲这一课程的,正是新文学作家沈从文。就这样,大学及
其中文系不但将新文学作为自己的研究对象,而且将新文学创作
的传习纳入自己的课程体系,最终确立了研究与创作并重的课程
结构。

这一方面的材料虽不是很多,但是,这一事实在当时和后来的
影响却应该加以特别的重视:"从知识权力的角度来说,新文学进
入大学课堂,进入课程结构设置,就意味着它从此具有了现代大学
体制所赋予的知识控制权,具有了课程设置背后所隐藏的'话语霸
权';同时,作为课程内容之一,新文学能够以知识的形式传播出
去,并且还取得了大学所赋予的'学术'地位,这就意味着新文学所
包含的文化价值也被传播出去,为社会所接受。""因此,课程设置
对新文学发展本身来说,是富含意义的标志性事件。"②

从(海外留学归来的)大学教授从事新文学写作,到(没有外国
大学学位的)新文学作家成为大学教授,再到新文学成为大学必修
的课程之一,它首先是促成了新文学的经典化,确立了新文学在中
国文学格局中的合法性,同时,也逐渐改变了中国大学文学教学的
课程结构,是新文学对大学的反向影响在制度层面上的具体表征。
曾经在朱自清指导下研究中古文学并出版有《中古文人思想》《中
古文人生活》《中古文人风貌》等"中古文学史论"名著的王瑶,后来
居然主要以《中国新文学史稿》等研究中国新文学史的著作名世,

①　《国立西南联合大学文学院中国文学系学程说明书(1945 年度)》,《国立西南联合大学
史料(三)》,昆明:云南教育出版社 1998 年 10 月第 1 版,第 406—407 页。
②　《学府内外——二十世纪二三十年代上海现代大学与中国新文学关系研究》,杨蓉蓉
著,北京:光明日报出版社 2007 年 7 月第 1 版,《绪论》第 23 页。

可以说是这一影响的一个典型例证。①

二

　　当然，无论是新文学作家成为大学教授，还是新文学成为大学中文系必修的课程，只能说是新文学本身发展壮大的必然结果，其意义也仅能局限于以上所分析的这些方面，因为这并非影响新文学发展壮大的决定因素。比如，1931 年 5 月 10 日，正在以副校长身份主持中国公学校务的朱经农在给前校长胡适的信中介绍中国公学的近况："此次文理科教授变动最多。文史系方面所请新教员，大抵为文学研究会中人，如郑振铎、李石岑、孙俍工、施蛰存等。"之所以出现这一现象，是因为"文理科学长由党部推荐李青崖主持"，②而李青崖本人也正是"文学研究会中人"。但是，这几位新文学作家的汇集一时，并未对中国公学校内当时的文学风气有什么明显的影响，因为学校正处于风潮激荡的纷乱时期，即李青崖本人也以"由党部推荐"的身份深入地卷入纷争之中，自然无暇顾及文学活动。又如，1939 年到 1940 年，周扬曾经在延安鲁迅艺术学院讲授"新文学运动史"课程③；1949 年以后，"新文学"（或"中国现代文学"）在大学中文系课程体系中的地位得到空前的重视，一些

---

　　① 《中古文人思想——中古文学史论之一》《中古文人生活——中古文学史论之二》《中古文人风貌——中古文学史论之三》，1951 年 8 月由棠棣出版社出版；《中国新文学史稿》1951 年 9 月由开明书店出版上册，1953 年新文艺出版社修订重印，1953 年 8 月新文艺出版社出版下册。参见孙玉石《作为文学史家的王瑶》，收《中国文学研究现代化进程二编》，陈平原主编，北京：北京大学出版社 2002 年 4 月第 1 版，第 503 页。

　　② 《胡适来往书信选（中册）》，中国社会科学院近代史研究所中华民国史组编，北京：中华书局 1979 年 5 月第 1 版，第 65 页。

　　③ 参见《延安鲁艺风云录》，王培元著，桂林：广西师范大学出版社 2004 年 12 月第 2 版。与周扬相对照，周立波在延安鲁迅艺术文学院开设"外国文学名著选读"课，但他后来写出的代表作《暴风骤雨》似乎也看不出有多少外国文学的影响。

新文学作家也继续担任大学中文系和外文系的领导工作,比如杨晦任北京大学中文系主任(1952—1966),冯至任北京大学西方语言文学系主任(1951—1964),李何林任南开大学中文系主任(1952—1966),李霁野任南开大学外语系主任(1951—1982),但是,由于影响文学发展的其他外部环境发生了巨变,新文学甚至在这些大学也并未能接续当年的辉煌。

事实上,尽管新文学自1929年走进大学课堂之后一直曾在不同大学中文系作为课程体系的一个组成部分,但"创造我们这个时代的新文学"的教学目标也时时受到严重的质疑。

汪曾祺忆及自己在西南联大中文系的读书生活时说到这样一件事:"创作能不能教? 这是一个世界性的争论问题。很多人认为创作不能教。我们当时的系主任罗常培先生就说过:大学是不培养作家的,作家是社会培养的。这话有道理。"①费振刚在言及自1952年至1966年一直担任北大中文系主任的杨晦——原沉钟社成员——时也有过类似的回忆:"杨晦先生讲话很随便,几近于漫谈,他反复强调的是在大学学习中主要是打基础,多读书,认真听课,学校不能提供文学创作的条件,它培养的是文学研究的专家学者,而不是作家。"②"创造我们这个时代的新文学"显然已经不在这两位中文系主任意想中的教学目的之内了。

比他们更早,1936年9月,清华大学教授、著名新文学作家闻一多"给一年级选系的新同学讲说清华国文系的概括(况),他最要

---

① 汪曾祺《沈从文先生在西南联大》,《汪曾祺全集》卷三"散文卷",北京:北京师范大学出版社1998年8月第1版,第463页。

② 费振刚《我心中的"史迹碑"》,《青春的北大》,赵为民主编,北京:北京大学出版社1998年4月第1版,第393页。

紧的几句话,大略是:'诸位莫要想到国文系来创造(作),写诗,作小说或散文,其实这些东西,我们不但不会教,也不能教,这些东西全在个人,国文系绝不在这方面对诸位有帮助,国文系主要的是在故旧的国学要籍中,找出新东西来,和西洋的新的文学接和一下,因此科学的方法的应用是必要的!'"[①]而据王了一在1946年的一篇文章中说,早在"十二年前"也就是1934年,清华大学中文系已经有学生在《清华周刊》上记录了闻一多的这一观点:"这里中文系是谈考据的,不是谈新文学的,你们如果不喜欢,请不要进中文系来。"而王了一也认同于这一观点并进而引申道:"大学里只能造就学者,不能造成文学家。""如果说新文学的人才可以养成的话,适宜于养成这类人才的应该是外国语文系,而不是中国文学系。"[②]可见,罗常培在西南联大的说法,也许不过就是闻一多观点的再次申明而已。或者可以说,这已是当年大学教育界的一种共识。

即使是最早在大学中文系教授新文学课程的沈从文,论及大学中文系的教学影响时,也有过这么一段非常悲观的说法:"好作家固然稀少,好读者也极为难得! 这因为同样都要生命有个深度,与平常动物不同一点。这个生命深度,跟通常所谓'学问'积累无关,与通常所谓'事业'成就也无关。所以一个文学博士或一个文学教授,不仅不能产生什么好文学作品,且未必能欣赏好文学作品。普通大学教育虽有个习文学的文学系,亦无助于好作品的读

---

① 回归风《教育界人物志 闻一多(三)》,刊《北平晨报》1936年11月6日第9版。转引自《北平的大学教育与文学生产:1928—1937》,季剑青著,北京:北京大学出版社2011年3月第1版,第41页,注释④。
② 王了一《大学中文系和新文艺的创造》,刊《国文月刊》1946年6月第43、44期合刊。转引自《民国时期的大学新文学课程研究》,张传敏著,北京:人民出版社2010年10月第1版,第179页。

者增多或了解加深。"①沈从文自己当然就是一个没有接受过大学文学教育的作家，但他显然自信也是一个"好读者"。在文学创作上受沈从文很大影响的萧乾，对大学的文学教育也有着较低的评价："1934年，上海《文学》杂志通过郑振铎先生要我写一篇《我与文学》。那是我平生第一篇自述。前一年（1933），我就已经从英文系转到新闻系。在文中，我谈的实际上是自己转系前的考虑：'除非是为了教文学或研究文学，我一点也不认为一个喜好文学的人有入英文系或国文系的必要。文学没有方程式，黑板画不出门径来。如果仅为个人欣赏，则仍应另外有个职业。不应让社会背起这个负担。如果是为创作，则教室不是适宜的工场。文学博士会写文艺思潮，但写人生的则什么士也不需要。'"②

中文系在"创造我们这个时代的新文学"方面的成绩是如此令人失望，以至于曾经在二十世纪九十年代主持过清华大学中文系的徐葆耕先生发出了这样的慨叹："从有中文学科以来，就没有把培养作家当做教学目标。偌大的中国作家群，从'鲁、郭、茅、巴、老、曹'算起，几乎无人是大学中文系培养出来的。"说中文学科从来"就没有把培养作家当做教学目标"，当然不符合历史的事实，但

---

① 沈从文《小说作者和读者》(1940年8月3日),《沈从文全集》第十二卷,太原:北岳文艺出版社2002年12月第1版,第74页。

② 《未带地图的旅人——萧乾回忆录》,萧乾著,北京:中国文联出版公司1991年9月第1版,第60页。不过,有意味的是,晚年的萧乾却一再肯定当年在燕京大学国文专修班杨振声所教"现代文学"课上所受到文学教育对其走上文学道路的重要性:"我一生受教于不少老师,但称得上恩师的,首先是杨先生。我当时的中国文学以及外国文学的基本知识,主要来自那一年听杨先生的课,他不但以自己渊博的学识教诲我,启发我,他的道德风范,品格操守,也深深感动了我。在今甫师的鼓励下,一九二九年我试写了两个反映校园生活的短篇:《梨皮》和《人散后》。他们分别发表在《燕大月刊》第五卷第一期(1929年11月)、第四期(1930年1月)上。"(萧乾《我恩师杨振声》,转引自《杨振声编年事辑初稿》,季培刚编著,济南:黄河出版社2007年8月第1版,第85页。)

中文系出身的著名作家并不太多却也是实际情况，尽管此文接着提到的端木蕻良、吴组缃、汪曾祺等均为中文系出身的作家。至于其中原由，徐葆耕先生是这样分析的："中文系培养不出作家，一是因为作家根本就不是按照某种教育模式可以培养出来的；二是，现在的大学也没有沈从文、朱自清这样足资指点文学创作的教师。"[①]但即使是沈从文、朱自清执教的当时，中文系在培养作家方面的成绩也是非常有限的，至于其中的原因，除了徐葆耕先生所分析的两点之外，课程体系本身的缺陷也是不容忽视的一个方面。

《文学研究会简章》中确认的宗旨是"研究介绍世界文学，整理中国旧文学，创造新文学"，杨振声所作的《（清华大学）中国文学系的目的与课程的组织》（1929 年）和朱自清所作的《清华大学中国文学系概况》（1931 年）也都特别强调为"创造我们这个时代的新文学"，必须"参考外国文学"，而一般大学中文系正是在"研究介绍世界文学"或者说是"参考外国文学"方面做得不够。比如，《（民国二十三年度）国立北京大学一览》中所列出的当年中国文学系的 34 门课程中，虽有冯文炳的"新文艺试作·散文、小说、诗"这一课程，但并无属于"外国文学"方面的内容，只是在选修课目中列有梁实秋的"英国文学史"和周作人的"日本文学史"，以及其他几门关于西方哲学、史学的课程。[②] 这种课程结构上的偏向，应该也是"中文系培养不出作家"的一个重要原因。

事实上，正如最初发起倡导新文学运动者多为有过留学经历、有深厚外国文学修养的新知识分子一样，"五四"之后，大学院系中

---

① 徐葆耕《漫话中文系的失宠》，《读书》2009 年第 4 期。

② 《老北大的故事》，陈平原著，南京：江苏文艺出版社 1998 年 3 月第 1 版，第 242—245 页。

对新文学的发生发展起到更大作用的也许应该是外文系。而从现存的文字材料来看，促进或曰支持新文学的发展、"创造我们这个时代的新文学"也是外文系认定的教学目标之一。

一度担任清华大学外文系负责人的吴宓曾经保存下的两份重要材料就是这方面的见证。这两份材料，一是刊载于《清华周刊》（1935年6月14日号）的文章《外国语文学系概况》，一是刊载于1937年《清华大学一览》的《外国语文系学程一览》。

《外国语文系学程一览》开宗明义地指出："本系课程之目的，为使学生得能：（甲）成为博雅之士；（乙）了解西洋文明之精神；（丙）造就国内所需要之精通外国语文人才；（丁）创造今世之中国文学；（戊）汇通东西之精神思想而互为介绍传布。"①"创造今世之中国文学"赫然列为外国语文系"课程之目的"，正是陈平原先生所述"大学里的课堂讲授，与社会上的文学潮流""相表里"的一个明证。为了落实这一课程目的，如"学程一览"所示，外国语文学系所列的第一门课程不是外文，而是国文，足见对中国语言文学的重视。

《外国语文学系概况》则又再一次强调了这一课程目的："本系对学生选修他系之学科，特重中国文学系。盖中国文学与西洋文学关系至密。本系学生毕业后，其任教员，或作高深之专门研究者，固有其人。而若个人目的在于：（1）创造中国之新文学，以西洋

---

① 《外国语文系学程一览（民国二十五年至二十六年度）》，《会通派如是说——吴宓集》，徐葆耕编选，上海：上海文艺出版社1998年10月第1版，第204页。按，据《水木清华——二三十年代清华校园文化》（黄延复著，桂林：广西师范大学出版社2001年5月第1版），早在1925年清华增设大学部后，1926年成立西洋文学系（1928年改称"外国语文学系"），首任系主任王文显主持制定的该系最早的"学程大纲及学科说明"就已经在"本系课程编制之目的"中一字不差地明确了这五项内容（见此书第55页），如此，则1937年的《外国语文系学程一览》只是再次印出而已。

文学为源泉为圭臬；或（2）编译书籍，以西洋之文明精神及其文艺思想，介绍传布于中国；又或（3）以西文著述，而传布中国之文明精神及文艺于西洋，则中国文学史学之知识修养，均不可不丰厚。故本系注重与中国文学系相辅以行者可也。"[①]

　　一则曰"创造今世之中国文学"，再则曰"创造中国之新文学"，念兹在兹，可见这是当年清华大学外文系主持者的关心所在。而这种思想主导之下的教育也完全实现了主持者预期的目标，正如研究者所注意到的："曹禺是清华学生中骄人的文学大家，但他进的是西洋语言文学系，而不是中国文学系。窃以为如果曹禺当初进的不是西文系而是中文系，他的《雷雨》也还是写得出来的，但可能没有现在的好。《雷雨》中欧美戏剧的影响是显而易见的。他如果在中文系，也可能读奥尼尔，但不像在西文系耳濡目染——当时西文系的主任王文显就是一个西方话剧研究专家和剧作家，他对曹禺有直接影响。"[②]"吴宓等人先在清华后在西南联大筚路蓝缕开创的这条外国语文学系的博雅教育之路的确是结出了并蒂莲：一脉在大陆，一脉到台湾地区。大陆的代表人物有钱锺书、卞之琳、李赋宁、王佐良、赵萝蕤、穆旦、巫宁坤、许渊冲等；而前往台湾的夏济安更是依托《现代》培育出了一大批新生的力量，正如余光中先生所言，他和一大批台湾现代作家如白先勇、颜元叔、叶维廉、刘绍铭、李欧梵、欧阳子等人都出身于外国语文学系，足见博雅教育之流风所及。"[③]

---

　　① 《外国语文学系概况》，《会通派如是说——吴宓集》，徐葆耕编选，上海：上海文艺出版社 1998 年 10 月第 1 版，第 201 页。

　　② 徐葆耕《漫话中文系的失宠》，《读书》2009 年第 4 期。

　　③ 李小均《从"外国语文学系"到"外国语学院"》，《读书》2008 年第 9 期。

尽管大学中文系在培养作家方面的成绩不如外文系,但在"创造我们这个时代的新文学"方面却也并非成绩薄弱,这自有以新文学家而在大学中文系执教的一大批优秀作家为证。

三

而更加值得注意的是,大学授课的经历在一定程度上也影响到这些作家的创作风格。

1929 年 8 月,毫无现代学术训练经历的沈从文被时任上海中国公学校长的胡适破格延聘为国文系讲师,在中国公学讲授"现代中国文学"和"新文艺试作"两门课程:"在任教以前,沈从文并无太多的学理素养,从事职业写作也不要求他具备理论基础。但任教大学则不一样,在系统梳理新文学创作的同时,也是作家对自己的创作理念做梳理的过程;定位别人作品风格高下的同时,也是作家对自己进行定位并明确自己的创作风格的过程,因此,沈从文的第一次从教经历,也第一次使得他把文学创作与批评有机地结合起来,在论别人的文章得失中,真正找到了自己努力的方向,这对沈从文创作风格的形成,有极大的影响。"①

如果说五四时代新文学倡导者进入北大更主要的是改变了北京大学的学风、校风的话,新文学作家沈从文走上大学讲坛则更多的是成就了他个人风格的定型。比较沈从文 1929 年前后的创作,显然可见他后来的创作是一种更加自觉的审美选择,这种选择并且成为他以后衡量当代文坛创作走向的标准,甚至可以说是任教

①　《学府内外——二十世纪二三十年代上海现代大学与中国新文学关系研究》,杨蓉蓉著,北京:光明日报出版社 2007 年 7 月第 1 版,第 112 页。

大学的经历成就了作为文学批评家的沈从文。因此沈从文自己在言及这一经历时别有一番感慨,对其意义进行了更为深远的解读:"我在中公教书,有得有失。生活稍稳定,在崩溃中的体力维持住了。图书馆的杂书大量阅读,又扩大了知识领域。另一面为学生习作示范,我的作品在文字处理组织和现实问题的表现,也就严谨进步了些。《从文子集》、《甲集》、《虎雏》集中等等若干短篇,大多是在这个时候完成的。学习过程中有个比较成熟期,也是这个时候。写作一故事和思想意识有计划结合,从这时方起始。"[①]"第一次送我到学校去的,就是北大主持者胡适之先生。民十八左右,他在中国公学作校长时,就给了我这种难得的机会。这个大胆的尝试,也可说是适之先生尝试的第二集,因为不特影响到我此后的工作,更重要的还是影响我对工作的态度,以及这个态度的推广到国内相熟或陌生师友同道方面去时,慢慢所引起的作用。这个作用便是'自由主义'在文学运动中的健康发展,及其成就。"[②]

与沈从文从新文学作家再转变为大学教师不同,在新文学成为课堂教学对象之前,那些虽参与新文学创作而并未在课堂讲授新文学的教师,尽管在大学教学和研究中的专业是中国古典文学或者西方文学,但新文学创作的经验自然也影响到他们研究的观念和角度,从而在阅读和鉴赏古典文学、外国文学时具有一种特别的眼光,开启了用新方法研究旧学问的路向,对大学文科教学、研究风气的转移有着不可轻视的影响。

---

① 沈从文《总结·传记部分》(约1950年12月),《沈从文全集》第二十七卷,太原:北岳文艺出版社2002年12月第1版,第85页。

② 沈从文《从现实学习》(1946年10月27日),《沈从文全集》第十三卷,太原:北岳文艺出版社2002年12月第1版,第394—395页。

陈平原先生曾经提出这样的论断："鲁迅的小说史研究之所以能够深入，得益于其丰富的小说创作经验。以一位小说大家的艺术眼光，来阅读、品味、评价以往时代的小说，自然会有许多精到之处。或许是鲁迅的古小说钩沉太出色了，人们往往忘了其独到的批评而专注于其考据实绩。其实史料的甄别与积累必然后来居上，鲁迅《中国小说史略》之难以逾越，在其史识及其艺术感觉。"①这是对《中国小说史略》一书之学术史价值的准确定位，更是基于对鲁迅之创作与研究之间关系的一个精到的解说。

和鲁迅一样，在新文学正式成为课堂教学对象之前，那些同时从事新文学创作的大学教师，他们对古典文学、外国文学与文化的研究——首先因为有助于新文学发生的课程设置——为其新文学创作提供了学习和借鉴的机会，而新文学创作的经历也为他们的学术研究带来了另外一种不同于固守专业者的新的视角，创作与研究之间处于一种良性互动的状态，并同时通过课堂教学或课外活动影响示范于他们的学生。这一点，在以新文学作家而从事古典文学教学研究的闻一多、朱自清、苏雪林、俞平伯、郭绍虞、台静农等人那里，以及以新文学作家而从事外国文学教学研究的周作人、梁宗岱、冯至以至钱锺书等人那里，表现得最为突出。同时，这一互动关系也同样存在于学生的学习和写作之中，其中在一些由学生身份到教师身份，同时也大多是由新文学创作者到古典或外国文学研究者的人物，如冯至、钱锺书、王瑶、程千帆、沈祖棻等人身上表现得最为明显。舒芜在二十世纪九十年代论及程千帆的文

---

① 陈平原《作为文学史家的鲁迅》，《文学史的形成与建构》，陈平原著，桂林：广西师范大学出版社 1999 年 3 月第 1 版，第 30 页。

学研究成就时就曾明确指出这一点："千帆读大学的时候,研究古典文学和进行旧体诗创作而外,还是一个新诗人,与常任侠、孙望、汪铭竹、沈祖棻等组织土星笔会,出版新诗刊物《诗帆》。后来他虽然不写新诗了,但年轻时有过这一段经历,同没有这段经历是不一样的。我总觉得千帆诗学成就之所以这样高,同他的这个经历有极大的关系。"①

可以举一个例子:力图"研究(二十世纪)这百年来的学术实践"的《中国文学研究现代化进程》《中国文学研究现代化进程二编》两书,分别介绍了梁启超、王国维、鲁迅、吴梅、陈寅恪、胡适、郭沫若、郭绍虞、孙楷第、朱自清、郑振铎、游国恩、闻一多、俞平伯、夏承焘、吴世昌、王元化十七位学人和刘师培、黄侃、顾颉刚、朱东润、任中敏、罗根泽、周贻白、阿英、唐圭璋、刘大杰、钱锺书、林庚、程千帆、唐弢、李长之、王瑶十六位学人,应该说已经汇集了最为重要的现代中国文学研究者。② 三十三人中,几乎没有新文学写作经历的大概只有梁启超、王国维、吴梅、陈寅恪、孙楷第、游国恩、夏承焘、吴世昌、刘师培、黄侃、顾颉刚、任中敏、罗根泽、唐圭璋十四位,其中几乎没有白话文写作的则只有梁启超、王国维、吴梅、陈寅恪、刘师培、黄侃六人,而在新文学创作方面成就非常突出的则有鲁迅、胡适、郭沫若、朱自清、郑振铎、闻一多、俞平伯、阿英、钱锺书、林庚十位。这其中虽难免学术史研究者选择偏好的影响,但学术成就与影响毕竟还是有着一个相对客观的评价体系的,因此可以在一

---

① 舒芜《千帆诗学一斑》,《舒芜文学评论选》,舒芜著,合肥:安徽教育出版社 1994 年 8 月第 1 版,第 630 页。

② 《中国文学研究现代化进程》,王瑶主编,北京:北京大学出版社 1996 年 12 月第 1 版。《中国文学研究现代化进程二编》,陈平原主编,北京:北京大学出版社 2002 年 4 月第 1 版。

定程度上看出新文学创作对中国现代文学研究的良性影响。

其他如沈从文在 1946 年的一篇文章中的评述："(1925 年前后)武昌高等师范学校因杨振声、郁达夫两先生应聘主讲'现代文学'，学生文学团体因之而活动，胡云翼、贺扬灵、刘大杰三位是当时比较知名的青年作家。刘大杰先生在创作方面虽无如何特别成就，近十年对于中国文学批评及中国魏晋思想研究，综合前人意见，整理排比，写了几部书，却有相当贡献。"[①]这更可以说是全面彰显出新文学作者及其教学活动直接影响了学生的文学写作，并进一步潜在影响了学生的学术研究。其实，早在 1985 年，已经有学者注意到这样一个事实："'五四'以来，在整理和研究传统文化遗产方面取得最卓越成绩的，恰恰是运用西方思想文化武器，猛烈批判封建文化传统的文学革命的倡导者与参加者，而不是那些主张在传统文化体系内进行调整的'中学为体，西学为用'论者。"[②]

而那些和新文学创作关系较远而生活于这一校园环境中的学者，如孟心史、罗常培、浦江清、孙楷第、顾随诸人，他们的学术文章，也都文采斐然，完全可以看作文学散文。以至于当代学者止庵先生曾经一再发出这样的议论："我们谈论文章常说'性灵'，似乎这只是属于随笔的，其实有这个态度，写什么都有一份作者的真实

① 沈从文《湘人对于新文学运动的贡献》，《沈从文全集》第十七卷，太原：北岳文艺出版社 2002 年 12 月第 1 版，第 163 页。

② 陈平原语，见《二十世纪中国文学三人谈·关于"二十世纪中国文学"的对话》，《二十世纪中国文学三人谈·漫说文化》，钱理群、黄子平、陈平原著，北京：北京大学出版社 2002 年 12 月第 1 版，第 53 页。当然，这其中可能存在着历史研究者自身言说语境的偏颇，因为何谓"最卓越成绩"并不是一个毫无争议的话题：随着整个现代教育体制的确立，和新文学成为当代主流文学一样，无论学术界的专业评价标准还是普通读者的阅读取向，都已经选择了"运用西方思想文化武器"这一类型的学者和学术研究。参见《中国现代学术之建立——以章太炎、胡适之为中心》，陈平原著，北京：北京大学出版社 1998 年 2 月第 1 版。

性灵在,孙(楷第)的论文正是一种性灵文字。而有学术做底子,又避免了一般闲适随笔的毛病,有大品的分量,小品的味道。"①"文学散文应该是一个范围之内的文体,介乎散文诗与非文学的论文之间,依次(从最接近于诗的一端说起)包括抒情散文、叙事散文、随笔和具有文学色彩的论文在内。浦江清的论文中就有许多属于美文。……浦江清乃是我心目中最好的散文家之一,虽然现成的文学史或散文史上并不曾提到他;如果叫我来精选一本二十世纪中国散文选,《浦江清文录》以及《浦江清文史杂文集》中也当有篇章编入。当然这也不限于他一人,对顾颉刚、周叔迦、闻一多、李健吾等我都是这般看法。"②

这种将学者无意为文的学术文章视为上等散文的意思,黄裳先生在更早时候写作的《海滨消夏记》中论及陈垣(援庵)的《通鉴胡注表微》时亦有表达:"援庵先生这本《表微》撰于抗战中(一九四五年)的北平。这是一部历史学名著,不过我几次翻阅总不能不醉心于他的文章之美。援庵先生使用的是文言文,造句又极其简炼,似乎毫无铺陈文采,但他写下的正是成就极高的散文。"③陈垣长期在北平辅仁大学担任领导职务,尽管平日关注仅在传统文史之学,写作也是使用的传统的文言,和新文学关系相当疏远,但北平地区包括辅仁大学校园内的文学环境自也必然会对其有所影响,好几位新文学作家如周作人、沈兼士、台静农等都曾经在辅仁大学执教

<hr />

① 止庵《沧州前后集》,《如面谈》,止庵著,合肥:安徽教育出版社2007年6月第1版,第81页。

② 止庵《散文集浦江清》,《如面谈》,止庵著,合肥:安徽教育出版社2007年6月第1版,第83页。

③ 黄裳《海滨消夏记》,《银鱼集》,黄裳著,合肥:安徽教育出版社2006年6月第1版,第135页。

或者演讲,可知新文学在校园中也有着相当大的影响,基本属于旧派学者的陈垣大概和蔡元培一样,认同"兼容并包"的现代大学精神传统。事实上,比止庵、黄裳更早,周作人早在1918年10月出版的《欧洲文学史》中言及古罗马时代的学者马库斯·泰伦提乌斯·瓦罗(Marcus Terentius Varro)的《田家事物书》即有近似的说法:"(该书)第三卷论农家利益。言著者与村民集人家屋檐下,待乡官选举消息,共说收养鸟兽及蜜蜂方术,旁及花果。迨选举毕,乃各别去。文中夹叙琐事为华饰,故致用之书,亦兼有艺文之美矣。"①其后,在1923年1月发表的《法布尔〈昆虫记〉》中也称赞《昆虫记》"特别有文艺的趣味",是"诗与科学两相调和的文章"。② 黄裳与止庵均是受周作人影响很大的作者,止庵且是周作人《欧洲文学史》等书的校订者,他们的说法虽未必直接来自周作人,思想观念的一脉相承则是明显的,因而这实在就已经是中国新文学的传统了。

朱光潜在1936年发表的《中国文坛缺什么?》一文中,曾经将欧洲各国从事文学的人分为三派:经院派、新闻纸派和地道的文人派,并特别对地道的文人派表示赞赏:"他们有经院派的训练而没有经院派的陈腐,有新闻纸派的流动新颖而没有新闻纸派的油滑肤浅。文学是他们的特殊工作,有时也是他们的特殊职业,但是他们的文学却没有完全走上职业化的道路。他们能保持一种超然的态度,不泥古也不超时,只是跟着自己的资禀和兴趣向前走。好的文学创作是从他们手里出来的。他们有时也做经院派的考

---

① 《欧洲文学史》,周作人著,石家庄:河北教育出版社2002年1月第1版,第83页。
② 周作人《法布尔〈昆虫记〉》,《自己的园地》,周作人著,石家庄:河北教育出版社2002年1月第1版,第80—81页。

据批评,做新闻纸派所做的通俗化的工作,但是比这两派人做的更好。"①

以新文学作家而从事古典文学、外国文学研究的大学教授,和虽非新文学作家而以流畅的白话文(甚至文言文)进行著述的大学教授,应该就属于这种"地道的文人派"吧,包括做出这一区分的朱光潜在内,也应该包括鲁迅、沈从文在内。

第二节　大学师生文学活动与大学校外文学环境

一

钱谷融先生在为高恒文《京派文人:学院派的风采》一书所作的序言中论及"京派文人"时有一段这样的分析:

> "京派"虽然不是一个有严密组织的社团,但他们这些人常相过从,谈文论艺,互相砥砺,互相切磋,也有助于他们共同期望能树立更高的学术目标和坚守严格的学术规范,这对他们发扬身上原有的学院派精神,显然是很有利的,能起到十分有益的作用的。所以,"京派文人"的成就是与他们作为一个学院派社团所具有的学院派精神不可分的。②

---

① 初刊 1936 年 11 月 4 日《世界日报·明珠》。
② 钱谷融《序》,《京派文人:学院派的风采》,高恒文著,上海:上海教育出版社 2000 年 12 月第 1 版,《序》第 2—3 页。

这里所涉及的即是当年校园文学参加者在课堂教学之外的活动。校园内外、师生之间与新文学有关的活动，较之课堂上的知识传授更是直接影响了参与者的创作发展。

鲁迅在《呐喊·自序》中曾经对自己之开始新文学创作的因缘有过一段非常生动的回顾：

> S会馆里有三间屋，相传是往昔曾在院子里的槐树上缢死过一个女人的，现在槐树已经高不可攀了，而这屋还没有人住；许多年，我便寓在这屋里钞古碑。客中少有人来，古碑中也遇不到什么问题与主义，而我的生命却居然暗暗消去了，这也就是我唯一的愿望。夏夜，蚊子多了，便摇着蒲扇坐在槐树下，从密叶缝里看那一点一点的青天，晚出的槐蚕又每每冰冷的落在头颈上。
>
> 那时偶或来谈的是一个老朋友金心异，将手提的大皮夹放在破桌上，脱下长衫，对面坐下了，因为怕狗，似乎心房还在怦怦的跳动。
>
> "你钞了这些有什么用？"有一夜，他翻着我那古碑的钞本，发了研究的质问了。
>
> "没有什么用。"
>
> "那么，你钞他是什么意思？"
>
> "没有什么意思。"
>
> "我想，你可以做点文章……"
>
> 我懂得他的意思了，他们正办《新青年》，然而那时仿佛不特没有人来赞同，并且也还没有人来反对，我想，他们许是感到寂寞了，但是说：

"假如一间铁屋子，是绝无窗户而万难破毁的，里面有许多熟睡的人们，不久就要闷死了，然而是从昏睡入死灭，并不感到就死的悲哀。现在你大嚷起来，惊起了较为清醒的几个人，使这不幸的少数者来受无可挽救的临终的苦楚，你倒以为对得起他们么？"

"然而几个人既然起来，你不能说决没有毁坏这铁屋的希望。"

是的，我虽然自有我的确信，然而说到希望，却是不能抹杀的，因为希望是在于将来，决不能以我之必无的证明，来折服他之所谓可有，于是我终于答应他做文章了，这便是最初的一篇《狂人日记》。从此以后，便一发而不可收，每写些小说模样的文章，以敷衍朋友们的嘱托，积久就有了十余篇。①

当时和钱玄同（金心异）一样督促鲁迅开始创作的，还有同属《新青年》同人的北京大学教授刘半农。从鲁迅、周作人兄弟当年的日记可知，这一时期刘半农也经常到绍兴县馆来和周氏兄弟聊天。1918 年 2 月 10 日，是夏历丁巳年的除夕②，刘半农在与周氏兄弟谈话后写了一首诗——《丁巳除夕》：

除夕是寻常事，做诗为什么？／不当它除夕，当作平常日子过。／这天我在绍兴县馆里，馆里大树颇多。／风来树动，声

---

① 鲁迅《呐喊·自序》，《鲁迅全集》第一卷，北京：人民文学出版社 2005 年 11 月第 1 版，第 440—441 页。

② 周作人 1918 年 2 月 10 日日记："晚半农来十一时半去。"（《周作人日记》上册，郑州：大象出版社 1996 年 12 月第 1 版，第 733 页。）鲁迅同日日记："晚刘半农来。"（《鲁迅全集》第十五卷，北京：人民文学出版社 2005 年 11 月第 1 版，第 318 页。）

如大海生波。／静听风声，把长夜消磨。

　　主人周氏兄弟，与我谈天：／欲招缪撒，欲造"蒲鞭"。／说今年已尽，这等事，待来年。

　　夜已深，辞别进城。／满街车马纷扰，／远远近近，多爆竹声。／此时谁最闲适？／地上只一个我，天上三五寒星。[①]

　　"缪撒"即 Musa（Mousae），希腊神话中的九位文艺和科学女神的通称。"蒲鞭"本为刑具，这里用以指代文艺批评。果然，1918 年，周氏兄弟就分别以小说创作和文学批评走上文坛。

　　可以说，假如没有钱玄同、刘半农的督促，鲁迅也许最终依然会参与新文化运动，但不会恰恰是在 1918 年以小说《狂人日记》开始他的新文学创造之路，如此则中国新文学史将会是另外一番面目了。

二

　　其实这种因为朋友间的相互督促而影响新文学具体进程的例子还有很多，比如文学研究会、创造社和很多新文学社团的成立。而这种友情氛围的形成，固然有着各自特殊的思想的、人事的组合因子，但其中最为普通的则是和中国现代大学的校园文化有着密不可分的关系。从反面来看，五四时期最为重要的两个新文化团体，《新青年》同人因为陈独秀离开北京大学而最终各奔东西，新潮社则因主要成员毕业离校而很快解体，其他很多新文学社团的昙花一现也大多与此类似。当然，因为大学教师的身份居处相对比

---

　　① 《扬鞭集》，刘半农著，北京：中国文联出版公司 1997 年 9 月第 1 版，第 8 页。

较稳定,因此以大学教师为中心的文化团体相对就显得较为可持续一些,因此原本是学生社团的新潮社也才会在1922年选举北京大学教授周作人为编辑部主任,尽管这最终也没有改变新潮社最终解散的结局。[①]

"五四"狂飙过后,新文化运动进入一个平稳发展的阶段,初步获得社会承认的新文学也在这时候进入了建设期,于是,一些有别于五四时代之轰轰烈烈的新文学建设活动静悄悄地展开了。

1922年1月15日,新文学史上第一个专门刊登新诗的期刊《诗》月刊创刊。据朱自清1935年在《选诗杂记》中回忆:"这是刘延陵、俞平伯、圣陶和我几个人办的;承左舜生先生的帮助,中华书局给我们印行。那时大约也销到一千外。刘梦苇和冯文炳(废名)二位先生都投过稿。几个人里最热心的是延陵,他费的心思和功夫最多。这刊物原用'中国新诗社'名义,时在民国十一年,后来改为'文学研究会刊物之一',因为我们四个人都是文学研究会会员。"[②]但朱自清在回忆中没有提到的一点是,他和刘延陵、叶圣陶这三位"文学研究会会员",起意创办《诗》月刊时都是设在上海吴淞炮台湾的中国公学的教师,是他们在课余闲谈中商定要出版这样一本专门刊登新诗的刊物的。而朱自清和叶圣陶是1921年秋天来到中国公学之后经过刘延陵的介绍才初次见面订交的,尽管因为中国公学的校内风潮他们三位很快都离开了这所学校。[③]

1925年5月,闻一多中止在美国的留学回到国内,任国立艺术

---

① 详细情形参见《文学社群文化形态论》,杨洪承著,合肥:安徽文艺出版社1998年4月第1版。

② 转引自《完美的人格——朱自清先生的治学和为人》,郭良夫编,北京:生活·读书·新知三联书店1987年7月第1版,第216页。

③ 参见刘延陵《〈诗〉月刊影印本序》,《新文学史料》1990年第2期。

专门学校教务长,他在美国时期产生的对新诗的热情却仍未消减,常常在家中举行读诗会,当时北京的诗人徐志摩、朱湘、刘梦苇、孙大雨、饶孟侃等人,是读诗会的经常性参加者。不但这个读诗会的主持人闻一多是大学教授,读诗会的参加者也大多是大学师生,因此,在一定意义上,这也是一种校园文学活动。

沈从文对此有过这样的回忆:

在客厅里读诗供多数人听,这种试验在新月社即已有过,成绩如何我不知道。较后的试验,是在闻一多先生家举行的。他正从国外学画归来,在旧北京美术专门学校任教务长职,住家在学校附近京畿道某号房子。那时他还正存心作画师,预备用中国历史故事作油画,还有些孩子兴趣或摩登幻想,把家中一间客厅墙壁表糊得黑黑的,(除了窗子完全用黑纸糊上!)拦腰还嵌了一道金边。《晨报》社要办个诗刊,当时京派诗人有徐志摩、闻一多、朱湘、刘梦苇、孙大雨、饶孟侃、杨子惠、朱大楠(枏)诸先生。为办诗刊,大家齐集在闻先生家那间小黑房子里,高高兴兴的读诗。或读他人的,或读自己的。不特很高兴,而且很认真。结果所得经验是,凡看过的诗,可以从本人诵读中多得到一点妙处,以及用字措词的轻重得失。凡不曾看过的诗,读起来字句就不大容易明白,更难望明白它的好坏。闻先生的《死水》,《卖樱桃老头子》,《闻一多的书桌》,朱先生的《采莲曲》,刘梦苇先生的《轨道行》以及徐志摩先生的许多诗篇,就是在那种能看能读的试验中写成的。这个试验既成就了一个原则,因此当时的作品,比较起前一时所谓五四运动时代的作品,稍稍不同。修正了前期的"自由",那种毫无拘束的自由,给形式留下一点地位。对文学"革命"而言,有点走回头路,稍稍回头。刘梦苇先生的诗,是在新的歌行情绪中写成的。饶孟侃先生的诗,因从唐人绝句上得到暗示,看来就清清白白,读来也节奏顺口。朱湘先生的诗,更从词上继续传统,完全用长短句形式制作白话诗。新诗写作原则是赖形式和章节作传达表现,因此几个人的新诗,都可读可诵。①

"新月诗派"的形成发展,与这个读诗会关系密切。而在作为"新月诗派"主要发表阵地的《晨报副镌·诗镌》,主编徐志摩在发刊词《诗刊弁言》中对闻一多的客厅有着更加诗化的现场描述:

> 我在早三两天前才知道闻一多的家是一群新诗人的乐窝,他们常常会面,彼此互相批评作品,讨论学理。上星期六我也去了。一多那三间画室,布置的意味先就怪。他把墙壁涂成一体黑黑,狭狭的给镶上金边,像一个裸体的非洲女子手臂上脚踝上套着细金圈似的情调。有一间屋子朝外壁上挖出一个方形的神龛,供着的,不消说,当然是米鲁薇纳丝一类的雕像。他的那个也够尺外高。石色黄澄澄的像蒸熟的糯米,衬着一体黑的背景,别饶一种澹远的梦趣,看了叫人想起一片倦阳中的荒芜的草原,有几条牛尾几个羊头在草丛中掉动。这是他的客室。那边一间是他做工的屋子,基角上支着画架,壁上挂着几幅油色不曾干的画。屋子极小,但你在屋里觉不出你的身子大;带金圈上的黑公主有些杀伐气,但她不至于吓

---

① 沈从文《谈朗诵诗》,《沈从文全集》第 17 卷,太原:北岳文艺出版社 2002 年 12 月第 1 版,第 244—245 页。按,此处所述新月诗人的创作与"歌行""唐人绝句"和"词"的关系,可与前文所论新诗演进历程参照。

瘪你的灵性;裸体的女神(她屈着一支腿挽着往下沉的亵衣),免不了几分引诱性,但她决不容许你逾分的妄想。白天有太阳进来,黑壁上也沾着光;晚快黑影进来,屋子里仿佛有梅斐士滔佛利士的踪迹;夜间黑影与灯光交斗,幻出种种不成形的怪象。

这是一多手造的"阿房",确是一个别有气象的所在,不比我们单知道买花洋纸糊墙,买花席子铺地,买洋式木器填屋子的乡蠢。有意识的安排,不论是一间屋一身衣服,一瓶花,就有一种激发想像的暗示,就有一种特具的引力。难怪一多家里见天有那些诗人去团聚,——我羡慕他![①]

这样一个经过"有意识的安排"的充满诗人气息的客厅,更加上诗人气质浓郁的客厅主人,以及一样诗情浓郁的客人,可以想见置身其中会是一种什么样的感受,因此也难怪新月诗人所倡导的格律诗派一时间成为当年诗坛的流风所趋。

到了二十世纪三十年代,"资深作家杨振声,其时主要精力虽已不再用于小说,但他的文学教育和文学组织作用,使得他的创作精神远播,起到不断凝聚京派内部的作用。加上林徽因、朱光潜组织的两个京派文学沙龙,把北大、清华、燕京几个大学的作者松散地组织起来,几代的京派文人活跃在《现代评论》、《水星》、《骆驼草》、《大公报·文艺副刊》、《文学杂志》(朱光潜编)这些重要的北

---

　　① 《晨报副镌·诗镌·诗刊弁言》,1926 年 4 月 1 日。按,"诗镌"至当年 6 月 10 日停刊,共出十一期。6 月 16 日改出《剧刊》,徐志摩、余上沅合编,至 9 月 23 日停刊,共出十五期。

方文学报刊上"①。所谓"京派文学"就是在这一环境中发展壮大起来的。

当年同时在北大、清华、辅仁大学等多所院校任教的朱光潜，在家中定期举办文学沙龙，参加者都是北京各大学的师生。沈从文在前引文章中对此也有详细的记述：

> 北方《诗刊》结束十余年……北平地方又有了一群新诗人和几个好事者，产生了一个读诗会。这个集会在北平后门朱光潜先生家中按时举行，参加的人实在不少。计北大梁宗岱、冯至、孙大雨、罗念生、周作人、叶公超、废名、卞之琳、何其芳、徐芳……诸先生，清华有朱自清、俞平伯、王了一、李健吾、林庚、曹葆华诸先生，此外尚有林徽因女士、周煦良先生，等等。这些人或曾在读诗会上作过有关于诗的谈话，或者曾把新诗、旧诗、外国诗，当众诵过、读过、说过、哼过。大家兴致所集中的一件事，就是新诗在诵读上，有多少成功的可能？新诗在诵读上已经得到多少成功？新诗究竟能否诵读？差不多集所有北方新诗作者和关心者于一处，这个集会可以说是极难得的。
>
> 这个集会虽名为读诗会，我们到末了却发现在诵读上最成功的倒是散文。徐志摩、朱佩弦（自清）和老舍先生的散文。记得某一次由清华邀来一位唐宝鑫先生，读了几首诗，大家并不觉得如何特别动人。到后读到老舍先生一篇短短散文时，环转如珠，流畅如水，真有不可形容的妙处。从那次试验上让

---

① 《中国现代文学三十年（修订版）》，钱理群、温儒敏、吴福辉著，北京：北京大学出版社1998年7月第1版，第313页。按，《文学杂志》原文误作《文艺杂志》。又，《现代评论》1928年停刊，不应列于此处。

我们得到另外一个有价值的结论，一个作者若不能处理文字和语言一致，所写的散文，看来即或顺眼，读来可不好听。新诗意义相同。有些诗看来很有深意，读来味同嚼蜡。一篇好散文或一首好诗，想在诵读上得到成功，同时还要一个会读它的人。

当时长于填词唱曲的俞平伯先生，最明中国语体文字性能的朱自清先生，善法文诗的梁宗岱、李健吾先生，习德文诗的冯至先生，对英文诗富有研究的叶公超先生、孙大雨、罗念生、周煦良、朱光潜、林徽因诸先生，此外还有个喉咙大，声音响，能旁若无人高声朗诵的徐芳女士，都轮流读过些诗。朱、周二先生且用安徽腔吟诵过几回新诗旧诗，俞先生还用浙江土腔，林徽因女士还用福建土腔同样读过一些诗。总结看来，就知道自由诗不能在诵读上有什么意想不到的效力。不自由诗若读不得其法，也只是哼哼唧唧，并无多大意味。多数作者来读他自己的诗，轻轻的读，环境又优美合宜，因作者诵读的声音情感，很可以增加一点诗的好处。若不会读又来在较多人数集会中大声读，就常常不免令人好笑。

这个集会在我这个旁观者的印象上，得来一个结论，就是：新诗若要极端"自由"，就完全得放弃某种形式上由听觉得来的成功。但是这种"新"很容易成为"晦"，为不可解。废名的诗是一个极端的例子。何其芳、卞之琳几人的诗，用分行排比增加视觉的效果，来救听觉的损失，另是一例。若不然，想要从听觉上成功，那就得牺牲一点自由，无妨稍稍向后走，走回头路，在辞藻与形式上多注点意，得到诵读时传达的便利，林徽因、冯至、林庚几人的诗,可以作例。①

　　同一时期,林徽因位于北平之"太太的客厅",更是一个众所周知的对当时的创作风气影响很大的文学沙龙。②

　　萧乾在回忆录中还提到另外一个位于北平的文学沙龙:

　　　　(1929年夏—1930年夏)在燕京读国文专修班时,我结识了后来对我起过不小影响的杨刚(当时叫杨缤),她是英文系的学生。我们是在包贵思教授家里举行的读诗会上相遇的。包贵思来自新英格兰,每逢星期五,总举行这种读诗会。她坐在靠近壁炉的沙发上,旁边是一盏落地灯。她那瘦削的肩膀上老是披着一条深色围巾,用尖细的嗓音时抑时扬地朗读维多利亚时代(如田尼孙)的诗歌。有时读累了,就喊学生来接着读下去。③

包贵思来自新英格兰,她的文学沙龙很容易就让人想到曾经一度风行于欧洲的文学沙龙,尤其是关注中国新文学发展的人常常提

　　① 沈从文《谈朗诵诗》,《沈从文全集》第十七卷,太原:北岳文艺出版社2002年12月第1版,第247—248页。
　　② 林徽因之"太太的客厅"影响巨大,以至于冰心特别以之为原型创作了《我们太太的客厅》——初刊《大公报·文艺副刊》1933年9月27日(第2期)、30日(第3期),10月4日(第4期)、7日(第5期)、14日(第7期)、18日(第9期)、21日(第10期)。(按,此处第9、10期应为8、9期,原刊序号错,10月25日第10期有更正启事。)对其不无微讽。十多年后,钱锺书又在小说《猫》中对此有所影射,尽管他一再否认两者之间的关联。
　　③ 《未带地图的旅人——萧乾回忆录》,萧乾著,北京:中国文联出版公司1991年9月第1版,第49—50页。

起的对中国新文学影响颇大的"布卢姆斯伯里(Bloomsbury)"文人集团①。中国新文学本是受西方文学影响而发生发展,这种文学沙龙当然也是对西方的模仿,而熟悉这种文化风气并有力组织起相似文学沙龙的,当然主要是那些曾经有过留学经历的大学教授们,如闻一多、徐志摩、朱光潜、林徽因等人。

而据冯至女儿回忆,抗战爆发之后,原来活跃于北平地区的校园作家们又将这种流风余韵跟随大学带到了西南联大所在的昆明:

> 有一段时间,大约是四三年底或四四年春,杨振声建议,彼此熟识的朋友每星期聚会一次,互通声息,地点就选在位于钱局街敬节堂巷的我家。他们每星期有一个规定的时间,聚会在一起,漫谈文艺问题以及一些掌故。每次来参加聚会的有杨振声、闻一多、闻家驷、朱自清、沈从文、孙毓棠、卞之琳、李广田等人,这样的聚会不知举行过多少次,有人从重庆来,

---

① 1907年至1930年之间活跃于伦敦的"布卢姆斯伯里"文人集团,主要成员有伍尔夫夫妇,伦纳德·伍尔夫是出版家、评论家,曾主编过《观察家》杂志,弗吉尼亚·伍尔夫是小说家;画家贝尔夫妇,妻子瓦妮莎是弗吉尼亚·伍尔夫的姐姐;传记作家斯特雷奇,创作过《维多利亚女王》等著名作品,卞之琳翻译过此作;经济学家凯恩斯,以翻译和研究中国、日本文化著称的亚瑟·威利;稍后还有小说家 E.M.福斯特、哲学家罗素、诗人 T.S.艾略特等。这个沙龙以贝尔夫妇家和伍尔夫夫妇家为中心,地处伦敦的文化中心地带,南边是不列颠博物馆,西边是伦敦大学学院。伦纳德·伍尔夫有一句名言,可以见出这一文人集团的意趣:"在剑桥大学摩尔先生[著名哲学家]房间的人们,如果认为一件事情不深奥不真实,他们就难以称其是有趣的,同样如此,布卢姆斯伯里的人们,如果认为一件事情没有趣,他们也难以称其深奥的或者真实的。"关于"布卢姆斯伯里"与现代中国的关系,可参阅《丽莉·布瑞斯珂的中国眼睛》,[美]帕特丽卡·劳伦斯著,万江波等译,上海:上海书店出版社2008年6月第1版。

向父亲说:"在重庆听说你们这里文采风流,颇有一时之盛啊!"①

西南联大是以北平为中心的北京大学、清华大学、南开大学的联合,联大的文学风气也正是当初北方地区校园文学风气的延续,包括昆明的这种文学沙龙性质的文人雅集。

当然,由于战时的艰苦环境,西南联大所在的昆明不可能重现昔日北平文学沙龙的风光,但这丝毫不曾减低联大师生聚谈文学的热情:

> 联大的屋顶是低的,学者们的外表褴褛,有些人形同流民,然而却一直有着那点对于心智上事物的兴奋。……在许多的下午,饮着普通的中国茶,置身于乡下来的农民和小商人的嘈杂之中,这些年青作家迫切地热烈讨论着技术的细节。高声的辩论有时深入夜晚:那时候,他们离开小茶馆,而围着校园一圈又一圈地激动地不知休止地走着。……他们之间并未发展起一个排他的,贵族性的小团体。他们陷在污泥之中,但是,总有那么些次,当事情的重压比较松了一下,当一年又转到春天了,他们从日常琐碎的折磨里偷出时间和心思来——来写。②

---

① 冯姚平《最难忘的是昆明——记父亲冯至在西南联大》,原刊 2002 年 10 月《西南联大北京校友会简讯》,转引自《杨振声编年事辑初稿》,季培刚编著,济南:黄河出版社 2007 年 8 月第 1 版,第 286—287 页。
② 王佐良《一个中国诗人》,《穆旦诗集》,穆旦著,北京:中国文联出版公司 1998 年 8 月第 1 版,第 115 页。

有意味的是,京派诗人何其芳1938年到达延安之后,被安排在鲁迅艺术学院文学系任教,他在延安的窑洞也一度成为"鲁艺"师生进行文学沙龙性质的交流的场所:

> 我们几个同学经常晚上到他(何其芳)的窑洞里,围坐在一盏棉籽油灯前,听他用川东话轻声朗读自己的新作。记得有个晚上,他刚刚修改完《我为少男少女们歌唱》,脸上洋溢着温馨、幸福和爱,用轻柔的低声向我们朗读:"轻轻地从我琴弦上/失掉了成年的忧伤/我重新变得年轻了/我的血流得更快/对于生活我又充满了梦想/充满了渴望。"窑洞里静静的,灯光摇曳着,静得能听见每个人内心的颤动。①

这当然也是北方地区校园文学风气的延续,一时间也影响到延安一部分青年作家的创作,尽管后来随着文学环境的改变,以及何其芳本人文学观念的改变,这一风气对延安文学的影响相当有限。

在二十世纪三十年代,其他像胡适每个周末在家接待来访者,周作人每年元旦在家里举行朋友聚会,尤其是沈从文、萧乾主持《大公报》文学副刊时定期举行的作者聚会,也起到了联系校园内外作者群的作用,从而在文学观念的沟通与交流中促进了文学创作的发展与文学传统的传承。

师陀的回忆提供了一份参与这种聚会的人员名单:

---

① 岳瑟《鲁艺漫忆》,转引自《延安鲁艺风云录》,王培元著,桂林:广西师范大学出版社2004年12月第2版,第50页。

约在一九三五年冬天,萧乾同志已经从燕京大学毕业,进《大公报》主编《文艺》普通版,前来北平宴请写稿人。被宴请的人全住在北平,却分为两批:头一批是周作人、俞平伯、杨振声等人,第二批是冯至、吴组缃、屈曲夫、刘白羽、杨刚等人,其中也有我。总之,除了冯至同志三十来岁,第二批全是二十多岁的年轻人。[①]

师陀当时以"投考大学"的名义在北平从事社会活动,"从来不曾考过什么大学,甚至连大学的课堂门也没有进去过",[②]因此从身份来说并不属于校园文学作家,但同他一起被萧乾邀请的其他人,大多是大学的师生,故而这种聚会事实上还起到联系校园内外不同身份的作家的作用。因为主持其事的萧乾系以校园文学创作为起点者,聚会的参加者又多为认同大学校园文学传统的作者,自然也就使校园文学所坚持的文学观念成为聚会参加者的共识。师陀本人虽一再否认自己属于"京派",但其当时的创作取向显然和以校园文学为核心的京派文学并无二致。

而萧乾之所以热心组织这样的文学聚会,其实完全是在其文学道路引路人沈从文的支持和帮助之下进行的。

同为当年京派作家的朱光潜在回忆中曾高度称赞沈从文当年在培养青年作家方面的热情:

---

① 师陀《两次去北平》,《师陀全集·第五卷》,刘增杰编校,开封:河南大学出版社 2004 年 9 月第 1 版,第 380 页。

② 师陀《两次去北平》,《师陀全集·第五卷》,刘增杰编校,开封:河南大学出版社 2004 年 9 月第 1 版,第 372 页。

在军阀横行的那些黑暗日子里,在北方一批爱好文艺的青少年中把文艺的一条不绝如缕的生命线维持下去,也还不是一件易事。于今一些已到壮年或老年的小说家和诗人之中,还有不少人是在当时京派文人中培育起来的。在当时孜孜不倦地培育青年作家的老一代作家之中,就我所知道的来说,从文是很突出的一位。他日日夜夜地替青年作家改稿子,家里经常聚集着远近来访的青年,座谈学习和创作问题。不管他有多么忙,他总是有求必应,循循善诱。①

二十世纪四十年代与沈从文有较多文学交往的属于学生辈的袁可嘉,则更称赞沈从文当年的文学编辑工作有着"开拓文学一代新风"的影响:

当时沈先生是个大忙人。除在北大授课、自己从事写作外,还身兼《大公报·星期文艺》和《文艺》、《益世报·文学周刊》、《平明日报·文学》等报刊的主编,带领着一批年轻作者,为中国新文学的发展做着重要的开拓工作。这几种文艺刊物办得认真严肃,可跻身于当时国统区最好的文学刊物之列,在上面发表诗文的既有著名的前辈作家如朱自清、冯至、朱光潜、卞之琳、李广田、废名等先生,也有一批新起之秀,如诗歌界的穆旦、杜运燮、郑敏、李瑛、柯原,小说界的汪曾祺、刘北汜,文学研究界的吴小如、肖望卿、吕德中、杜少若,外国文学

---

① 朱光潜《从沈从文先生的人格看他的文艺风格》(初刊《花城》1980 年第 5 期),《湘西秀士——名人笔下的沈从文 沈从文笔下的名人》,凌宇编,上海:东方出版中心 1998 年 10 月第 1 版,第 256 页。

界的盛澄华、王佐良、金隄等。40年来的实践证明,这些新作者在自己的范围内取得了显著的成就。可以不夸张地说,沈老通过刊物和个人交往栽培了40年代开拓文学一代新风的一批作家群。①

当年在文学道路上受到沈从文提携指导并由沈从文帮助出版了第一部小说集的王西彦,言及沈从文何以会如此热情地帮助青年作家时,首先引述了沈从文自己的一段文字:

这样一本厚厚的书能够和你们见面,需要出版者的勇气,同时还有几个人,特别值得记忆,我也想向你们提提:徐志摩先生,胡适之先生,林宰平先生,郁达夫先生,陈通伯先生,丁西林先生,杨今甫先生,这十年来没有他们对我种种的帮助和鼓励,这集子里的作品不会产生,不会存在。尤其是徐志摩先生……你们看完了这本书,如果能够从这些照片里得到一点力量,或一点喜悦,把书掩上时,盼望对那不幸早死的诗人表示敬意和感谢,从他的那儿我接了一个火,你得到的温暖原是他的。②

然后他接着分析:

① 袁可嘉《从一本迟出了40年的小书说起》,《湘西秀士——名人笔下的沈从文　沈从文笔下的名人》,凌宇编,上海:东方出版中心1998年10月第1版,第206页。
② 沈从文《习作选集代序》,《沈从文全集》第九卷,太原:北岳文艺出版社2002年12月第1版,第7页。

由于郁达夫的介绍认识了诗人徐志摩,徐和学者林宰平又著文推荐了他的习作,后来又受到胡、陈、丁、杨等先生的帮助鼓励,才不仅活了下来,而且成为一个作家。因为徐志摩对他的帮助鼓励特别大,特别使他难以忘怀,他认为自己能通过作品给予读者的温暖原是徐志摩的,他从那位不幸早死的诗人那儿接了一个火。而现在,当自己也能帮助鼓励年轻一代时,他就毫不吝啬地把这个圣洁的火又传递给了他们。①

徐志摩、胡适、林宰平、郁达夫、陈通伯、丁西林、杨今甫都是二十世纪二十年代北京地区的大学教师,除林宰平外也都是有成就的新文学作家,他们对文学新人沈从文的"帮助鼓励",以及沈从文二十世纪三十年代对萧乾、王西彦等文学新人的"帮助鼓励",构成了五四新文学的一个优秀传统。沈从文薪火相传的比喻,恰切地表达了他在传承五四新文学这一优秀传统方面的自觉。

有意味的是,最为典型的学院派新文学作家周作人曾一再引述英国性心理学家蔼里斯(埃利斯)的一段名言:"在道德的世界上,我们自己是那光明使者,那宇宙的顺程即实现在我们身上。在一个短时间内,如我们愿意,我们可以用了光明去照我们路程的黑暗。正如在古代火炬竞走——这在路克勒丢思看来似是一切生活的象征——里一样,我们手里持炬,沿着道路奔向前去。不久就要有人从后面来,追上我们。我们所有的技巧,便在怎样的将那光明

---

① 王西彦《宽厚的人,并非孤寂的作家——关于沈从文的为人和作品》,《随笔》1989 年第 1 期。

固定的炬火递在他的手内,我们自己就隐没到黑暗里去。"①王西彦从沈从文那里感受到的"圣洁的火",也就是蔼里斯所说的"光明固定的炬火",当然也正如佛教所说的"传灯"一样,正是新文学传统的一种传承。②

这样的文学沙龙和文学聚会,对其时的文学发展,起着独特的作用:一方面是不同年龄段的文学创作者相互沟通的渠道,同时也因为参与者在学科、身份方面的差异,打破了学校日常教学的学科界限,中文系与外文系、历史系、哲学系师生之间的交流,以及与校外作家之间的交流,对形成校园文学创作的兼容古今、汇合中西之特色具有不可忽视的影响,也直接形成了创作与研究并重的学风与校风。金耀基先生曾称赞英国剑桥大学之"谈天"制度:"剑桥学院之谈天,意不在求专精(专精的功夫在图书馆,或实验室做),而在求旁通。重要的是使你对本行之外的东西有所闻见,养成一种对不同学问之欣赏与同情的心态。当然,谈天本身也可是一种知性以外的东西,它毋宁是一种独立的人生艺术,而剑桥堂在这种环境中,日积月累,自能扩大知识之视野,自能养成一种较全面的文化气质。"③存在于学院之外的这些沙龙与聚会,无疑更能有助于"养成一种对不同学问之欣赏与同情的心态",从而影响于当时的文学风气、学术风气。

---

① 《性的心理研究》第六卷跋文末尾的话。转引自周作人《蔼里斯的话》,《雨天的书》,周作人著,石家庄:河北教育出版社 2002 年,第 89 页。此外,周作人在《〈性的心理〉》(收《夜读抄》)、《蔼里斯的时代》(收《苦茶随笔》)两文中也引用过这一节文字。

② 《传灯——当代学术师承录》(季剑青、张春田编著,北京:北京大学出版社 2010 年 1 月第 1 版)讲述的是中国现代学术的传承,是学院里的另一种"传灯"。

③ 金耀基《Don:在历史中漫步的人》,《剑桥语丝》,金耀基著,北京:中华书局 2013 年 9 月第 1 版,第 56 页。

文学沙龙之外，教师个人的影响还可以从另外一些方面来观察：

1936年底，赵萝蕤在清华大学外国文学研究所读研究生的最后一年，戴望舒听说她曾试译过《荒原》的第一节，就约她把全诗译出，由上海新诗社出版。在此之前，她已经听过美籍教授温德（Robert Winter）老师详细地讲解过这首诗，所以她的译者注基本就采用了温德的讲解。她还请青年教授叶公超老师写了一篇序。

30年代现代主义诗歌创作的代表诗人卞之琳，也曾经谈到过他在北京大学上学时所受到的课堂影响。1931年，叶公超代替遇难的徐志摩上英诗课，使那时正"借鉴以法国为主的象征诗派"的卞之琳发现了另外一个世界："是叶师第一个使我重开了新眼界，开始初识英国30年代左倾诗人奥顿之流以及已属现代主义范畴的叶慈晚期诗。我特别记得他在堂上津津有味教我们《在学童中间》一诗，俨然自充诗中已成'头面人物'的叶慈督学，把我们当学童，在我们中间寻找变成当年幼小的女孩子茆德·甘（Maud Gonne）一副稚气的面貌而感慨系之。"叶公超接编《新月》杂志，发表了卞之琳《魏尔伦与象征主义》、《恶之花拾零》等译文和译诗，"后来他特嘱我为《学文》创刊号专译托·斯·艾略特著名论文《传统与个人的才能》，亲自为我校订，为我译出文前一句拉丁文 motto，这不仅多少影响了我自己在30年代的诗风，而且大致对三四十年代一部分较能经得起时间考验的新诗篇的产生起过一定的作用"。①

其他比如张彭春之于南开话剧②,王文显之于清华大学的话剧作家群体③,洪深之于复旦剧社,瑞恰慈、燕卜逊之于清华大学、西南联大诗人群④,还有鲁迅等新文学作家对女师大作者群体的影响,以及师生活动对女师大命运的影响,等等,都是兼有新文学作家身份的教授直接影响学生的文学创作的实例。

在师生共同参与文学活动的过程中,教师的身教与言教对学生的影响是明显的,这些文学活动中所呈现出来的自由而又有较为明确价值取向的文化氛围,更是确立了校园文学写作的基本风范。在这种自由开放的文学环境里,古今中外的文学传统得到了

---

① 《20世纪上半期中国文学的现代意识》,张新颖著,北京:生活·读书·新知三联书店2001年12月第1版,第196页,第197—198页。原注:卞之琳《赤子之心与自我戏剧化:追念叶公超》,引自《地图在动》第286—287页,珠海出版社1997年4月第1版。

② 南开校长张伯苓早于1908年就已组织学校师生编演新剧,1916年张彭春从美国研究欧美戏剧理论与编导艺术归来,出任南开新剧团第一任副团长,具体指导演艺实践。

③ 长期担任清华大学外国语言文学部主任的王文显,他所开设的"外国戏剧""戏剧概要""莎士比亚研读"等课程,使清华外文系毕业的许多同学如洪深、陈铨、石华父(陈麟瑞)、李健吾、万家宝(曹禺)、张骏祥(笔名袁俊,为留美导演)、杨绛等深受影响,开始接触西洋戏剧,并在以后从事剧本创作和演剧活动。王文显(?—1968,英文名 J. Wong Quincey),江苏人,英国伦敦大学学士。于文学语言和哲学等科得过褒奖,曾充任中国驻欧洲财政委员,伦敦中国报编辑,美国报界公会会员,后于美国耶鲁大学研究美国喜剧多年,是贝克(George Pierce Baker, 1866—1935)的学生。1921年10月代理清华学校校长,翌年改兼副校长,1925年为西洋文学系教授兼系主任。抗战时到上海圣约翰大学教莎士比亚和西洋戏剧等课程。1949年赴美讲学,退休后定居安娜堡,1968年去世。著有英语剧《北京政变》(三幕,1942年由李健吾翻译为《梦里京华》在上海演出,1944年由上海世界书局出版)、《委曲求全》(She Stoops to Compromise,三幕,由李健吾译为中文于1932年由北平人文书店出版)和英文小说《中国猎人》(The Chinese Hunter)。见周祖彭《悼念戏剧大师王文显教授》,《传记文学》第19卷第2期(1971年8月),第73—74页;《水木清华——二三十年代清华校园文化》,黄延复著,桂林:广西师范大学出版社2001年5月第1版,第122—125页。

④ 瑞恰慈曾任英国剑桥大学英国文学系主任,是新批评派的代表人物之一,1929—1931年间在清华大学开设文学批评、比较文学课程。燕卜逊也是新批评派理论家,同时也是诗人,1937—1939年间在西南联大讲授"现代英诗"。

一视同仁的对待,并最终影响了创作的健康发展。"学生在课堂接受教育的同时,又可通过校园文化活动(校刊、文学社团等)获得对文学的系统认识和浓厚兴趣,为日后走进文坛奠定基础。"①而校园文化氛围既经形成,也就为这种类型的写作培养了相应的读者群,并随着学生的走向社会而影响于时代的文学风尚。当然,校园写作对时代、社会的影响不是轰轰烈烈、立竿见影的,而是一种文学品味、文学精神的潜移默化的培育与传承。

三

李陀先生在前引访谈中还发过这样的感慨:"只从文学艺术的创造和发展来说,友情,还有友情形成的特殊空间氛围(真诚、温暖、互相支持,又互相批评)更是一个特别宝贵,甚至可以说不可缺少的条件。""今天人们到巴黎拉丁区的酒吧,或者是到纽约格林威治村去旅游,都是把那些地方当做某种历史遗迹参观、凭吊,谁谁在这里住过,谁谁在这里喝过酒,可是很少有人想,如果没有在这些地方活动的朋友圈子,还有小圈子里的友情,那就根本不会有那些伟大的诗歌和小说。""'五四'之后,中国大学里的人文学科一直和作家、诗人、艺术家有很多互动,这些互动不但大大帮助了大学中文系和其他人文学科的发展,而且对作家们、诗人们、艺术家们的创作都有非常重要的影响。"②所论其实就是校园文学的外部文化环境以及校园内外文学活动之间的良性互动。

---

① 吴立昌《序》,见《学府内外——二十世纪二三十年代上海现代大学与中国新文学关系研究》,杨蓉蓉著,北京:光明日报出版社 2007 年 7 月第 1 版,第 9 页。
② 《八十年代访谈录》,查建英主编,北京:生活·读书·新知三联书店 2006 年 5 月第 1 版,第 263 页、第 286 页。

这的确是校园文学生存发展中一个值得关注的现象。本来，一般的文学研究都会对文学生存发展的外部社会思想文化背景有所介绍，但大多仅止于对特定时期政治思潮、经济变迁以及社会局势的描述，缺少比较具体的文化、生活氛围的深究。但是，正如论者所言："关于某文化流派学人的形成，应该有具体文化氛围的描述，否则一般社会政治背景的介绍，容易流为空洞的概念，难以看出流派学人的'个性'。"①研究与中国现代大学校园文学密切相关的文化氛围，当然也就应该关注与大学师生之日常生活、文学发表有关联的外部社会环境。

北方文学主要是校园内的创作，师生的教与学当然主要是在校园，学生也常请老师"讲演"文学，比如梁实秋回忆自己在清华学校读书时代表清华文学社邀请周作人演讲时就说："那个时代，一个年轻学生可以不经介绍径自拜访一位学者，并且邀他演讲，而且毫无报酬，好像不算是失礼的事。"②

赵景深的文章中也回忆到徐志摩到天津的文学演讲：

> 恰巧1923年南开大学开暑期学校，内中有徐志摩先生的《近代英文文学》。当时我和友人们有一个文学团体绿波社，社员决议，在天津的一致加入听讲，于是都报名入学。其中如《夜哭》、《他乡》的作者焦菊隐，《晨曦之前》、《魔鬼的舞蹈》、《孤灵》的作者于赓虞等都是学员。可惜学期太短，两星期只

① 朱寨致王元化信中语，转引自《清园书简》，王元化著，武汉：湖北教育出版社2003年1月第1版，第84页。按，原信后署"8月13日"，未写年份，从书信内容推测，大概是写于2001年。

② 梁实秋《忆周作人先生》，《梁实秋散文（三）》，刘天华、维辛编选，北京：中国广播电视出版社1989年12月第1版，第353页。

讲十小时,此外徐师还公开演讲《未来派的诗》:这两种演讲我都有记录,收在我的《近代文学丛谈》(新文化书社 1925 年版)里。①

在另一篇文章中,赵景深还回忆到他们与前辈作家的另一种联系方式:

> 当时我们都是孩子,在文学的路上乱闯,总想找到一个指路的人,我们都把周作人先生当作我们私淑的导师,稚气的以得到他的复信为荣。②

现在看五四新文化运动时期比较活跃的人物如胡适、陈独秀、周作人、鲁迅等人的文集或者日记、年谱,可以看到很多文章都是演讲的记录,他们也常常接受不同方面的邀请外出演讲,可见当时演讲风气之盛。演讲是学者将自己的思想、观念直接面向大众的表达,尽管很多演讲依旧发表于大学校园,但受众显然也和文章、著作的读者不同。这一类型的文学演讲,是扩大校园文学社会影响的一种有效的方式。

与大学教授走出校园演讲相伴而存的,还有"旁听生"与"偷听生"走进大学校园聆听课程:

---

① 赵景深《忆徐志摩师》,《我与文坛》,赵景深著,倪凡编,上海:上海古籍出版社 1999 年 10 月第 1 版,第 195 页。

② 赵景深《文人剪影·焦菊隐》,《我与文坛》,赵景深著,倪凡编,上海:上海古籍出版社 1999 年 10 月第 1 版,第 157 页。按,《文人剪影》1936 年初版。

最痛快的是求师。北大的学术之门是开给任何一个愿意进来的人的。在这一点上，我觉得全国只有北大无忝于"国立"两个字。只要你愿意，你可以去听任何一位先生的课，决不会有人来查问你是不是北大的学生，更不会市侩也似的来向你要几块钱一个学分的旁听费，最妙的是所有北大的教授都有着同样博大的风度，决不小家气的盘查你的来历，以防拆他的台。因此你不但可以听，而且听完了，可以追上去向教授质疑问难，甚至长篇大论的提出论文来请他指正，他一定很实在的带回去，很虚心的看一遍(也许还不止一遍)，到第二堂带来还你，告诉你他的意见。甚至因此赏识你，到处为你揄扬。这种学生是北大极欢迎的。虽然给了个不大好听的名称："偷听生"。

　　就这样，形成了"拉丁区"最可贵的区风：浓厚而不计功利的学术风气。①

其实"浓厚而不计功利"不仅是大学内外的学术风气，也是以校园文学为中心的新文学的一个优良传统。

　　"旁听生"和"偷听生"是当年北京大学颇具逸趣的一类求学者，很多回忆"老北大"的文章中都曾经提到过相关的人物及其故事，比如小说家沈从文、许钦文、台静农以及后来成为北大教授的诗人、学者金克木等人，都是声名显赫的"偷听生"；董作宾则是由旁听生而成为北京大学研究所国学门研究生，后来成为著名的考

---

　　①　朱海涛《北大与北大人·"拉丁区"与"偷听生"》，《北大旧事》，陈平原、夏晓虹编，北京：生活·读书·新知三联书店1998年1月第1版，第363页。

古学家。数十年后，有人还特别提到胡适对待"偷听生"的一个故事：

> 有一次胡适之先生在课堂上问："你们哪位是偷听生？没关系，能来偷听更是好学之士。听我的课，就是我的学生。我希望你们给我个名字，是我班上的学生。"我听了胡先生的话，心里很感动。胡先生宽厚待人，身教言教，对我人性成长有很大影响。[1]

此事虽与文学无关，但新文学领袖人物胡适对待"偷听生"的态度却是大学自由开放精神的一个具体表征。

"偷听生"大多寄住在大学周围的小公寓中，比如沈从文在其早期小说中就对自己寄身其中的小公寓有着满怀温情当然也有一丝辛酸的回忆，他和胡也频、丁玲的相识，也是在公寓之中。

其实大学周围的公寓也是很多在校学生光顾的场所。二十世纪三十年代就读于北京大学的张中行，就长期租住在沙滩一带的小公寓中。在二十世纪八十年代写作的一篇《沙滩的住》中，张中行满怀温情地忆及当年的公寓：

> 前面说，非北京大学的学生也集中于此，这"此"，说是公寓也未尝不可。人多了，难免藏龙卧虎，如胡也频、丁玲等就都在这里生活过。不是龙虎，也能体会公寓生活的优点。一

---

① 何兹全《最幸福的时代》，《青春的北大》，赵为民主编，北京：北京大学出版社 1998 年 4 月第 1 版，第 36 页。

是人情味远非旅店所能比,某处住得时间长了,可以和同院(包括公寓主人)同甘共苦,成为一家人。二更重要,是可以享受"良禽择木而栖"的绝对自由,比如上午住某处,忽然觉得此处不便而彼处更好,就可以在当日下午迁往彼处,因为房总是有空闲的。[1]

更早的时候,朱海涛在1944年发表的关于老北大的长篇回忆文章中对此则有着更加生动的描述:

沙滩附近号称为"中国之拉丁区",这一带有着许多许多的小公寓,里面住着一些不知名的学人。这些人也许是北大的学生,也许不是。这些小公寓通常是一个不太大的四合院,院中种上点鸡冠花或者牵牛花之类,甚至有时有口金鱼缸,但多半是并不十分幽美的。东西南北一间间的隔得自成单位,里面一副铺板,一张窄窄的小书桌,两把凳子,洗脸架,运气好也许还有个小书架。地上铺着大小不一的砖,墙上深一块淡一块,裱糊着发了黄或者竟是发黝黑的白纸,趁着那单薄、残废、褪色的木器,在十六支灯光下倒也十分调和。

……因为这是一个最理想的学习区域,公寓的房钱,好一点的四五块钱够了,坏一点的一两块就成,茶水、电灯、用人,一切在内。吃饭,除附近的便宜小饭馆外还有最便宜者,几分钱就可以吃饱一顿。读书则窗明几净的北大图书馆,不论你

① 张中行《沙滩的住》,《北大旧事》,陈平原、夏晓虹编,北京:生活·读书·新知三联书店1998年1月第1版,第563页。

是不是北大学生,绝对将你当作北大学生似的欢迎你进去。如果你高兴蹓蹓跶跶,顺便检阅一下崇祯殉国的煤山,宣统出宫的神武门,供玉佛的团城,和"积翠""堆云"的金鳌玉竦桥,你可以大模大样走进那钉着九九八十一个金黄钉子的朱红大门,踱过那雕龙舞爪的玉石华表,以一位主人翁的姿态进入金壁辉煌的北平图书馆。我想老杜如走到这里来,他一定也张开嘴笑了。这是民主国家的寒士,强过"盛唐"的拾遗之处。①

这样的生活环境,当然很适宜贫穷而又散淡的文学青年的生活,难怪二十世纪三十年代的北平在国难频仍的时代背景下竟然成为苦难中国的一个"文化城"。

四

在"文化城"这样的社会氛围中,人与人之间的交往也变得充满文化气息。鲁迅于 1932 年冬天从上海到北京探亲,在 11 月 23日致许广平的信中有云:"昨天往北大讲半点钟……次即往辅仁大学讲半点钟……将夕,兼士即在东兴楼招宴,同席十一人,多旧相识,此地人士,似尚存友情,故颇欢畅,殊不似上海文人之反脸不相识也。"②11 月 25 日,他在致许广平信中再次说道:"旧友对我,亦甚好,殊不似上海之专以利害为目的,故倘我们移居这里,比上海是可以较为有趣的。但看这几天的情形,则我一北来,学生必又要迫我去教书,终或招人忌恨,其结果将与先前之非离北京不可。所

　　① 朱海涛《北大与北大人·"拉丁区"与"偷听生"》,《北大旧事》,陈平原、夏晓虹编,北京:生活·读书·新知三联书店 1998 年 1 月第 1 版,第 362—363 页。
　　② 《鲁迅全集》第十二卷,北京:人民文学出版社 2005 年 11 月第 1 版,第 344 页。

以,这就又费踌躇了。但若于春末来玩几天,则无害。"①

鲁迅终于没有移居北平,1932年冬天的这次探亲也是他最后一次回到北平,不知假如真的迁回北平,鲁迅晚年的创作是否会发生明显的变化,或者不妨换一个角度,鲁迅的到来会不会对北平的文化气息带来一定的改变。

不过,有明确记载的是,起初主要活动于上海的青年作家巴金来到北平之后,的确给北平的文学界带来了一股新的活力。据卞之琳回忆:

一九三三年暑假,为了筹备办《文学季刊》,靳以在北海三座门大街十四号租了前院南北屋各三间,另附门房、厨房、厕所,门向东的一套房。巴金家住上海,北来就和靳以同住。当时都是单身人,和靳以共桌看稿件。西谛在燕京大学当教授,城内城外来回跑,也常去三座门。门庭若市,不仅城外清华大学和燕京大学的一些青年文友常来驻足,沙滩北京大学内外的一些,也常来聚首。我当年暑假毕业,原早就不务正业,不想出洋留学,想留在北平,以译书为生,搞我的文学创作。当年秋初,我被曹禺拉去保定育德中学接代他教课,他大约只教了一两周。我去教到学期终了,报酬虽特高,课却特重,身体也实在顶不住,索性辞职,回北京,寄住千家驹家,主要为杨振声、沈从文、萧乾给天津《大公报》编的"文艺"版自由译稿。平时我和李广田、何其芳常去帮靳以看看诗文稿,推荐一些稿。《季刊》出了两期,巴金不大从上海来了,后来又去了日本东

① 《鲁迅全集》第十二卷,北京:人民文学出版社2005年11月第1版,第346页。

京。我接替巴金，住进了他惯住的北屋西头一间。书局每月给我数十元编辑费，我算有了一个职业，一个固定基本生活资料。接着由余上沅介绍，在胡适主持的中华文化教育基金会编译会特约译稿。一九三四年夏天，我们组成一个附属月刊名义上的编委会，决定了就挂郑振铎、巴金、沈从文、李健吾、靳以和我六个人名字。我实际分工负责这个相当于副刊的编务。[1]

这个"相当于副刊"的杂志就是《水星》。一位当代学者则从另外一个角度记述了巴金的到来：

> 1933年《家》由开明书店出版后，巴金名盛一时。翌年，巴金30岁，与靳以创办《文学季刊》。《发刊词》里明确声明：本刊所要继承的是五四文学反帝反封建的战斗传统。《文学季刊》的创刊，为北平的文学界注入活力，作家们活跃起来。
>
> 初到北平时，巴金住在刚刚结婚的沈从文、张兆和的家里，《文学季刊》创刊后，迁往编辑部所在地——三座门大街十四号。从此，这个小院里洋溢着的是活泼欢乐的生气。巴金一边处理来稿，约稿，看校样，一边埋头写作，同时，轮番和作家们愉快地聚谈。来访者大多是大学助教、北大清华的学生和副刊编辑。李健吾、曹葆华、蹇先艾、卞之琳、何其芳、万家宝、萧乾等，都是院里的常客。巴金是热心人，热情燃烧、永不熄灭，编辑部很快成为团结进步人、扶持青年人的"作家之

---

[1] 卞之琳《星水微茫忆〈水星〉》，《读书》1983年第10期。

家"。许多著名作家如鲁迅、郑振铎、老舍、冰心、王鲁彦、张天翼等的作品在这里发表,许多名不见经传的作者如何其芳、李广田、丽尼、陈白尘、李健吾、陈荒煤等,发表了大量的作品,从此走上文学的前台。辽宁作家单复(当时是个小青年)的散文集《金色的翅膀》,就是巴金主动为他编辑出版的,连书名都是巴老给起的。至于万家宝(曹禺)的《雷雨》,更是传为美谈。巴金晚年终于证实说:"家宝写了个剧本,放了两三年了……我要靳以把稿件拿来看了。我一口气在三座门大街十四号的南屋读完了《雷雨》,决定发表它。"而且亲手写了《〈雷雨〉在东京》和《再说〈雷雨〉》两文大加赞扬,《雷雨》从此成为中国新文学运动以来最经典的戏剧作品。萧乾回忆说:"如果巴金不是立即做出决定,曹禺在戏剧创作的道路上,可能要晚起步一段时间。"巴金与曹禺的友谊一直延续下来。

巴金之所以编辑刊物,全力推出青年作家,据我的猜想,可能和他之被人热情推出有着直接的联系。巴金的第一篇短篇小说《灭亡》是叶圣陶发现后刊发于《小说月报》并热情推荐的,所以他素来崇敬叶圣陶,他也要像叶老一样扶持别的作家,并以此为天职。①

这里所说《灭亡》发表的故事,巴金在晚年的《怀念振铎》中也曾忆及:

有一天和几位友人闲谈,有一位中年朋友质问我说:"你

---

① 阎纲《编辑家巴金》,《随笔》2003 年第 3 期。按,《灭亡》一般认为是中篇小说。

记得不记得介绍你进文艺界的是郑振铎,不是别人!"他说得对,振铎给上海《时事新报》编辑《文学旬刊》时,我用佩竿的名字寄去小诗《被虐待者底呼声》和散文《可爱的人》,都给发表了,我还给振铎写过两封短信,也得到回答。但不知怎样,我忽然写不下去,也就搁下笔了。我还记得我在成都的最后一年(一九二二——二三),深夜伏案写诗,隔一道门大哥坐在轿内或者打碎窗玻璃,或者低声呻吟,我的笔只能跟着他的声音动,并不听我指挥,一些似懂非懂的句子落在纸上,刺痛我的心。大哥的病又发作了。几个晚上都写不成一首诗,也就无法再给振铎寄稿。离家乡初期常常想家,又写过一些小诗投寄给一些大小刊物,在妇女杂志和成都的《孤吟》发表过。以后在上海武昌路景林堂谈道寄宿舍住下来补习功课,整天就在一张小桌和一张小床前后活动,哪里想得到"小诗",也不用说文学作品,更不曾给振铎写过信。不但当时我忘记了它们,就是在今天我也没有承认它们是文学作品。否则我就会把《灭亡》手稿直接寄给振铎了。圣陶先生的童话《稻草人》我倒很喜欢,但我当时并没有想到圣陶先生,他是在开明书店索非那里偶然发现我的手稿的。我尊敬他为"先生",因为他不仅把我送进了文艺界,而且他经常注意我陆续发表的作品,关心我的言行。他不教训,他只引路,树立榜样。今天他已不在人间,而我拿笔的机会也已不多,但每一执笔总觉得他在我身后看我写些什么,我不敢不认真思考。①

---

① 巴金《怀念振铎》,《再思录(增补本)》,巴金著,桂林:广西师范大学出版社 2004 年 4 月第 1 版,第 86—87 页。

叶圣陶和郑振铎一样，都是五四时代文学研究会的发起人之一，他们是新文学传统的开创者，也是新文学传统的坚守者，郑振铎主编《文学旬刊》和叶圣陶主编《小说月报》时推荐发表巴金的创作，包括叶圣陶同一时期推荐丁玲的创作，完全是出自对新生文学力量的热情爱护，这和大学校园里老师关心、提携学生是完全一样的性质，或者也可以说，这也是对以校园文学为起点的五四新文学传统的继承和发扬。而巴金作为一名和大学校园文学关系相对较远的作者，以另外一种方式参与到传承新文学传统的事业中，正是对校园文学传统的发扬光大，当然也是对新文学传统的发扬光大，也正是一种影响更为深远的"传灯"。

第五章

现代大学校园文学传统与新文学的历史走向

在中国现代大学校园文学写作的总体格局中,尤其以抗战前以北京(平)为中心的北方地区的几所大学最有代表性。作为新文学的发祥地,和同时代的校外文学写作,以及其他地区的校园文学写作相比,这一时期北方的校园文学写作不仅成就最高,影响最大,而且对中国新文学的发生和发展有着无可替代的指导作用和示范意义。这首先因为这一地区是全中国大学最为集中的地区,几乎汇集了当时所有类型的现代大学,因而在现代中国大学中更加具有代表性(北京大学是最早也最著名的综合性国立大学,北京师范大学是师范大学,北京女子师范大学是女子大学,清华大学是留美预备学校发展起来的,燕京大学和辅仁大学是教会大学,天津南开大学是私立大学),其与新文学发展的关系也更加具有典型意义。新文学诞生于北京大学,在新文学的第一个十年,北方大学的校园文化直接影响了中国新文学的生成与发展、传播方式。到了新文学的第二个十年,以上海为大本营的左翼文学以及"海派"文学开始脱离大学,实际上也意味着偏离五四文学的传统而另外开创了新的文学传统。而在北平地区,新文学仍然与大学密不可分,当时所谓的"京派作家",很大一部分仍然是北平地区各大学的师生,他们的写作可以说是对五四新文学传统的坚守和继承,北方校园文学的存在及其与南方文学的紧张关系对新文学的发展有着至关重要的意义。①

由于日本侵华战争的影响,大部分大学在 1937 年之后南迁或者西迁,中国大学和中国文学的总体格局发生了很大的变化,但西南联大就是清华、北大和南开这三个北方主要大学的继续,那些已经在抗战前开始创作的校园作家,此后的创作还大致延续了校园文学的传统,校园内的文学精神也是对战前的继续,西南联大作家群成员就是战前大学校园文学的主要成员或者嫡系传人,他们的创作构成了当时文学创作的一个重要方面,也是新文学发展的一个最有价值最有前途的方向,校园文学传统亦即新文学传统在西南联大得到继承和发扬,到抗战胜利各校"复员"后又出现的"平津文坛新写作"的再次萌芽,也正是以校园文学为其主体的。② "中国的现代大学校园文学也是在这一时期趋于成熟。将现实关怀提升到形而上的层面,将民族群体的战争体验转化为个体生命的战争体验,使这一时期的校园文学获得了一种既沉潜又超越的新的品格。而对于艺术形式与文学语言的更加自觉,也更加广泛的试验,逐渐形成了学院派的写作。这样,以西南联大为中心的二十世纪

---

① 如前所述,整个民国期间上海都没有属于全国第一流的综合性大学,建校比北京大学还早的交通大学也仅仅是理工类的学校,校长唐文治学养深厚但偏重的是古文功底,其他如复旦大学、光华大学等私立大学更以应用性学科为主,因此上海大学里的新文学创作不是十分发达。中国公学在胡适任校长时曾经引进沈从文讲新文学,但不过是短期行为。不过,教会大学还是比私立大学好一些,因此有施蛰存、刘呐鸥、戴望舒等人的文学活动。后来的张爱玲也是教会学校出身。这大概因为私立大学课程功利性较强,而教会大学因为偏重西方语言的学习,自然就要多读文学作品。南开大学亦有偏向应用性学科的特点,倒是南开中学曾经有何其芳、李尧林等人作老师,影响了学生黄宗江、黄裳等人。曹禺的戏剧创作虽起步于清华大学,但更早的起点,却是早年在南开中学读书时接受了以张彭春为中心的南开戏剧活动的影响。

② 段美乔《论 1946—1948 年平津文坛的"新写作"》,《文学评论》2001 年第 5 期。

四十年代的校园文学就为中国的紧贴现实,着重于表现战争中的民族情绪的抗战文学提供了另一种范式,从而使四十年代中国文学获得了一种丰富性;如果联系沈从文、冯至、穆旦、汪曾祺等人的创作在八九十年代的影响,就更可以看出这些校园创作的超前性与独特价值。"①

迨至二十世纪八十年代初期,杨绛、汪曾祺的创作之所以能够在当时的文坛上显得独具风采,一个重要的因素就是他们再一次接续了三十年代校园写作的文学传统;而穆旦等"九叶诗人"重新得到文学创作与研究界的高度称赞,也正是因为他们最典型地体现了校园文学创作也就是五四新文学的风范。那些曾经学习于这些大学但起初尚未深入参与当时文学活动的学生,在后来开始文学写作之后,依然鲜明地秉承了校园文学的传统,像张中行、季羡林、金克木、韦君宜等在二十世纪八九十年代的写作,在一定程度上都可以从中发现三十年代大学校园文学风气的遗踪。

从更长远的历史时段观察,1949 年之后,文学整体生态发生了巨大的变化,以工农兵为写作和接受主体的文学成为中国大陆的文学主流,除了 1956—1957 年间"双百方针"的提出,当时有过校园文学的昙花一现之外,作为一种独立文学现象的校园文学写作传统基本中断,这实际上也是影响中国大陆当代文学品质的一个重要因素。与此同时,这时的大学也在一定程度上弱化了对中国文化传统与西方文化传统的传承,即使文学与大学还能维持联系,文学生态也与当年不可同日而语,更遑论对五四新文学传统的继

① 钱理群《〈二十世纪中国大学与大学文化〉丛书序》,见《西南联大历史情境中的文学活动》,姚丹著,桂林:广西师范大学出版社 2000 年 5 月第 1 版,《序》第 15—16 页。

承发扬。对现代大学精神颇有研究的谢泳先生,对此有一个精确的描述:"解放区文学以及 1949 年后当代文学发展的许多重要阶段,是看不到五四新文学传统的。因为工农出身的作家文化素养一般都很低,偶然接触一点新文学作品,还谈不上对传统的继承,就是许多由大学走入解放区的作家,对新文学的传统也由于单一的意识形态主导一切,而被迫或自觉地远离了新文学的传统。1949 年(后)当代文学的发展,实际延续的是解放区文学的传统,而不是新文学的传统。当时的主流作家是工农出身,大部分知识分子型的作家早已放弃了写作,传统实际上是已经中断了。"①甚至可以说,大学校园文学写作的缺席是 1949 年之后三十年中国大陆文学的一个重要特征,其显著性甚至超过了是否借鉴学习外国文学,因为"十七年"时期毕竟还有苏联、东欧文学以及西方古典文学、传统批判现实主义文学的翻译介绍及其直接影响。沈从文早在 1940 年就已经指出:"文运与大学一脱离,就与教育脱离,萎靡、堕落、无生气,都是应有的结果。学校一与文运分离,也不免变得保守、退化、无生气、无朝气。"②虽同时述说大学与新文学的双向互益,其言说的重点则在大学对新文学的重要影响。其后,与沈从文数度合作、渊源极深的杨振声则又特别强调新文学对社会的作用和意义:"我们若没有新文学,不可能有新文化与新人生观,没有新文化与新人生观,也就不可能有个新中国。因为新文学,在一种深刻的意义上说,就是来创造新文化与人生观的。先有了这个,咱们也才能有个

---

① 谢泳《西南联大与汪曾祺、沈从文的文学道路》,《西南联大与中国现代知识分子》,谢泳著,福州:福建教育出版社 2009 年 5 月第 1 版,第 81 页。

② 沈从文《文运的重建》(1940 年 5 月 1 日作),《沈从文全集》(第十二卷),太原:北岳文艺出版社 2002 年 12 月第 1 版,第 82 页。原文为"也不免难得保守",可能有误。

新中国。"①整个社会如此,大学当然更甚。没有了校园文学写作的大学,也与现代性的大学距离愈来愈远,渐次沦为仅仅为社会建构提供技术进步支撑或经典阐释的经院性学府,对社会现代化进程的促进作用渐趋式微。

而在同一时期的台湾,文学界尽管在二十世纪五十年代初期也有一段相对自我封闭的现象,但很快就出现了对西方现代主义文学的引进和借鉴。首先是三十年代就从事现代主义新诗创作的纪弦:当年他曾以路易士之名与戴望舒、杜衡、徐迟等一起集资创办大型诗刊《新诗》,由当时著名的校园诗人卞之琳、孙大雨、冯至、梁宗岱和戴望舒联袂主编;1953年,纪弦在台湾创办了新诗刊物《现代诗》,"自然形成了现代主义在中国的'文艺复兴'","使台湾诗坛很快与五四文学传统衔接起来"。"与纪弦提倡现代诗的同时,在台湾大学外文系出现了一个学院派的文学圈子,以夏济安教授创办的《文学杂志》为阵地,开始了小心翼翼的现代小说和现代批评的实践。"《文学杂志》于1960年休刊,同年由白先勇等人创办《现代文学》,把《文学杂志》开创的学院派现代主义文学发扬下去。"②在《文学杂志》③和《现代文学》上成长的一批作家,包括欧阳

---

① 杨振声《为追悼朱自清先生讲到中国文学系》,《文学杂志》第3卷第5期。

② 陈思和《七十年外来思潮影响通论》,《鸡鸣风雨》,陈思和著,上海:学林出版社1994年12月第1版,第157—164页。

③ 据夏济安朋友吴鲁芹回忆:"谈《文学杂志》不谈麻将,是无从谈起的,因为《文学杂志》产生在麻将桌上,如果有所谓编辑政策,那也是决定在麻将桌上,到最后关门大吉也是在麻将桌上众谋合同,草草收殓的。从它的胚胎到呱呱坠地,以及每月二十日亮相一次的辛苦过程中,伴奏的不是古典音乐,而是洗牌打牌的碎珠落玉盘的声响。所以谈《文学杂志》,饮水思源,必须从麻将谈起。"(转引自刘绍铭《吴鲁芹的潇洒世界》,见《冰心在玉壶》,刘绍铭著,合肥:安徽教育出版社2012年7月第1版,第142页。)"产生在麻将桌上"固然有过甚其词之嫌,但友朋聚会是杂志创办的重要契机则是可信的追述。这与五四时代很多文学杂志的创办经过颇为一致,当然也可以说就是对传统的另一种形式的接续。

子、王文兴、七等生、陈若曦、白先勇等小说家,叶维廉、余光中、张健等诗人,差不多也就代表了当时台湾文坛的最高成就。他们的创作,是对"五四文学传统"的继承和发扬光大,也是对中国现代大学校园文学传统的继承和发扬光大。更为意味深长的是,成长于《现代文学》杂志的小说家王文兴,台湾大学外文系毕业后赴美国爱荷华大学作家工作室学习研究,1965年获得硕士学位后重回台湾大学外文系工作,同时兼任中文系"现代文学"课程,而促成他任教两系的关键人物,正是时任台湾大学中文系主任的二十世纪二十年代著名小说家台静农。据当年学生柯庆明回忆:"当时王文兴老师经常说,他很佩服台老师的胸襟,容许他在中文系所教的'现代文学'的内容是全部英文教材的:乔哀思(英)、海明威(美)、希梅耐滋(西)、考夫曼(德)、沙特(法)、佛洛斯特(美)等人的作品。这门课真的为中文系的学生开了一扇观览世界文学的落地长窗,并且在他的激发下,不少人开始了他们自己的通往创作之路。""台老师请王文兴老师这种内省型的作家到台大来,是否提供了他一个适合创作的写作环境,我不知道。但王老师的进入中文系,却同时促成了《现代文学》杂志与台湾在中国文学研究风气上的转向。在西化浪涛最为高涨的年代,一向是现代主义欧美文学译介之尖端、现代风格创作之先锋的前卫刊物——《现代文学》杂志竟然因此机缘而推出了'中国古典文学研究专号',台大中文系上自主任台老师,下至大三的我们都写好了论文。结果反应意外的良好。"①由老一辈新文学作家主政的中文系,请年轻的新文学作家授课,于改变

---

① 柯庆明《那古典的光辉——思念台静农老师》,《回忆台静农》,陈子善编,上海:上海教育出版社1995年8月第1版,第210页。

作家个人"写作环境"之外,不仅影响学生走向"他们自己的通往创作之路",也促成"中国文学研究风气上的转向",更是中国新文学与中国现代大学良性互动之优秀传统的一个完美继承。

在中国大陆,直到二十世纪七十年代末,从复旦大学七七级本科生卢新华发表小说《伤痕》①成为新时期文学的滥觞,到1978年北大恢复学生社团"五四文学社"时请朱光潜担任顾问,再到大学生诗派②、华东师范大学作家群③的形成和出现,以及与此同时国内很多大学(如武汉大学、南京大学、北京大学等)纷纷开办的"作家班"(北京师范大学中文系与鲁迅文学院合办作家研究生班,莫言、余华、刘震云、迟子建等人在此获得文艺学硕士学位),直到新旧世纪之交一大批当代著名作家以教授身份走进大学校园,一种接续当年校园文学写作风尚的创作逐渐显现。

与此同时,当代文学创作界也反思到自身存在的这个明显的不足:"为什么当代还没有出现鲁迅、郭沫若、茅盾、巴金那样的大作家?""现代文学史上的几位大作家:鲁迅、郭沫若、茅盾、叶圣陶、巴金、曹禺、谢冰心……有哪一位不是文通古今、学贯中西的呢?""在五四时代乃至三十年代,几乎所有的名作家都同时是或可以是教授,国外的许多名作家也是大学教授,现在呢,翻开作家协会会员的名册吧,年轻一点、发表作品勤一点的同辈人当中,有几个当得了大学教授的?""建国三十余年来,我们的作家队伍的平均文化

---

① 1978年8月11日《文汇报》。

② 吴思敬《多维视野中的大学生诗歌》,《江汉论坛》2003年第7期。

③ 阮光页《我与"华东师大作家群现象"》,《新民晚报》2008年5月9日。该文写道:"有'华东师大'背景的作家人数多,名气大,名单排出来,让人吃惊。从文学前辈到文学新锐,从校友作家到在校教师身份的作家,有施蛰存、许杰、徐中玉、钱谷融、沙叶新、戴厚英、王智量、鲁光、赵丽宏、王小鹰、王晓玉、孙颙、刘观德、陈丹燕、周佩红、戴舫、陈counting、格非、徐芳……显然,华东师大拥有如此众多的作家,称之为'华东师大作家群'无可非议。"

水平有降低的趋势（近年来可能略有好转），我们的作家愈来愈非学者化，这也是事实。""在当今的社会，作家应该是知识分子，应该是高级知识分子，应该有学问，应该同时努力争取作一个学者。"①虽仅是现象的描述，毕竟含蓄地指出了导致当代文学成就不高的一个重要原因。

因为有了这样的反思，文学界自然也逐渐开始了相应的改变。1989 年由《钟山》杂志开始的"新写实小说大联展"，是由南京大学丁帆教授等人首先命名或者说是发起的一次文学运动，这也是新中国文学史上第一次由学院内发起命名的文学创作思潮，而此前新中国文学四十年的文学运动，即使是"文革"后开始的伤痕、反思、改革文学以及寻根文学等风行一时的创作思潮，都是由社会自动生成然后主要经作家协会等组织机构命名的。1992 年，北京大学谢冕教授明确提出建立"学院派批评"的主张②，其后，学院派文学批评对当代文学的影响越来越明显，而一些原本属于作家协会或者社会科学院系统的文学研究者也有一部分渐渐走进大学校园，可以说来自大学校园的学院派文学批评已经成为当今文坛最有影响的批评群体。

2009 年 5 月，由教育部南京大学现代文学研究中心主办的双年度文学奖、国内首个以大学名义设立的文学奖——"中国当代文学学院奖"在南京揭晓，经过董健、丁帆、钱理群、格非、孙绍振、陶东风、王彬彬等 11 位终评委投票，《彭燕郊诗文集》获特别奖，史铁

---

① 王蒙《一个值得探讨的问题——谈我国作家的非学者化》，《读书》1982 年第 11 期。
② 《北京学者主张"学院派"批评》，《作家报》1992 年 3 月 12 日。

生的长篇小说《我的丁一之旅》、毕飞宇的长篇小说《推拿》①、沙叶新的话剧剧本《幸遇先生蔡》、王家新的诗集《未完成的诗》、刘醒龙的长篇小说《圣天门口》、周伦佑的《周伦佑诗选》最终摘取首届"中国当代文学学院奖",12 个获奖名额尚空缺 5 个。终评委之一,也是主办方代表的南京大学教授王彬彬先生表示:"无论任何国家,任何时代,学院都是它的文化高地、精神高地和思想高地,那么,学院奖就特别重视文学作品的文化品质和精神含量,商业性很强的作品在我们这里获奖是不可能的。"②这里所强调的文学评奖中所持守的学院精神,以及对"商业性很强的作品"的警惕,似乎可以与七十多年前的两个文学评奖联系起来做个对比。

　　1936 年,天津《大公报》为庆祝其重新出版之十周年而举办了一次"大公报文艺奖金"评选,评选结果于 1937 年 5 月公布,获奖作品为:何其芳的散文集《画梦录》,芦焚的小说集《谷》,曹禺的话剧《日出》。与此同时,上海良友图书印刷公司也举办了一个"文学奖金"评选,获奖作品为左兵的长篇小说《天下太平》(上海良友图书印刷公司 1937 年 4 月初版)和陈涉的长篇小说《像样的人》(上海良友图书印刷公司 1937 年 5 月初版)。几十年后的今天,"大公报文艺奖金"的三部作品均已成为新文学史上的经典之作,而《天下太平》和《像样的人》及其作者则几乎已经被所有的新文学史与新文学研究所遗忘或忽视。其实就在评奖的当年,当时活跃于北方文坛的批评家常风(清华大学外文系,1933 年毕业)就已经指出了获奖小说《天下太平》的不足:"我们尊重良友的文学奖金和作者,我

---

① 此前,毕飞宇还因《推拿》被"第七届华语文学传媒大奖"评为"年度小说家",但他放弃了这一奖项。见《华语文学传媒大奖安度七年之痒》,《中华读书报》2009 年 4 月 15 日。

② 《"中国当代文学学院奖"凸显"大学眼光"》,《中华读书报》2009 年 5 月 20 日第 1 版。

们愿拿一般创作的水准来衡量这部得奖的小说。柯大福是全书的中心人物，但是可怜的很……拿这样一个人物作这样一部小说的主人公似乎过显单薄。"①至于其中的原因，除了"大公报'文艺奖金'范围稍广，而且是从过去一年的创作中选戏剧小说与散文的佳作，良友'文学奖金'则只是征求新的小说创作"之外②，实在也和当时评奖委员的组成有关。《大公报》"文艺奖金"的审查委员请的主要是平津两地与《大公报·文艺》关系较密切的几位作家：秉志、杨今甫、朱佩弦、朱孟实、叶圣陶、巴金、靳以、李健吾、林徽因、沈从文和武汉的凌叔华③，大部分和大学关系密切。良友"文学奖金"的评委是蔡元培、郁达夫、叶圣陶、王统照、郑伯奇等人，尽管也都是新文学阵营中的重要人物，但这时候的他们均已在校园之外，且大多均为偏重文学之社会功用者。两个文学奖评奖标准的差异，也就是当时新文学领域中北方校园文学与上海文坛之间的差异的表现。

　　几乎与"中国当代文学学院奖"同时，北京大学则于 2009 年春天开展了请当代著名作家进大学演讲的活动，主持者——时任北京大学中文系主任陈平原先生说："大学的'文学教育'（不限于中文系），其主要功能不是培养作家——能出大作家，那最好；没有，也无所谓。我们的目标是：酿成热爱文学的风气，培养欣赏文学的品位，提升创作文学的能力。""在'驻校作家'制度建立之前，我认

---

　　①　常风《左兵〈天下太平〉》，《逝水集》，沈阳：辽宁教育出版社 1995 年 10 月第 1 版，第 173 页。

　　②　同上，第 172 页。

　　③　据《萧乾文学回忆录》（北京：华艺出版社 1992 年 4 月第 1 版，第 76 页），审查委员名单见 1936 年 9 月 3 日上海《大公报》。其中的秉志为现代著名生物学家，和文学界似乎没有什么特殊关系，这里可能是从前一句中的"科学奖金审查委员"名单中阑入的。

为,采用系列讲演的方式,把众多著名作家请进大学校园,与同学们展开深入的对话,以弥补目前的文学教育过分偏重'文学史'讲授的缺憾,或许是个有效而灵活的途径。北京大学等高校已经在进行这方面的尝试,显然,大家都意识到了目前大学文学教育的某些缺失。大学的物质条件或许不太好,但大学里有最大的诚意以及最好的听众。这一点,我相信足以打动那些对中国文学的未来有信心、有承担的作家们。让我们的作家走近年轻读者,让年轻的读者离文学更近一些。"①

　　但也就是在陈平原先生重申"大学的'文学教育'(不限于中文系),其主要功能不是培养作家"的稍后,复旦大学中文系继 2007 年招收"文学写作硕士"之后,经教育部批准于 2009 年设立了全国首个"创意写作专业硕士学位点",将培养学生的文学创作能力作为教学目标,由作家王安忆领衔授课,其毕业生将被授予"艺术型硕士"(Master of Fine Arts,简称 MFA)学位。时任复旦大学中文系主任陈思和先生表示,这是借鉴美国 MFA 教学模式对"文学创作能力培养"的尝试,也是对"由高校承担起作家培养责任"这一理念的尝试,他认为,中国作家培养模式自二十世纪五十年代起以作家协会为核心,到九十年代是媒体与商业机构联合运作的模式,"要保持长久的文学繁荣,保证一代、一批作家的出现,而不是昙花一现,就需要系统教育给予作家底蕴和底气","MFA 并不培养文学天才,因为天才毕竟是少数,但 MFA 至少可以发现天才,并通过系统的写作训练,释放学生的写作潜能"。② 几年后,"领衔授课"的

①　陈平原《作家进校园大有可为》,《文艺报》2009 年 4 月 9 日(第 14 期)第 3 版。
②　《复旦首设"创意写作硕士班"》,《文汇报》2009 年 10 月 22 日第 7 版。

复旦大学中国当代文学创作研究中心主任王安忆再次确认这一教学尝试的意义：“大学不一定能培养出作家，那是肯定的，但是一个作家如果能得到高等教育的话，一定是好事情。”①

　　紧随复旦大学之后，2013 年 10 月，北京大学中文系宣布将于 2014 年招收“创意写作专业硕士”：“依托现有学科优势、培养写作高端人才，这是中文系正在尝试的一项人才培养战略。”尽管校方同时宣布“中文系要培养的是具有专业水平的‘写家’”，注重的是“学生的应用型能力”，但对于曾经的系主任杨晦曾经留下“北大中文系不是培养作家的”名言的北大中文系，对于另一位前系主任陈平原也说“大学的‘文学教育’（不限于中文系），其主要功能不是培养作家”的北大中文系，这实在是一次相当大的教学观念的转变。② 这一系列在中国大学文学教育上的开创性试验，尽管成效如何尚需待以时日，但毕竟是大学在承担文学教育职能方面的一个可贵

　　①　张英《大学能不能培养作家？——王安忆教授的复旦十年》，《南方周末》2014 年 4 月 3 日。

　　②　《依托学科优势　培养创意“写家”——北大中文系今年招收创意写作专业硕士》，《文汇报》2013 年 10 月 8 日第 7 版。

尝试。①

　　在此之前,苏州大学文学院早自 2002 年开始,就举办了一个名为"小说家讲坛"的系列演讲活动,同时在《当代作家评论》杂志开设"小说家讲坛"专栏,在专栏的开篇,主持者、时任苏州大学文学院院长王尧先生即在《主持人的话》中强调:"多少年来,大学的文学教育是残缺的甚至在某些方面是失败的。体制内的知识生产,封面是学术,正文却远离学术。我们所有的人只要你怀抱学术良知,就不能不正视这样一个事实:我们的文学教科书充斥着千篇一律的、八股式的说教,人性的、审美的、生命的文学在教条主义的叙述和所谓的研究中被肢解和阉割,并且要一种话语体系协助形成文学的权力和秩序。在堂堂的文学讲坛,缺席的是真正的文学。所谓大学不能培养作家正如大学应该培养作家一样都不是大学的真谛,我们反对以学术的名义驱逐文学。'小说家讲坛'的设立,将会有助于改变这一现象,尽管这样的改变可能是微弱的。"②这一活

---

①　据胡平(中国作家协会创作研究部主任)《作家的成长——关于中国特色的作协文学院教育》一文:"美国作家与创意写作项目协会成立于 1967 年。到 2010 年,该协会拥有 500 个大学成员会员,3.4 万名作家、教师和学生会员,美国大学中的 2400 个文学系绝大部分开设了创意写作课程。绝大多数美国作家和普利策奖的绝大多数获奖者曾经受过高校创意写作系统教育,几乎都获得了创意写作学位。""王安忆在复旦大学'文学写作专业'硕士点第一次招生,只招到一名学生,叫甫跃辉,她自己作为导师。三年里,除了王安忆为甫跃辉进行指导,严歌苓的美国老师舒尔兹也被请来为他讲授写作技巧课。毕业后,当了编辑的甫跃辉经常发表小说,写得很好。"(《作家通讯》2013 年第 5 期。)按,张英《从文学讲习所到网络写手研修班——作家养成法的变迁》(《南方周末》2014 年 4 月 3 日)提供了不同的信息:"美国爱荷华大学 1897 年就开设了文学方向创意写作的专业课程,并于 1922 年提供该专业的高级学位。至今,美国已有三百五十多所大学开设了文学方向创意写作的艺术硕士(MFA)项目。索尔·贝娄、托妮·莫瑞森、戴瑞克·沃考克、约瑟夫·布洛斯基等诺贝尔文学奖获得者都在不同大学的 MFA 项目开课执教。"另据此文报道:"2011 年,上海大学成立中国文学创意写作研究中心,招收文学与创意写作硕士研究生;2012 年,广东外语外贸大学设立创意写作本科专业;2013 年,南京大学创办了创意写作专科对外招生。2014 年,北大中文系招收创意写作专业硕士 40 名。"

②　王尧《主持人的话》,《当代作家评论》2002 年第 1 期,第 5 页。

动一直坚持到今天，一大批活跃在当下文坛的作家走进这一讲坛。

当然，对当代作家进校园的成效以及每一位作家的具体表现，还有各种不同的甚至分歧很大的意见。王彬彬先生就曾严肃指出：

> 1949年后，新文学进入了所谓"当代"，与大学的关系也基本断绝。一方面是大学的教师或学生，另一方面又是活跃于文坛的文学创作者，这样一种身份合一、一身二任的现象，进入"当代"后基本绝迹。到了90年代，文学与大学之间又开始发生关系，一批本在大学之外从事文学创作的"作家"，成了大学的教授或兼职教授、"硕导"或"博导"，甚至被聘为大学的文学院长。贾平凹、王蒙、王安忆、莫言、余华等人如今就在一家或多家大学当"兼职教授"、"带"研究生，或干脆双脚踏进大学成了专职的教授、"硕导"、"博导"。表面看来，这是在恢复新文学的一种传统。但实际上，今天的这种状况，与1949年以前仅仅只有表面的相似，骨子里不可同日而语。①

确实，走进大学的前后辈作家之间的区别当然值得注意，决不能简单地认为当代著名作家走上大学讲坛就是恢复或者说是重建了新文学与大学之间的良性互动关系。

比如，1951年1月成立的由著名作家丁玲、张天翼为正、副主任的中央文学研究所（1954年2月更名"中国作家协会文学讲习所"，1984年更名"鲁迅文学院"），受苏联"高尔基文学院"（1933年

---

① 王彬彬《中国现代大学与现代文学的相互哺育》，《社会科学》（上海）2009年第4期。

12月1日成立）的影响,创办时定位为"不仅是教学单位,同时又是文艺创作与研究单位","学习的内容中政治学习包括马列主义的基本知识,毛泽东思想,和有关当前国家建设的各种政策,时间占总的学习时间的百分之十六。业务学习包括有新文学史、中国文学史、文艺学、苏联文学、名著研究、作品研究、作家研究等,时间占百分之五十三。另外写作实践占总的时间百分之三十一"。① 据统计,自1951年至1957年,学校共结业学员279人,先后有丁玲、张天翼、艾青、田间、赵树理、张光年、陈白尘等著名作家来授课,培养出马烽、陈登科、徐光耀、邓友梅、玛拉沁夫等活跃于当时文坛的作家。不过,"中央文学研究所"或"鲁迅文学院"毕竟不是大学,这是一种不同于大学教育的纯粹以作家培训为目的的文学传承模式,随着时间的流逝,这些知名作家在当代文坛的成就与影响似乎也不再如人们当初所期待的那样成功。另一方面,1949年以后,新文学正式成为大学中文系的必修课程②,很多在1949年以前成名的作家继续在大学从事教学工作,从教育体制上说似乎是大学与新文学之间的关系更加紧密了,但事实上二者的距离却是越来越疏远。因为,较之新文学进入大学课堂或者当代作家进入大学课堂,更为重要的是课堂上究竟讲授了什么知识,传达了什么精神。五四新文化运动之前林纾和姚永朴在课堂上传授古文写作之所以被认为无与于北京大学之现代化、无与于中国文学之现代化,也正是因为对大学文学教育而言,传授的具体知识和价值理念才是更为

---

① 转引自《丁玲与文学研究所的兴衰》,邢小群著,济南:山东画报出版社2003年1月第1版,第31页、第34—35页。

② 其实,早在延安时代,"中国新文学论""新文学运动"就已经成为延安鲁迅艺术学院的必修课。参见《延安鲁艺风云录》,王培元著,桂林:广西师范大学出版社2004年12月第2版,第80页。

关键的。

因此,正如当年缺少现代学术训练的新文学作家沈从文之走上大学讲台一样,怀疑和批评都是不可避免的,甚至也是必要的。更何况,与中文系逐步恢复对文学创作的关注同时并行的,是大学外国语院系与文学(欣赏、创作)的渐行渐远,越来越背离中国现代大学的优良传统。[①] 但无论如何,"当代作家进校园"毕竟是中国新文学与中国大学的再次结合,是新文学的一种优良传统在新时期的继承,也是中国大学的一种优良传统的继承。同时,这一现象,也再一次使世人注意到当年的大学与当年的大学校园文学,从而引发了对世纪之交的文学与大学的反思,这其中也包括了对近一个世纪的中国大学与中国文学关系的再思考,而这一切必将对中国大学与中国文学未来的发展产生深远的影响。

英国学者尼克尔(John Nichal)曾经说过:

> 从历史上看,每值我国遭逢危急存亡的大难时,这些从大学冒出来的智慧之火,便将整个国家燃烧出一个新的生命。从威克立夫(Wycliffe)、拉替麦(Latimer)、洛克(Locke)、吉本(Gibbon)、马考莱(Macaulay)诸大家一直到目前的物理学时代止,每一时代的推动者很少是大学圈外的人。[②]

五四新文化、新文学运动的积极分子、第一个提出"五四运动"之说的罗家伦则直接强调了北京大学为时代做出的贡献:

---

① 李小均《从"外国语文学系"到"外国语学院"》,《读书》2008年第9期。
② 转引自杨亮功《早期三十年的教学生活》,《早期三十年的教学生活·五四》,杨亮功著,合肥:黄山书社2008年1月第1版,第17页。

以一个大学来转移一时代学术或社会的风气，进而影响到整个国家的青年思想，恐怕要算蔡子民时代的北京大学。[①]

与罗家伦同时代而思想观念迥异的学者梁漱溟在论及北京大学与蔡元培校长时也曾经有过非常高的评价：

　　今天的新中国必以新民主主义革命为其造端，而新民主主义革命则肇起于五四运动。但若没有当时的北京大学，就不会有五四运动出现；而若非蔡先生长校，亦即不可能有当时的北京大学。直截了当地说，1921年中国共产党的诞生，1924年孙中山先生改组中国国民党，国共第一次合作，都是从五四运动所开出的社会思想新潮流而来的。毛主席曾说过这样一些话，可以为证：

　　自有中国历史以来，还没有过这样伟大而彻底的文化革命。当时以反对旧道德提倡新道德、反对旧文学提倡新文学为文化革命的两大旗帜，立下了伟大的功劳。……五四运动是在思想上和干部上准备了1921年中国共产党的成立，又准备了五卅运动和北伐战争。（以上均见《新民主主义论》）

　　如所周知，这是远从世界历史、近从中国历史当其时机运

　　①　罗家伦《蔡元培时代的北京大学与五四运动》，转引自《民国大学的文脉》，沈卫威著，北京：人民文学出版社2014年11月第1版，第93页。

会到来所起的一大变化，自有许多人聚合参预其间，不能归功于任何一个人。然人必有主从，事必有先后。论人则蔡先生居首，论事则《新青年》出版在先。许多人的能以聚合是出自蔡先生的延聘，而《新青年》的言论倡导正都出自这许多人的手笔。①

尽管语句有些夸张，却也是对五四新文化运动、《新青年》杂志以及蔡元培先生之历史贡献的真切定位，是对北京大学在中国历史上之地位与影响的真切定位。因为历史已经证明：

具有现代意义的大学，是在社会结构变迁和功能分化过程中，取代传统的宗教或政治权威，更新发展思想文化，重建价值准则和意识形态的中心机构。以大学为中心，形成并确立知识权威于是成为社会现代化的重要指标。现代社会的知识分子以其知识和学问承当"社会良心"，代表社会良知，集中优秀知识分子的大学则不仅成为社会发展的思想库，也扮演"世俗化的教会"角色。随着社会知识化程度的提高，大学并且成为产生政治领袖的主要场所。大学的这种精英性质和社会功能，如牛津剑桥之于英国、哈佛耶鲁之于美国、北大清华之于中国，是十分明显的。②

---

① 梁漱溟《五四运动前后的北京大学》，《北大旧事》，陈平原、夏晓虹编，北京：生活·读书·新知三联书店1998年1月第1版，第215页。

② 《城市季风——北京和上海的文化精神》，杨东平著，北京：新星出版社2006年1月第1版，第101—102页。

其实,早在抗战刚刚胜利的 1946 年,哲学家冯友兰在著名的"国立西南联合大学纪念碑"碑文中就已经明确肯定了现代大学"这种精英性质和社会功能":"联合大学以其兼容并包之精神,转移社会一时之风气,内树学术自由之规模,外来民主堡垒之称号,违千夫之诺诺,作一士之谔谔。"①当然这应该也是当年大学师生与当时社会的共识。比如,罗家伦 1932 年 10 月 11 日就任中央大学校长时就已经申明:"一定要把一个大学的使命认清,从而创造一种新的精神,养成一种新的风气,以达到一个大学对于民族的使命。"②清华大学校长梅贻琦在抗战期间所作《大学一解》中,结合中国儒家经典《大学》中"大学之道,在明明德,在新民,在止于至善"的古训,以及西方近代大学之历史功用,申明"大学机构自身正复有其新民之效":"学府之机构,自身亦正复有其新民之功用,就其所在地言之,大学俨然为一方教化之重镇,而就其声教所暨者言之,则充其极可以为国家文化之中心,可以为国际思潮交流与朝宗之汇点(近人有译英文 Focus 一字为汇点者,兹从之)。"③比罗家伦、梅贻琦更早,胡适在 1915 年 2 月 20 日日记中,记录了美国康乃尔大学英文教授亚丹先生(Prof. J. Q. Adams, Jr.)交谈中对他所说的话,则明确强调了大学对"一国"及其"新文学"的重要意义:"如中国欲保全固有之文明而创造新文明,非有国家的大学不可。一国之大学,乃一国文学思想之中心,无之则所谓新文学新知识皆无所附丽。国之先

① 转引自《国立西南联合大学校史——1937 至 1946 年的北大、清华、南开》,西南联大北京校友会编,北京:北京大学出版社 1996 年 10 月第 1 版,第 73 页。

② 罗家伦《中央大学之使命》,转引自《民国大学的文脉》,沈卫威著,北京:人民文学出版社 2014 年 11 月第 1 版,第 92 页。

③ 梅贻琦《大学一解》,原刊 1941 年 4 月《清华学报》第十三卷第一期,转引自《大学精神》,杨东平主编,上海:文汇出版社 2003 年 8 月第 1 版,第 52 页。

务,莫大于是。"①验之历史,中国新文学之兴起于中国现代大学,正是现代大学对自身这一文化使命的自然承担。

为中国新文学的发生发展做出重要贡献的以北大、清华为代表的中国现代大学,曾经为中华民族的现代化做出过如此巨大的贡献,那么,如今的北京大学、清华大学,以及其他中国大学,是否还能够继续为中华民族今天与以后的发展做出同样的贡献?在这个文学已经越来越边缘化的时代,现代大学及其校园文学是否还能够为中国文学的兴旺发达做出无愧于前辈的贡献?这是一个值得讨论的话题,更是一个应该得到肯定回答与具体证明的现实问题。

---

① 《胡适日记全编·2》,曹伯言整理,合肥:安徽教育出版社 2001 年 10 月第 1 版,第 62 页。1935 年 12 月 23 日,胡适在给汤尔和的信中谈及 1919 年 3 月 26 日北京大学决定驱逐陈独秀出校的会议时说:"独秀因此离去北大,以后中国共产党的创立以及后来国中思想的左倾,《新青年》的分化,北大自由主义的变弱,皆起于此夜之会。"(《胡适书信集》,耿云志、欧阳哲生编,北京:北京大学出版社 1996 年 9 月第 1 版,第 667 页。)这可以视为从反面强调了大学对"一国"的重要意义。

参考文献

一、大学校史与大学研究

北京大学,清华大学,南开大学,等. 国立西南联合大学史料[M].
    昆明:云南教育出版社,1998.

北京大学校史研究室. 北京大学史料·第一卷:1898—1911[M].
    北京:北京大学出版社,1993.

陈平原,夏晓虹. 北大旧事[M]. 北京:生活·读书·新知三联书
    店,1998.

陈平原. 老北大的故事[M]. 南京:江苏文艺出版社,1998.

陈平原. 中国大学十讲[M]. 上海:复旦大学出版社,2002.

陈平原. 大学何为[M]. 北京:北京大学出版社,2006.

马越. 北京大学中文系简史(1910—1998)[M]. 北京:北京大学出
    版社,1998.

清华大学校史研究室. 清华大学史料选编(1911—1948)[M]. 北
    京:清华大学出版社,1991.

沈卫威. 大学之大[M]. 北京:人民文学出版社,2007.

沈卫威. 民国大学的文脉[M]. 北京:人民文学出版社,2014.

苏云峰. 从清华学堂到清华大学 1911—1929：近代中国高等教育研究[M]. 北京：生活·读书·新知三联书店，2001.

苏云峰. 从清华学堂到清华大学 1928—1937：近代中国高等教育研究[M]. 北京：生活·读书·新知三联书店，2001.

王世儒，闻笛. 我与北大——"老北大话北大"[M]. 北京：北京大学出版社，1998.

王学珍，等. 北京大学纪事：1898—1997[M]. 北京：北京大学出版社，1998.

王学珍，郭建荣. 北京大学史料·第二卷：1912—1937[M]. 北京：北京大学出版社，2000.

闻黎明. 抗日战争与中国知识分子——西南联合大学的抗战轨迹[M]. 北京：社会科学文献出版社，2009.

西南联大北京校友会. 国立西南联合大学校史——1937 至 1946 年的北大、清华、南开[M]. 北京：北京大学出版社，1996.

西南联合大学北京校友会校史编辑委员会. 笳吹弦诵在春城——回忆西南联大（第一集）[M]. 昆明：云南人民出版社，1986.

萧超然，等. 北京大学校史 1898—1949（增订本）[M]. 北京：北京大学出版社，1988.

谢泳. 西南联大与中国现代知识分子[M]. 福州：福建教育出版社，2009.

杨东平. 大学精神[M]. 上海：文汇出版社，2003.

叶隽. 大学的精神尺度[M]. 福州：福建教育出版社，2011.

叶文心. 民国时期大学校园文化[M]. 冯夏根，胡少诚，田嵩燕，等译. 北京：中国人民大学出版社，2012.

易社强. 战争与革命中的西南联大[M]. 饶佳荣，译. 北京：九州出版社,2012.

二、校园文学研究

黄延复. 水木清华——二三十年代清华校园文化[M]. 桂林:广西师范大学出版社,2001.

季剑青. 北平的大学教育与文学生产:1928—1937[M]. 北京:北京大学出版社,2011.

李光荣. 民国文学观念——西南联大文学例论[M]. 北京:商务印书馆,2014.

李宗刚. 新式教育与五四文学的发生[M]. 济南:齐鲁书社,2006.

王彬彬. 中国现代大学与中国现代文学[M]. 上海:上海人民出版社,2011.

王培元. 延安鲁艺风云录[M]. 桂林:广西师范大学出版社,2004.

杨蓉蓉. 学府内外——二十世纪二三十年代上海现代大学与中国新文学关系研究[M]. 北京:光明日报出版社,2007.

姚丹. 西南联大历史情境中的文学活动[M]. 桂林:广西师范大学出版社,2000.

翟广顺. 20 世纪 30 年代青岛教育界作家群研究[M]. 青岛:青岛出版社,2013.

张传敏. 民国时期的大学新文学课程研究[M]. 北京:人民出版社,2010.

张玲霞. 清华文学寻踪 1911－1949[M]. 北京:清华大学出版社,2001.

张玲霞. 藤影荷声——清华校刊文选[M]. 北京:清华大学出版社,2001.

张玲霞. 清华校园文学论稿[M]. 北京:清华大学出版社,2002.

三、年谱、日记、回忆录

曹伯言. 胡适日记全编(八卷)[M]. 合肥:安徽教育出版社,2001.

陈福康. 郑振铎日记全编[M]. 太原:山西古籍出版社,2006.

耿云志. 胡适年谱(修订本)[M]. 福州:福建教育出版社,2012.

郭良夫. 完美的人格——朱自清先生的治学和为人[M]. 北京:生活·读书·新知三联书店,1987.

季培刚. 杨振声编年事辑初稿[M]. 济南:黄河出版社,2007.

李何林. 鲁迅年谱[M]. 北京:人民文学出版社,1981.

孙玉蓉. 俞平伯年谱[M]. 天津:天津人民出版社,2001.

闻黎明,侯菊坤. 闻一多年谱长编[M]. 武汉:湖北人民出版社,1994.

吴世勇. 沈从文年谱[M]. 天津:天津人民出版社,2006.

吴学昭. 吴宓日记[M]. 北京:生活·读书·新知三联书店 1998.

萧乾. 未带地图的旅人——萧乾回忆录[M]. 北京:中国文联出版公司,1991.

张菊香,张铁荣. 周作人年谱[M]. 天津:天津人民出版社,2000.

周作人. 周作人日记[M]. 郑州:大象出版社,1996.

周作人. 知堂回想录[M]. 石家庄:河北教育出版社,2002.

朱乔森. 朱自清全集(第九卷)[M]. 南京:江苏教育出版社,1997.

朱乔森. 朱自清全集(第十卷)[M]. 南京:江苏教育出版社,1997.

四、相关文学研究

陈方竞. 多重对话:中国新文学的发生[M]. 北京:人民文学出版

社,2003.

陈离. 在"我"与"世界"之间——语丝社研究[M]. 上海:东方出版中心,2006.

陈树萍. 北新书局与中国现代文学[M]. 上海:上海三联书店,2008.

陈万雄. 五四新文化的源流[M]. 北京:生活·读书·新知三联书店,1997.

范泉. 中国现代文学社团流派辞典[M]. 上海:上海书店,1993.

高恒文. 京派文人:学院派的风采[M]. 上海:上海教育出版社,2000.

罗岗. 危机时刻的文化想象——文学·文学史·文学教育[M]. 南昌:江西教育出版社,2005.

秦艳华. 现代出版与二十世纪三十年代文学[M]. 济南:山东人民出版社,2008.

邵滢. 中国文学批评现代建构之反思——以京派为例[M]. 武汉:湖北教育出版社,2006.

石曙萍. 知识分子的岗位与追求——文学研究会研究[M]. 上海:东方出版中心,2006.

温儒敏,陈晓明,等. 现代文学新传统及其当代阐释[M]. 北京:北京大学出版社,2010.

吴福辉. 京海晚眺[M]. 南京:江苏人民出版社,1997.

杨洪承. 文学社群文化形态论[M]. 合肥:安徽文艺出版社,1998.

杨洪承. 废墟上的精灵——前现代中国知识分子思想文化的理路(1898—1918)[M]. 北京:人民出版社,2006.

杨义. 京派海派综论[M]. 北京:中国社会科学出版社,2003.

查振科. 对话时代的叙事话语——论京派文学[M]. 沈阳:春风文

艺出版社,2005.

周仁政. 京派文学与现代文化[M]. 长沙:湖南师范大学出版社,2002.

朱晓进. 政治文化与中国二十世纪三十年代文学[M]. 北京:人民出版社,2006.

庄森. 飞扬跋扈为谁雄——作为文学社团的新青年社研究[M]. 上海:东方出版中心,2006.

五、其他相关著作

M. H. 艾布拉姆斯. 镜与灯:浪漫主义文论及批评传统[M]. 郦稚牛,张照进,童庆生,译. 北京:北京大学出版社,2004.

Z. 鲍曼. 立法者与阐释者——论现代性、后现代性与知识分子[M]. 洪涛,译. 上海:上海人民出版社,2000.

鲁迅. 鲁迅全集[M]. 北京:人民文学出版社,2005.

沈从文. 沈从文全集[M]. 太原:北岳文艺出版社,2002.

王瑶. 王瑶全集[M]. 石家庄:河北教育出版社,2000.

杨东平. 城市季风——北京和上海的文化精神[M]. 北京:新星出版社,2006.

图书在版编目(CIP)数据

中国现代大学与新文学传统/汪成法著.—南京：
南京大学出版社，2016.1
ISBN 978 - 7 - 305 - 16151 - 3

Ⅰ.①中…　Ⅱ.①汪…　Ⅲ.①中国文学－当代文学－
文学研究　Ⅳ.①I206.7

中国版本图书馆 CIP 数据核字(2015)第 267586 号

出版发行　南京大学出版社
社　　　址　南京市汉口路 22 号　　邮　编　210093
出 版 人　金鑫荣

书　　　名　中国现代大学与新文学传统
著　　　者　汪成法
责任编辑　徐　楠　沈卫娟

照　　　排　南京紫藤制版印务中心
印　　　刷　扬中市印刷有限公司
开　　　本　880×1230　1/32　印张 7　字数 152 千
版　　　次　2016 年 1 月第 1 版　2016 年 1 月第 1 次印刷
ISBN　978 - 7 - 305 - 16151 - 3
定　　　价　25.00 元

网　　　址:http://www.njupco.com
官方微博:http://weibo.com/njupco
官方微信:njupress
销售咨询:025 - 83594756

＊ 版权所有,侵权必究
＊ 凡购买南大版图书,如有印装质量问题,请与所购
　 图书销售部门联系调换